閻魔堂沙羅の推理奇譚

木元哉多

講談社
タイガ

CONTENTS

【ILLUSTRATION】望月けい
【DESIGN】AFTERGLOW

【プロローグ】

PROLOGUE

00

To a man who says "Who killed me,"
she plays a game betting on life and death.

俺を殺した犯人は誰だ？

もう時間がない。あの夜の状況をもう一度正確に思い出してみる。

場所は、北海道夕張《ほっかいどうゆうばり》にある別荘だ。外は避難警報が出るほどの大雪だった。時刻は、深夜0時ごろ。外出は不可能。

あの夜、別荘内にいたのは五人。

妻の成美《なるみ》。編集長の磯野《いその》。古い友人、唐田《からた》。妻の妹の寧々《ねね》と、その夫の橋本《はしもと》。

五人のうちの誰かが犯人なのは間違いない。

沙羅《さら》によれば、いま頭の中にある情報だけで、それを正しく組み合わせれば、犯人を特定できるという。

死の直前を思い出す。

俺はリビングに一人、ソファーに座って原稿を書いていた。他の五人は、それぞれ寝室に戻っていた。

殺される五分ほどまえ、ベリッ、という音を聞いた。割り箸《わばし》を割るような音だった。そのときは特に気にしなかったが、あれは何の音だったのだろう。

それから直前、何かが焼けるような匂《にお》いがした。

そしてトイレに行こうと席を立った瞬間、何かが飛んできて、心臓を貫《つらぬ》いた。銃弾か、いや、もっと大きなボウガンの矢のようなものだったかもしれない。即死だった。痛みを感じる間もなく、意識を失った。

記憶にあるのは、そこまで。

妻が二日前、付近で怪しい女を見たと言っていた。女は、背中にゴルフバッグを担いでいたというが。

これだけの情報で、本当に犯人を特定できるのだろうか。それとも、何か大事なことを見落としている？　そもそもなぜ俺が殺されなきゃならない。五人に恨まれるようなことはなかったはずだ。

分からない……、分からない……、分からない……。

「あと十秒です」と沙羅は言った。「十、九、八、七、六」

情け容赦のないカウントダウン。沙羅は正確に秒を刻んでいる。

ダメだ、分からない。

「五、四、三、二、一、ゼロ。終了です。犯人は分かりましたか？」

「いや……、分からない」

「そうですか。では約束通り、地獄行きですね」沙羅はゴミでも掃くように言い捨てた。

なぜこんなゲームに参加してしまったのだろう。

【第1話】

緒方智子　17歳
女子高生

死因　絞殺

"To a man who says "Who killed me,"
she plays a game betting on life and death.

1

「この成績はなんだ？」

父は、中間テストの成績表をこれみよがしに振っている。

「うるさいなあ」

緒方智子《おがたともこ》は父から目を背《そむ》けつつ、つぶやいた。

「うるさく言われたくなかったら、結果を出せ。こんな成績じゃ、ろくな大学に受からないぞ」

「分かってるよ。ちょっと部活が忙しくて、勉強に集中できなかっただけ」

「両立できないなら、部活はやめろ」

「やめられるわけないじゃん。キャプテンなのに」

「だいたい、なんでおまえがキャプテンなんだ。自分のこともちゃんとできないのに」

「う」

「自分のことさえままならないおまえが、キャプテンなんか務まるのか」

ぐうの音も出ない。このまえも朝寝坊して、キャプテンのくせに練習試合に遅刻した。

そんなだから、部員にも威厳《いげん》がない。

父は酔っていた。晩酌《ばんしゃく》をしながら、学校からの通知を開いた。ありがたいことに智子の高校では、テストの結果がいちいち親に郵送される。

二学期の中間テストの結果を見て、父は目を吊《つ》りあげた。

一学期と比べると、四割近く下がっている。原因は、勉強時間の減少。部活のせいにしているが、自己管理能力の低さは自覚している。

「そもそも、その服装はなんだ。だらしない」

「別におかしくないじゃん」

「スカートの丈《たけ》が短い。ひざが見えてるじゃないか」

「普通でしょ」

「胸元も開きすぎだ。肌を露出するな。ボタンを閉めろ」

父の小言がはじまった。ひざ頭が見えているスカートや、ポロシャツの胸のボタンといったレベルで、「風紀紊乱《びんらん》！」と決めつけてくる。

智子はふくれっ面で反抗するが、酔った父の目には入っていないようだ。

四年前、母が他界した。

智子は中学一年生だった。以来、父と二人暮らしだ。

母は環境学者だった。

環境計量士という国家資格を持ち、大学に籍を置くかたわら、ボランティアで環境保護活動に励《はげ》んでいた。自費で川の汚染状況を計測するなど、公害問題にも取り組んでいた。実際、多くの人や動植物を救っていて、今でも母宛《あ》てに感謝の手紙が届くほどだ。母は、娘に高い意識を持たせようと、小学生の智子を連れだし、環境破壊の現場を見せたり、逆に人と動植物が共生している美しい環境を見せたりした。政府に訴えるための署名活動に参加したこともある。多忙であったため、そのようにして娘と一緒にいられる時間を増やそうとしたのだと思う。

だが不運にも、無理な開発のせいで破壊された山に調査に入り、まさにその開発のせいで起きた土砂崩れに巻き込まれて死亡した。

もともと心配性だった父は、母の死後、輪をかけて束縛屋になった。税務署で働く公務員で、愛読書は「坊っちゃん」、嫌いなものはハロウィンのコスプレ、口癖《くちぐせ》は「最近の若者はけしからん」という生粋《きっすい》の堅物だ。母の死によって偏屈さに磨《みが》きがかかり、小うるさい親父《おやじ》になってしまった。

父は、赤ら顔で言った。

「規則正しい生活をしろ。日頃のよい習慣が、健全な心を作っていくんだ」

「はいはい」

「友だちとの長電話はやめろ。本を読め」

「分かりましたよ」

「彼氏なんていないだろうな」

「なによ、急に」

「うちは二十歳まで恋愛禁止だからな。分かってるんだろうな」

「なにそれ？」

「男とちゃらちゃら付き合っている片手間で、勉強などできるわけがないだろ」

「偉そうに」

智子は、母の母校である明治大学を第一志望にしている。母と同じく、環境にたずさわる仕事に就きたいと思っている。だが、ここにきて成績が急激に落ちた。

今は高二の十月、受験まで一年半を切っている。いかんな、と自分でも思っていたところに父の小言がきたので、カチンときてしまった。

父は得意げに説教を続けていた。

「ああ、うるさい」

智子は席を立った。財布と携帯電話を取って、玄関に向かった。

「おい、どこに行くんだ？」

父の声を無視して、靴を履いた。父は慌てて追ってきた。

「もう八時だぞ。門限は過ぎているんだぞ」

「未唯南《みいな》のところに泊まる」

智子は玄関を飛び出した。マンションの四階、階段を一気に駆けおりる。父はサンダルを履いて玄関から出てくるが、智子のスピードにはかなわない。

一階まで下りて、外に出た。財布から自転車の鍵《かぎ》を取り出しつつ、自転車置き場に走った。マウンテンバイクの鍵をあけ、サドルにまたがる。

「こら、待て」

父の叫び声が聞こえたが、ペダルをこいで道路に飛び出した。

相沢未唯南《あいざわ》は、小学校からの親友である。同じ地元の私立高校に通い、同じソフトボール部に所属している。自宅は一戸建てで、近所にある。両親は、法事で北海道に出かけていると言っていた。家に泊めてもらえるはずだ。

父に行き先を告げたのは、何も言わずに家を出ると、心配して警察に通報しかねないからだ。

自宅から遠ざかったところで、自転車を止めた。未唯南の家に行くまえに電話を入れておこうと思い、自転車にまたがったまま、携帯を取った。

すぐにかかった。「あ、未唯南」

「もしもし、なに？」

「未唯南の親、いないって言ってたよね。今から行くから、泊めてくれない？」

「ダメ、無理」未唯南のそっけない返事。

「なんで？　親、いないんでしょ」

「うん。でも、彼氏来てるから」

「げっ」

未唯南には最近、彼氏ができた。

私大一年生の茂木直人《もぎなおと》。夏休みのバイト先で知り合ったというが、智子は会ったことはない。写真で見るかぎり、ちゃらそうな男だった。

未唯南の性格からいって、両親がいないなら、自宅に彼氏を呼ぶことは当然想定しておくべきだった。

「そうか。まいったな」

「親と喧嘩《けんか》でもしたの？」

「まあね。中間テストのことでがみがみ言われて、家出しちゃったんだけど。そっか。彼氏来てるなら、無理だね。どうしよう」

「令一《れいいち》のところに泊めてもらったら？」未唯南はからかうように言った。

智子にも最近、彼氏ができた。立原《たちはら》令一、同じ高校のサッカー部だ。未唯南と令一は同じクラスなので、よく知っている。

中間テストの出来が悪かったのは、彼氏ができたことと無関係ではない。初めての彼氏で、心がざわついて、勉強に集中できなかった。

「智子、令一ともうやったの？」

「えっ……。や、やるわけないじゃん。付き合ってまだ一ヵ月だよ」

「いちおう忠告しておくけど、令一には気をつけたほうがいいよ。あいつ、表向きノーマルに見えて、裏の顔持ってるから」

「裏の顔？」

「今日、馬場《ばば》にエロ本持っているの見つかって、没収されてた」

馬場克彦《かつひこ》は、未唯南と令一の担任教師だ。ソフト部の顧問でもある。

「なんで学校にそんなもの？」

「令一、染谷《そめや》たちと仲いいじゃん。染谷から借りたんじゃないの。しかも、そのエロ本がえぐいやつだったらしい」

「どんなふうに？」

「女を縛って吊るしたり、ロウソクたらしたりするやつ。そういうのが好きなんじゃないの？」

「………」

「智子も気をつけたほうがいいよ。そういう趣味があるならいいけど」

「ないよ。あるわけないじゃん」

「裸の写真だけは撮られないように気をつけなよ。あとで別れるとき、ネットに流されたりするんだから」

「う、うん……」

令一は父親が自衛隊員で、厳格な家庭に育っている。礼儀正しく、生活態度もしっかりしている。成績も優秀だ。

だが、付き合っている友だちがよくない。特に染谷は最悪だ。

女子高に行ってナンパしたり、女子更衣室にのぞき穴を作ったり、脳みそがいかがわしいことで満たされている。部活に入っていないから、時間を持て余していて、くだらない動画を撮影しては、ＹｏｕＴｕｂｅに投稿している。

将来は吉本興業《よしもとこうぎょう》に入って、芸人になるつもりらしい。生まれも育ちも埼玉《さいたま》のくせに、関西弁を使っている。くだらない一発ギャグと下ネタが好きで、「伝説になる」が口癖。悪ふざけが度を越していて、体育祭や文化祭、入学式や卒業式になると、必ず海パン一枚で出てきて、顔は白粉《おしろい》、両乳首に洗濯バサミを挟み、お尻《しり》はＴバック、そして自作のリズムネタを恥ずかしげもなく披露する。

「ちんすこう、少し変えたら、チンコ吸う」

「驚くな、俺のチンコは、マシンガン、一撃必殺、連射も可能」

といった見下げ果てた俳句を、リズムに乗せて腰を振りながら歌う。度胸と生命力があるのは認めるが、この学校にとっては害悪でしかない。令一も年頃だから、性に興味はあるだろうし、健全な性欲ならあってもかまわない。ただ、変な虫がついているようで、気がかりではあった。

ともかく、これからどうするか、だ。

「まあ、いいや。彼氏がいるなら、しょうがない」

「悪いね。これからどうするの？」

「んー、家には帰りたくないなあ。でも他に行く当てもないし。最悪、部室にでも泊まるかな。じゃあね」

電話を切った。父親から電話が来る可能性があるので、携帯の電源を切った。

行く当てもなく、自転車で高校に来てしまった。

夜八時を過ぎている。

校舎は真っ暗だ。校門から入って、ソフト部の部室に行った。校庭の隅《すみ》に、プレハブの仮設住宅のようなものが建っていて、全部で十二部屋あり、主に外で活動する部が使っている。智子はキャプテンなので、部室の鍵を持っている。

部屋は散らかっていた。汗の匂いと、安い香水の入り混じった独特の臭気。

八畳ほどで、左側に背丈《せたけ》を超えるロッカーが十棚並び、右側に四人座れるベンチが二つある。奥にはバットやボールが置かれている。

部室に入り、明かりをつけた。

が、思い当たって、すぐに消した。

学校の宿直室に、先生が一人泊まっている。夜中に学校荒らしが続いた時期があって、先生が必ず一人、交代で泊まることになっていた。

今日の宿直は、棚沢《たなざわ》だ。理科教師、短足中太りの五十代、独身。

部室に明かりがついていると、棚沢に気づかれて、面倒なことになるかもしれない。仕方なく暗闇《くらやみ》の中で、ベンチに腰を下ろした。

「あーあ、どうすっかな」声に出して、ぼやいてみる。

部室には漫画があるが、真っ暗なので読めない。コンビニでお菓子を買ってくるかと思ったが、最近少し体重が増えたのでやめておく。

本音は、家に帰りたい。でも親父の説教は聞きたくない。それに、負けを認めるみたいで腹立たしい。

こんなことなら、家を出てくるんじゃなかった。

未唯南が自宅に彼氏を呼んだりするから、と腹が立った。今ごろは親のいない家で、彼氏といちゃついて、そのあとはもちろん……。

未唯南が処女を喪失したのは、中二の冬だ。相手はそのとき付き合っていた一つ上の先輩。だが卒業と同時に別れた。高校に入り、最初に好きになったのは令一だった。しかし令一は、未唯南に女としての興味を持たなかった。

それは智子のせいもある。令一に、未唯南は処女ではないことを話してしまったのだ。未唯南が令一を好きなことにはまったく気づかなかった。令一は未唯南をちゃらい女だと判断し、未唯南から受けた告白も拒否した。

未唯南は令一をあきらめ、同じクラスの別の男と付き合うも、性格のすれ違いですぐに別れた。今は大学生の茂木と付き合っている。そうやってぽんぽん男を替えていく。性的なこともべらべらしゃべるし、茂木とも会ったその日にエッチしている。

智子は処女だった。

令一は初めての彼氏である。二学期に入って、告白された。未唯南が好きだった相手なので、気まずくはあったが、令一にふられて時間が経《た》っているせいか、あるいは単純に軽い女だからか、未唯南が気にした様子はない。

ベンチに寝そべり、天井を見上げた。

暗闇のせいで、想像がたくましくなる。未唯南が茂木と裸で抱き合い、粘《ねば》っこいキスをしているところを想像してしまう。

いつか令一とあんなことをするのだろうか。

実感がない。令一はキスどころか、まだ手も握ってこない。

令一にとっても初めての彼女である。告白もぎごちなかった。でも男だから、当然、智子をそういう対象として見ていると思う。それを汚らわしく感じるときもあるし、かといって嫌でもなく、相手が令一なら、そうなってもかまわない、そうなりたい、という気持ちもある。

この一ヵ月、もやもやと妄想するばかりで、勉強に集中できなかった。

それから、ソフト部のことも考えないといけない。

夏の県大会は、準々決勝《じゅんじゅんけっしょう》で負けた。智子は二年生で唯一のレギュラーだったが、個人の成績はふがいなく、その試合でもエラーをして失点を招いた。智子がキャプテンになった今、来年こそはと思うが、チームはあまり強くない。

智子は、ずぼらな性格だ。最近、彼氏ができたせいもあり、部活に集中できていない。このまえ朝寝坊して練習試合に遅刻したのも、夜中に令一と長電話していて、眠るのが遅くなったせいだった。

女子部特有のやっかみもある。キャプテンのくせに彼氏なんか作りやがって、という雰囲気があり、チームをまとめられない。

おまけに、二年生による一年生へのいじめが発覚した。

グラウンド整備ができていないとして、罰として顔に落書きされて、校庭を走らされていたというのだ。他部の先生が見ていて発覚した。智子が関知しないところでだったが、馬場先生の監督責任まで問われた。

風紀の乱れは感じていた。その責任が智子にあることも。

なぜ馬場先生は私をキャプテンにしたのだろう。当初は光栄に思ったが、今は重荷でしかない。

進路も考えないといけない。今のままでは第一志望は厳しい。それが中間テストで露骨に出てしまった。

考えなければならないことばかりだ。恋愛、部活、学業。たまには遊びたいし、なおさら学業がおろそかになる。

「なにやってんだろ、私。ぜーんぶ中途半端《ちゅうとはんぱ》で」

いろんなことがごちゃついている。父の言う通り、一つも満足にできていない。かといって、どれも捨てられない。令一とは付き合ったばかりだし、キャプテンをまかされたのに部活を辞めるわけにもいかず、もちろん大学進学もあきらめられない。すべてが中途半端なままだ。

そして基本的に、自分が楽なほうに流される人間だということもよく分かっている。

「いいのかな、このままで……」

部室は暗闇に包まれていた。

あれこれ悩んで、ため息をついた。急に寂《さび》しくなってきた。

お母さんに会いたい。母が生きていたら、今の智子を見て、なんて言うだろう。母になら、何でも相談できたのに。父みたいに小言を聞かされるのではなく、智子のことをよく理解したうえで、適切な助言と指針をくれたはずだ。

母を思い出して悲しくなり、令一の声を聞きたくなった。

携帯を取って電源を入れると、携帯会社から通知が来た。電源を切っているあいだに、二件の着信があったようだ。一つは父から、もう一つは令一から。

令一にかけた。すぐにつながった。

「もしもし、令一？　着信入ってたけど」

「ああ、さっき未唯南からメールをもらったんだよ。智子が家出してるから、助けてあげてって。でも電話したけど、つながらなくてさ」

「ごめん。電源切ってたんだ」

「今、どこにいるの？」

「ソフト部の部室。未唯南の家がダメで、他に行くところないし」

「俺が今から行くよ」

「今から？」

「まだ高校の近くにいるんだ。駅前のカラオケボックス」

「カラオケやってたの？」

「うん、染谷たちと。いま終えて、外に出てきたところ」

「最近、染谷と仲いいね」智子は嫌っぽく言った。

「なに、その言い方？」

「いや、令一には合ってないっていうか、あまり関わらないほうがいいんじゃないの？」

「なんで？　ちょっと変わってるけど、いい奴《やつ》だよ」

「そう？　悪い噂《うわさ》をよく耳にするけど。たとえば馬場先生にエッチな雑誌を没収されたとか」

「あっ……、誰に聞いた？」

「未唯南」

「あいつ……。あれは俺のじゃなくて、染谷ので」

「そうだろうと思ったけど。でも学校で読んでたのは事実でしょ」

「……………」

「ほら、悪影響を受けてるじゃん」

「でも、それくらい」

「馬場先生だからよかったけど、他の先生だったら停学かもよ。彼女として情けないんだけど」

「気をつけるよ」

少し言いすぎたか、と智子は反省する。彼氏の男友だちをけなすことは、女がもっともやってはいけないことだと雑誌で読んだことがある。

令一は、話題をそらすように言った。

「とにかく今から行くよ」

「いい、来ないで。どうせ、いやらしいこと考えてるんでしょ」

「そんなこと考えないよ。心配なだけ。夜遅くに女一人でいたら危ないだろ」

「いいって」

「走っていけば十分もかからないよ。ずっと部室にいろよ」

令一は優男《やさおとこ》だが、時折命令形で言ってくる。男っぽいところもある。

「まあ、いいけど。でも、染谷は連れてこないでよ」

「ああ」

電話を切った。父から電話が来ると嫌なので、携帯の電源を切った。

携帯をポケットにしまい、息をつく。急に心臓がドキドキしてくる。

内心、嬉《うれ》しくもある。こんな夜更けに、令一と待ち合わせて会うなんて。

キスまでなら許そう。こんな形でのファーストキスなら、悪くない。

心を躍《おど》らせて待っていたら、尿意をもよおしてきた。校舎は閉まっている。だが学校の裏手に公園があり、そこに公衆トイレがある。

令一が来てからトイレに行くのは嫌なので、部室を出た。部室の鍵は開けたまま、フェンスを乗り越え、公園に向かった。


トイレをすませて戻ると、部室の明かりがついていた。

令一が部室に来ていた。ベンチに座って、雑誌を読んでいる。

「もう来てたの?」

令一が雑誌から顔を上げた。

「ちょっと明かりつけないでよ。宿直の棚沢にバレたら――」

令一が手にしている雑誌に目がいき、ハッとした。

裸の女性の写真が載っている。

ロープに縛られ、椅子《いす》に拘束された全裸の女性が、大股《おおまた》を広げ、恍惚《こうこつ》の表情を浮かべている。言葉にするのもおぞましい光景。

「な、なに読んでるの?」

「あ、いや」令一はあたふたして、雑誌を閉じ、背中に隠した。

「なに今の? 裸の女の人が写ってたけど」

「えっと」

「しかも縛られてた。なんなの、その雑誌」

「あ、あの」

「最低、不潔、変態。汚らわしい。なんでそんなもの読んでるのよ」

智子は怒鳴《どな》った。こういうものを見たのは初めてだ。全身に鳥肌が立った。令一は何も答えず、目を白黒させ、分かりやすく動揺している。

「いつも、そんなもの持ち歩いてるの？」

「そういうわけじゃないよ」

「先生に没収されたばかりなのに。いったい何冊持ってるの？」

「…………」

「暇《ひま》を見つけては、そんなもの読んで、興奮してるわけ？　最低、きもっ」

「そんなわけないだろ」

「じゃあ、なんで今、手に持ってるのよ」

「いや……、拾ったんだよ」

「どこで？」

「こ、ここで」

「は？　なに言ってんのよ。なんで女子部の部室にそんな雑誌が落ちてるのよ」

令一は、しどろもどろに黒目が動いて、足をそわそわさせている。

どうせ染谷だろう。カラオケボックスで、染谷から新たにアダルト雑誌を借りたのだ。染谷の悪影響をもろに受けている。

「最低、もう帰って」

「でも」

「どうせ、ここで変なことするつもりだったんでしょ。そんな雑誌読んで、気分を高めようとしていたわけ？」

「そんなことしないよ」

「とにかく帰れ、変態」

「落ち着けよ」

令一は手を伸ばして、智子の肩に触れようとする。

「ギャー、触るな、鬼畜。汚い手で私に触れるな」

悲鳴をあげられて、令一は慌てて手を引っ込めた。

「令一って、そういう趣味だったんだね。女の人を縛ったり、鞭《むち》で叩《たた》いたり、そんなのが好きなんだ」

「ちがうよ」

「私は絶対に嫌。最低、下劣、人間のクズ。もう付き合えない。帰って」

「でも、こんなところで女一人じゃ、危険だから」

「あんたと二人きりのほうが、よっぽど危険だわ」

令一は、沸騰した女にどんな言葉をかけても、火に油を注ぐだけだと悟ったように、顔をしかめた。

「分かった。分かったよ。帰るよ」

肩を落として、雑誌も持って部室を出ていった。

智子はベンチに座った。怒りがこみあげてくる。

宿直にバレるとまずいので、とりあえず部室の明かりを消した。

どんな男であれ、基本的にはスケベなのだと思い知らされた。女とエッチすることしか考えていない生き物なのだ。令一はちがうと思っていたのに。

染谷のせいだ。あの芸人志望に感化されて、純粋無垢《むく》な令一が邪《よこしま》な世界に引きずり込まれていく。令一は、この部室で智子とエッチするつもりだったのかもしれない。そのまえに女の裸を見て、気分を高めていたのだ。

キスまでなら許すつもりだった。でもこんな汗臭い部室で、初体験なんて最悪だ。

時間が経ち、少しずつ怒りがおさまってくる。

冷静になるにつれ、不安と寂しさが戻ってくる。

早まって家出なんかするんじゃなかった。

夜明けまで、まだ長い。暗闇にぽつんと一人。家に帰りたいが、父の説教を一時間は覚悟しなければならない。

お母さんがいればな、とまた思う。母を思い出すと、悲しくなる。

不安が募《つの》って、いろいろ考えてしまう。令一のこと、部活のこと、進路のこと。

これからどうなっていくのだろう。

十年後、二十年後、私はどこで何をしているのだろうか。不安なときに暗闇で考えごとをしていると、気持ちがどんどん悲観的になってくる。

少し寒いので、ロッカーからウインドブレーカーを取り出して、毛布代わりに上からかけた。ベンチに寝転び、ぼんやりした。

今、初めて気づいた。

「ん、なんの音?」

スー、と小さい穴から空気が抜けてくるような音が、どこからか聞こえてくる。今まで気づかなかったくらいの、ごく微細な音だ。

智子は起きだして、耳をすませた。音の発信源を探した。

部室のどこかに穴でもあいていて、空気が抜けているのだろうか。しかし音は一定だ。風なら、こんな機械的な聞こえ方はしないはずだ。

気になる。智子はいったん気になると、それが解決しないかぎり、ずっと気になってしまう神経質な性格である。

目を閉じ、耳をすませた。

息を止め、自分の呼吸音さえ消して、音源をたどった。

微細な音なので、日中は聞こえないだろう。昼間は生徒がいて騒がしいし、近くの道路にはつねに車が走っている。しかし今は夜更けで、学校は無人だし、車の通りも少ない。それでも、耳をすませてやっと聞こえる程度だ。

音は、上方から聞こえてくる。部室の左側は、背丈を超えるロッカーが並んでいる。その上あたりから聞こえてくる。

ロッカーは縦長で、十棚ある。部員三人で一つを共有していて、中にはユニホームやグローブがおさまっている。

扉はすべて閉じている。だが、音はロッカーの中からではない。

ロッカーの上だ。

ロッカーの上には、いろんな荷物が載っている。古いボールや漫画本、引退した先輩が捨てていったジャージなどが段ボールやカゴに入れられて、置いてある。

そのガラクタの中に、黒いリュックがある。

やはり引退した先輩が置いていったものらしい。それがロッカーの一番端《はし》にある。音はそのあたりから聞こえてくる。

部室の明かりをつけた。よく見ると、リュックはフタが開いていた。

智子は、ソフトボールを収納するジュラルミン製のボックスを踏み台にして、足を乗せた。ロッカーの上のリュックに手を伸ばした。

開いたチャックに手を入れると、中に何かが入っている。

「なんだ、これ？」

小型のビデオカメラが入っていた。

運動会で親が持っているようなハンディカメラではなく、形態としては防犯カメラに近い。長方形の箱型で、先端にレンズがついている。片手で楽に持てるサイズで、かなり高価なもののように思える。

スイッチがオンになっていた。

スーという低い音は、その作動音だった。つまり録画中ということだ。コンセントはなく、内蔵バッテリーで動いているものと思われる。

「なんでカメラが？　盗撮？」

リュックをよく見ると、下部に穴があいていた。その穴からレンズを通して、部室内を盗撮していたと考えられる。

宿直に気づかれるとまずいので、部室の明かりを消した。

カメラを持ったまま、考え込んでしまった。

ビデオは低い作動音を鳴らして、録画を続けている。

いったい誰が、何のために？

最初に思い浮かんだ犯人は、令一だ。智子がトイレに行っている隙《すき》に、部室にビデオカメラをしかけたのだ。そして、ここで智子と初エッチをして、その様子を録画するつもりだったのではないか。

「最悪だ」一気に血の気が引いた。「信じられない」

自分が思っていた令一像とのあまりの落差に、愕然《がくぜん》とする。

染谷の影響ではなく、元来の性質がそうだったのではないか。これから彼女と会うというときに、アダルト雑誌を読んでいるような男なのだ。厳格な家庭に育てられた子供が、道を踏み外すことはよくある。

録画した智子との初エッチ動画を、染谷たちに見せたり、アダルトサイトに投稿することまで考えていたのかもしれない。

「おえっ」

急に吐《は》き気《け》がして、胃からげっぷが出た。

智子はビデオカメラを手にしたまま、茫然《ぼうぜん》と立ち尽くしていた。

背後で、何かが動く気配を感じた。

振り向こうとしたら、突然、首に何かが巻きついた。

「うっ」智子はうめく。

いきなり首が絞まった。

背後に誰かいる。紐《ひも》のようなもので、背後にいる人間に首を絞められている。智子はもがいて抵抗するが、いっそう強く首を絞められる。

すごい力だ。手に持っているビデオを床に落とした。

首に巻きついた紐を引きはがそうとした。しかし完全に皮膚に食い込んでいて隙間《すきま》がない。爪《つめ》は首の皮膚を引っかくばかりだ。

誰?

背後の敵を攻撃しようにも、完全に背中に回られてしまっているため、拳《こぶし》が届かない。手足をじたばたさせるだけが唯一の抵抗だった。

敵はさらに力を込める。首を絞めるだけでなく、さらに引きあげてくる。わずかだが、智子の足が地から浮いた。

後ろを振り向こうとするが、うまくいかない。暗闇であることも手伝って、背後にいる人間の顔は見えない。息づかいだけが聞こえる。

息が吸えない。当然、声も出せない。

なぜ私がこんな目に?

苦しい。ヤバい。

誰か、助けて……、お父さん……、お母さん……。

身体《からだ》に力が入らなくなっていく。苦しさを抜けて、意識がまどろみに落ちていく。それでもなお、首を絞める力はゆるまない。

ダメだ……。

智子の意識は落ちた――

2

目を開けると、智子は硬い椅子に座らされている。

背もたれの形に沿うように、まっすぐな姿勢で背筋を伸ばし、両手をひざの上に置いている。まるで面接試験を受けているみたいだ。

ここはどこ？

部屋は広い。壁も床も天井も、シミ一つない乳白色。ドアや窓はない。ドアも窓もない部屋にどうやって入ってきたのだろう。

さらに言えば、照明器具もなかった。なのに部屋は明るい。壁や天井自体が光を放っているのだろうか。

目の前に、少女の後ろ姿がある。

十代後半くらいだろうか。きゃしゃな身体つきだが、所作《しょさ》はどこか大人っぽい。ショートカットの黒髪が、さらさらと神々しい艶《つや》を放っている。

少女は智子に背を向けて、デスクに向かって何かを書き込んでいた。

「怠倉狡人《なまくらずると》は地獄行き、と」

少女はつぶやき、スタンプを力強く押して、その書類を「済」と書かれたファイルボックスに放り投げた。

いま気づいたが、身体が動かなかった。縛られているわけではないのに、脳の命令に身体が反応してくれない。立ちあがろうにも、お尻が椅子から離れない。だが、首から上はある程度動くようだ。声は出せるし、眼球も動く。

「動こうとしても無駄ですよ。じっとしてなさい」

少女は回転椅子を回して、振り向いた。

かわいい子だった。

黒目がちな目が、ぱっちり開いている。小顔で、顔も口もすべて小さい。黒髪のショートカットは、前髪が眉《まゆ》にかかるあたりでそろっている。形のいい福耳に、イルカのイヤリング。白い肌にはホクロ一つなく、まるで透き通る水のようだ。淡いピンクの口紅を引いている。

光彩の強い瞳《ひとみ》と、とんがったアヒル口。そしてシャープな顔立ちは、彼女が鋭敏な感性の持ち主であることを物語っていた。

お金をかけたオシャレな服装である。セットアップワンピは、白と水色のストライプ。短いスカートの丈から、細長い生足をのぞかせている。スニーカーはオレンジだが、靴底は黄色で、靴紐《くつひも》は蛍光グリーン。

なにより目立つのは、肩にはおっている真っ赤なマントだった。少女がはおるにはあまりに大きすぎるし、血を連想させる生々しい赤だ。奇抜なファッションだが、この子が着ると前衛的に見えなくもない。

少女は、あごをしゃくって智子を見た。

童顔に似合わず、生意気そう。邪気はないのに、腹に一物《いちもつ》ありそうな顔だ。

少女は唇《くちびる》をとがらせ、癖のような動作で、その先端に右手の人差し指をあてた。智子を品定めするように見つめる。

「閻魔堂《えんまどう》へようこそ。緒方智子さんですね」

小人《こびと》のお姫さまのような、かわいらしい声だった。

「ええ、はい」

「十七歳か。若いなあ。なにせ、ここに来るのは大半がジジババだから」

「は？」

少女は優雅に足を組み、タブレット型パソコンを持って、タッチパネルを指で操作している。タブレットを読みながら、うなずいた。

「ふむ、なるほど」

「あの、あなたは誰ですか？」

智子の質問を無視し、少女は言った。

「あなたは父・緒方篤弘《あつひろ》、母・里佳子《りかこ》の長女として生まれた。母は、土砂災害に巻き込まれて死亡。父は税務署で働いている。そうですね」

「はい、そうです。ところで――」

「学力も運動神経もいいほう。平凡な小中時代を経《へ》て、偏差値六十五の私立高校に通っている。ソフト部のキャプテン。しかし部員から尊敬されておらず、求心力もなく、決められた練習メニューをなんとなくこなすだけで、目標に向かって一致団結しないチームの現状に悩んでいる」

「ええ、まあ」

「夢は、環境問題にたずさわる仕事に就くこと。しかし口先だけで、刻苦勉励《こっくべんれい》しているわけではない。たまには遊びたいし、少し疲れるとだらけてしまう。部活も頑張りたいし、恋もしたい。今は立原令一と付き合っている。まあ、顔も悪くないし、彼氏にするには見栄《みば》えがいい。華の女子高生なのに、彼氏がいないのは寂しい。初めて告白されて、舞いあがった。そんな軽い気持ちで、交際をはじめた。そうですね」

「うーん。まあ、そうかな」

「性格は短気。頭にくると、席を蹴《け》ってその場を出ていく傾向がある。小言が多い父親をうざく感じるお年頃。趣味は、推理小説を読むこと。めっちゃ悪いことはしない。善人だからではなく、単に度胸がないだけで、その証拠にいいこともしない。環境問題に取り組んで地球を救いたいという壮大な夢はあるが、その夢のスケールに見合うだけの努力はしていない。夢という言葉を軽々しく使う、低俗軽薄な今どきの若者にすぎない。と、総じてプラスマイナスゼロの人生を歩んできた緒方智子さんでよろしいですね」

「そういう言い方をされると不服ですけど、まあ、否定はできません」

「んー、どうしよっかな。評価できないというより、評価のポイントがない。こういうのが一番困るんだよなあ」

少女は腕組みして、首を傾《かし》げている。真っ白い部屋は、無音で塵《ちり》一つなく、ほのかにローズの香りがした。

「あの、あなたは誰ですか？　なぜ私のことをそんなに知っているんですか？」

「私は沙羅です。漢字で書くと、さんずいに少ない、羅生門の羅。なぜあなたのことを知っているかというと、そうでなければ仕事にならないからです」

「はあ」

「人間世界の概念でいうと、閻魔大王《えんまだいおう》の娘です」

「エンマ？　地獄にいるという、あの閻魔大王ですか？」

「そうです。閻魔大王というのは、人間の空想上のものではなく、実際に存在するもう一つの現実なのです。人間は死によって肉体と魂に分離され、肉体は元の世界に残り、魂のみ霊界にやってくる。ここ閻魔堂は、現世と霊界とをつなぐ関所のような場所です。ここで生前の行いを審査して、おこなった善行と悪行をポイント化して集計し、天国行きか地獄行きかを決めます」

「審判をおこなうわけですか？」

「はい。天国に送られた魂は、しばしの休息のあと、より良《よ》い条件をそなえて生まれ変わります。逆に地獄に送られた魂は、その穢《けが》れを浄化してから、犬畜生に降格して生まれ変わります。すなわち輪廻転生《りんねてんせい》です」

沙羅は大胆に右足を上げて、足を組んだ。細長い生足が智子のまえに突き出され、柔らかい生地《きじ》のスカートがはらりと揺れた。

「人間は生まれたときはイノセントですが、その生理上、年を取るたびに悪いものを溜《た》め込《こ》んでいきます。意識的に善行を積むことで、差し引きゼロ以上にしてくればいいのですが、善行を怠った者は、悪《あ》しきものの掃きだめになってしまう。なので、魂をリセットする。その入り口なわけです、ここは」

「ああ、なるほど」

「かつて魂の審判は、私の父、閻魔大王が一人でやっていました。しかし二度の世界大戦で、送られてくる魂の数が爆発的に増えました。近年は、戦争による大量死は減ったものの、世界人口そのものが増えて、一時は審判が下されるまで一年待ちという非常事態になりました。そのため父一人では処理しきれなくなり、閻魔の血を引き継ぐ男子ならば、代理でおこなってもよくなったのです」

「へえ」

「手続きも簡略化されました。かつては複数の専属調査員が、その人の生前の行いを細かく調べて、分厚い閻魔帳にまとめ、父がすべての罪状を読みあげて、死者にも弁明の機会を与えていました。しかし、それでは時間がかかりすぎてしまいます。現在は、ＡＩを使ってデータを自動処理しています。また、ネットで確定申告するように、ワンクリックで書類のみの審査もおこなえるようになりました。昔は、閻魔のフォーマルウエアがあったのですが、今はマントだけはおっていれば自由になりました。あの世でもこの世でも、時代は移り変わっていくのですね」

沙羅は、昔を懐《なつ》かしむように、うっとり目を細めた。

「今では霊界でも男女平等の流れになり、女子であっても閻魔の血を引き継ぐ者であれば審判をおこなえるようになりました。今日は、父と兄が仲良く地獄谷《じごくだに》にお花見に行っているので、私が代理を務めているというわけです」

智子は自分が置かれている状況を必死で理解しようとした。

沙羅が手に持っているタブレットは、いわゆる電子版の閻魔帳で、智子のプロフィールおよび生前の行いが克明に記されているようだ。

「ええと、ということは、私は死んだの？」

「はい」

「そして霊界に来て、今から審判を受けるということですか？」

「そうです。理解が早くて助かります」

「……でも、なんで私は死んだんですか？」

「絞殺です」

「絞殺？」

「ソフト部の部室で」

「……はっ」

思い出した。智子は、ソフト部の部室で殺されたのだった。

智子は記憶を取り戻していた。

深夜の部室。絞まった首の感触。背後にいる犯人の息づかい。犯人の力はすさまじく、強く引きあげられ、智子の足はわずかに浮いた。

苦しみを超え、意識は薄れていき、やがて遠のいて……。そう、殺されたのだ。

智子は叫んでいた。

「誰に？　私は誰に殺されたの？」

「それは教えられません。生前知らなかったことは、原則的に教えてはならないのが霊界のルールなのです」

「そんな」

「知らないまま生まれ変わったほうが幸せですしね」

愕然とする。

最期の瞬間を思い出した。簡単には死ねなかった。息が吸えない、ということはひどく苦しいことだった。智子は必死でもがいたが、抵抗およばず、やがて脳に酸素がいかなくなり、視界がぼやけていった。

沙羅は言った。「特に評価点もないけど、その若さでこっちに来ちゃうなんて、かわいそうだしなあ。天国でいいね。半年くらいで生まれ変わりの順番が回ってくると思うよ。生前の行いがあまりよくないから、いい条件では生まれ変われないけど、自業自得だと思って受け入れなさい」

智子は、まだ現実を受け止められずにいた。頭の整理が追いつかない。

「天国行きだから、文句ないよね」

沙羅は回転椅子を回して、デスクに向いた。引き出しから一枚の紙を取り出して、何かを書き入れている。

「ちょっと待って」

沙羅は、首だけ振り向いた。「なに?」

「私を殺した犯人は誰なの?」

「だから霊界のルール上、教えられないんだって。基本的に霊界は、人間界のことには関与しない。すべて見ているのは本当だけど、天罰が下るのは死後。生きているうちのことは知らない。人間界にも刑罰はあるけど、それは人間が勝手にやっていることで、霊界は関係ない。だから、たとえば殺人罪で死刑になっても、それとは無関係に、こっちはこっちでまた罰が下り、地獄に落とされる」

「でも、あなたは犯人が誰か、知ってるんでしょ」

「まあね。人間がやることはすべて見てますから」

「犯人は捕まったの?」

「教えられない」沙羅は冷然と言った。「犯人なんてどうでもいいでしょ。仮に犯人を知ったところで、あなたが復讐《ふくしゅう》できるわけでもないんだし」

「そんな」

「犯人が現世で逮捕されて、刑に服すかは知らない。でも服役したところで、懲役十年そこそこでしょ。なんで日本の刑罰って、あんなに寛容なんだろうね。三度の飯付き、毛布ももらえて、風呂《ふろ》にも入れる。ま、犯人が現世で逮捕されなくても、死んでこっちに来たら、問答無用で地獄行きだから、安心して天国に行きな」

「嫌よ。犯人も分からないで死ぬなんて。それに、私は殺されるような悪いことはしていない」

「そんなもんなんだよ。あんたのお母さんは、それこそ善人で、見返りも求めず、公害で苦しむ人々や、自然破壊で生活の場を失った動物たちを調査して、国や企業と戦って世の中に貢献したけど、土砂災害で死んじゃった。そんな目にあったのは、たまたまそこにいたから。運なんだ。いいことをしたから、生きているうちにいいことが返ってくるわけじゃない。悪人が現世で必ず裁かれるわけでもない。勧善懲悪なんてのは、人間が勝手に言っていることで、霊界が定めたルールではない」

飛びかかって殴ってやりたいが、なぜか身体が動かない。智子は精一杯の抵抗で、沙羅をにらみつけた。

「とにかく嫌。こんな気持ちのまま、天国なんか行けない」

「あーあ、困ったちゃんだなあ、もう」

「ねえ、犯人は誰なの？」

「人間のくせに、閻魔様に逆《さか》らいやがって。父だったら、この時点で地獄行きだよ。父は本当に恐ろしいんだから」

「私、まだ死にたくない」

「っていうか、もう死んでるんです」

「ああ、そうか。でも待って。なんとか生き返れないの？」

「無理」

「そこをなんとかお願い」

「無理」

「お願いします。なんとか生き返る方法はないんですか？」

沙羅は、蔑《さげす》みの混じった目で智子を見つめた。

「ちなみに、生き返ってどうするの？」

「いっぱいやりたいことがある。だって私、まだ何もやってない。ソフト部だってキャプテンになったばかりだし、将来の夢もある。令一だって……。こんな何もかも中途半端なまま死ぬなんて、絶対に嫌」

「生意気言うな！」

突然の、沙羅の一喝。かわいい顔とそのつぶらな瞳に、冷酷な光が差した。

「あんたが生きていたころだって、何もかも中途半端だったでしょ。どうせ生き返ったところで、中途半端に生きて、何一つ大成せず、こっちに戻ってくるだけ。ま、そんなものだけど。人間の九割九分はそう。特に意味もなく、無駄にだらだらと、なんとなく生きているだけ。逆に言うと、あんたが生き返ったところで、地球には何の益もない。あんた程度の人間は山ほどいるから、いくらでも替えがきく」

沙羅は、足を組み直した。流し目で智子を見る。

「部活だって、決まった時間に力半分でこなしていただけ。それ以外の時間、陰で特訓していたわけでもない。そのうえキャプテンのくせに朝寝坊して、後輩たちから見下されている始末。言っておくけどね、全国大会に出場しようと、必死で練習している高校球児が何人もいるんだよ。五時起きで朝練して、学業もおろそかにせず、家に帰ったあとも素振《すぶ》りして、筋トレして、女の子なのに日焼けすることもいとわず、泥まみれになって頑張っているソフトボール大好きな少女が、何人もいるの。そういう子たちにあんたなんかが勝てるわけないでしょ」

沙羅は、殺気さえ感じさせる禍々《まがまが》しいオーラを放っている。魔族の血が、自然に発光させる種類のオーラだ。

「あげく男に浮かれて、学業も手につかなくなり、テストで散々な結果を出しておいて、それを反省するでもなく、父親に怒られたら、あてつけに家出をする。あんたはそういうレベルの人間で、あっちに目移り、こっちに目移りして、何一つやり遂げられない。夢は、母と同じ道に進むこと、だってさ。暑けりゃクーラーつけるくせに、いっちょまえに地球温暖化を憂《うれ》えているってわけか。そんなのはあんたが心配することじゃない。あんたより勉強熱心で、高い目的意識を持ち、自己を犠牲にして努力している人間が他にいるから、そいつらにまかしておけばいい。あんたは夢を語る資格すらない凡人で、生半可にしか物事に取り組めず、ちょっとつらくなると息切れして、言い訳して逃げ出す。一日一時間勉強しただけで、私は頑張ってるって自分で言っちゃうレベル。どうせ大学に行ったって、人並みにしか勉強せず、楽しいだけのサークルに入って、ちょいイケメンの彼氏でも作って、ちゃらちゃらと楽なほうに流されていくだけでしょ。あんたごときに救ってもらうほど、地球は落ちぶれちゃいない」

沙羅は、流暢《りゅうちょう》に話した。早口だが、言葉はしっかり耳に入ってくる。的確に智子の急所をついてくる。自覚があったことなので、反論できなかった。

智子は下を向いた。

沙羅は、智子をじっと見つめてくる。あごをしゃくり、ふん、と鼻息を鳴らした。

「天国行きだって言ってるんだから、文句言うな。地獄に突き落とすぞ」

沙羅は恫喝《どうかつ》し、ぷいと背を向けた。デスクに向かい、また書類に何かを書き込みはじめる。

「ん?」

智子は唇を嚙《か》み、言った。「そんなことない」

「そんなことない。私はまだ本気を出してないだけ」

「へえ。本気を出したら、すごいんだ」沙羅はバカにしたように言った。

「そうです。私は本気を出したらすごいんです」

「どれくらい？」

「……世界を変えられるくらいに」

ぷっ、と沙羅は吹き出した。

「あっそ。だったら本気を出してもらいましょうか。それ次第では、あなたを生き返らせてあげてもかまいませんよ」

「えっ、本当？」

沙羅は、タブレットを手に取り、指で操作している。

「ふうん。あんた、推理小説が好きなんだね」

「はい。中学までは読んでいました。母がミステリー好きで、家にたくさん本が残っていたから」

「じゃあ、こうしよう。霊界のルール上、私が犯人を教えるわけにはいかない。でも、あなた自身が推理して当てる分にはかまわない。犯人をみごとに言い当てることができたら、特別に生き返らせてあげましょう」

「犯人を？　でも……」

「いちおう言っておきますが、今あなたの頭の中にある情報だけで、それを正しく組み合わせれば、犯人を言い当てることができます」

「つまり情報は出そろっているというわけね」

「じゃないと、アンフェアですから。名づけて、死者復活・謎解《なぞと》き推理ゲーム。どうします。やりますか？　ただし、リスクは負ってもらいます。もし不正解なら、あなたには地獄に落ちてもらいます」

「うっ」

「このまま黙って天国に行くか。地獄行きのリスクを冒してもゲームに挑戦して、生還を狙《ねら》うか。十秒以内に決めてください」

「ちなみに、地獄ってどんな場所？」

「怖くて、痛くて、苦しい場所。絶望しかない。意識も痛点も残したまま地獄に送られ、現世でおこなった悪行の、一万倍返しくらいの拷問を受ける。みんな泣きわめき、現世で犯した罪を後悔する。反省でもなく、改悛《かいしゅん》でもなく、身をもっての後悔。あんなことするんじゃなかったたって。その後悔の念が、魂の浄化につながるわけ」

「じゃあ、天国は？」

「軽井沢《かるいざわ》の避暑地での苦しゅうない生活みたいなものかな。愛する人がいるなら、その人が天国に来るまでのんびり待って、それから一緒に生まれ変わって、来世でめぐり会うこともできます」

智子は唾《つば》を飲み込んだ。天と地ほどの差がある。

さすがにひるんだ。生き返りたいけど、地獄には落ちたくない。どっちの気持ちのほうが強いか。

沙羅は言った。「ほら、びびってる。何が本気を出したら、だよ。まあ、自信ないなら、やめておいたほうがいいよ。どうせ、あんたみたいな半端な人間には、謎解きなんて無理だからさ。大人しく天国に行きなよ」

「やるよ。やってやる！」智子はカチンときて、言ってしまった。

「えっ、やるの？」

沙羅は、逆に驚いたような顔を浮かべた。

「やります。っていうか、あなたが提案してきたんでしょ」

「いや、まあ、脅しのつもりだったんだけど。そう言えば、へなちょこのあなたのことだから、ひよって天国に行くって言うかと思って」

「天国には行きません。生き返って、私の人生を続けます」

「本当にやるの？」

「やります」

「ふうん。まあ、いいけど。ちょうど休憩するつもりだったから。ただし」

沙羅は目つきを変えた。針のような鋭い眼光を放った。

「失敗したあとで謝っても許しませんよ。閻魔に泣き落としは通用しません。ためらいなく地獄へ落とします。いいんですね」

「………」

「やめるなら今のうちです」

智子は一瞬、返答につまった。弱い心が戻ってくる。だが、振り払った。まだ人生を終わらせたくない。

「やります」

「分かりました」沙羅は腕時計に目をやった。「私はまだ仕事が残っているから、あなた一人に長く付き合っていられないの。制限時間は十分です。答えられなかったら、逡巡《しゅんじゅん》なく地獄行きです」

「スタート」

沙羅はおもむろに立ち上がり、棚の上のコーヒーメーカーへと歩いていく。

「私は休憩っと」

水と豆をセットする。ガガガと、豆を挽《ひ》く音が鳴る。湯が沸騰し、蒸気があがる。コーヒーが抽出される。芳醇《ほうじゅん》な香りが広がった。

「あなたも飲む？」

「いえ、結構です」

智子は推理に集中した。制限時間は十分。文字通り、生死がかかっている。

正確に言えば、すでに死んでいる。その状況がそもそも信じがたいのだが、この状況なら信じるしかない。

天国に行って再び生まれ変わるとしても、それは緒方智子ではない。緒方智子という名前と記憶を失った、まったくの別人だ。緒方智子という私は、ここで死ぬ。

死にたくない。

沙羅は、今ある情報だけで犯人を推理できると言った。

これは重大なヒントだ。つまり犯人は、智子の知らない人間ではない。誰でもいいから殺したかった的な通り魔殺人ではなく、智子を知っていて、智子を殺す動機があったということだ。

いま頭の中にある情報と、殺された夜に体験したことだけで、点と点をつないで論理を組み立てていけば、必ず犯人にたどり着ける。

智子はまず、殺された日の状況を克明に思い出すことからはじめた。

まず、父と中間テストのことで喧嘩になった。未唯南の家に泊めてもらうつもりで、自宅を飛び出した。途中で未唯南に電話をかけたら、自宅に彼氏が来ているということで泊まれず、行き場を失って、ソフト部の部室に行った。令一に電話をすると、今から来てくれるという。

尿意をもよおし、公園の公衆トイレに行った。部室に戻ってみると、令一がアダルト雑誌を読んでいた。喧嘩になり、令一は帰った。部室でまた、一人になる。スーという微細な音が聞こえてきて、盗撮カメラを発見した。

その直後、背後から何者かに首を絞められた。

「二分経過、残り八分です」

沙羅は、コーヒーをマグカップに注ぎ、デスクに戻った。足を組んで、角砂糖とミルクを入れ、スプーンでかき混ぜる。

もう二分が過ぎた。時の経過が早く感じられる。

まずは容疑者を絞り込む。

ポイントは、智子が部室に来たのは、まったくの偶然だったことだ。智子自身、自宅を飛び出した時点では、未唯南の家に行くつもりで、部室に行くつもりはなかった。犯人が智子を殺すつもりで殺したのだとすれば、少なくとも犯人は、智子が部室にいることを知っていた人物ということになる。

犯人の第一条件は、智子が部室にいることを知っていた人物。

まず未唯南だ。電話で「最悪、部室にでも泊まるかな」と言った記憶があるから、未唯南は智子が部室に行ったことを知っている。

それから、もちろん令一。

さらに、宿直の棚沢。智子が部室に来たとき、一度明かりをつけた。令一が来たときはしばらくのあいだ、つけっぱなしだった。部室に明かりがあることで、棚沢が気づいたとしてもおかしくない。

智子が自転車で高校に向かう途中、誰かが見かけて尾行してきた可能性もあるが、そこまで考えていくとキリがない。とりあえずは、この三人だ。あとは、この三人から聞いた人物も含まれる。未唯南は彼氏の茂木に話したかもしれないし、令一は染谷に話したかもしれない。さしあたり、この範囲に絞られる。

父はどうだろう。智子は「未唯南のところに泊まる」と言って家を出た。父は車で未唯南の家に行き、智子の自転車がないことから来ていないと判断し、そこから高校のソフト部の部室に行ったのではないかと推測することはできたかもしれない。智子がキャプテンで、部室の鍵を持っていることを父は知っている。

疑いたくはないが、推理に私情を挟むべきではない。父も容疑者の一人としてカウントしておく。

続いて、犯人の第二条件。それは智子を絞殺できること。

つまり、ある程度の腕力の持ち主だということだ。智子の首を絞めた力は、かなり強かった。引きあげられ、足が地から離れたほどだ。

男は、まあ、可能だろう。問題は、女の未唯南だ。だが未唯南は、強肩と長距離砲が持ち味の選手で、打率こそ低いが、ホームランは一番多い。下手な男より腕っぷしは強いので、除外はできない。

次に考えるべきは、やはり動機だ。犯人が智子を殺した動機はなにか？

まずは未唯南。未唯南はもともと令一が好きだった。智子が令一を奪ったわけではないが、ひそかに恨んでいたとしてもおかしくない。特に智子は、未唯南が中二で処女を喪失していることを、令一に話してしまった。そのことを未唯南は知っていて、そのせいで令一にふられたのだと思って、恨んでいる可能性はある。

考えてみたら、本当に未唯南の家に彼氏が泊まりに来ていたのかも定かではない。智子を家に泊めたくないから、口実で言っただけかもしれない。それに未唯南は、今日の電話でもそうだったが、令一の悪口をちょくちょく言ってくる。令一がアダルト雑誌を没収されたことを告げ口してきたのも未唯南だ。

令一と別れさせようという魂胆なのかもしれない。未唯南流の仕返しだ。親友のつもりだったが、未唯南の腹の中は分からない。

令一はどうだろう。智子は令一を変態呼ばわりして、部室から追い払った。それでプライドを傷つけられ、戻ってきて、智子の首を絞めたとは考えられないか。しかし、たかがそんなことで殺人を犯すだろうか。

付き合ってまだ一ヵ月、令一のことをそこまで深く知っているわけではない。まじめだと思われていた男が、DVなんてことは世間ではよくある話だ。令一がアダルト雑誌を読んでいることとさえ、最初は信じられなかった。

宿直の棚沢はどうか。実は、変態のシリアルキラーで、部室に女が一人でいるのを見つけて、快楽殺人を犯したとか。

もし犯人が父だとしたら、動機はなにか？

「四分経過、残り六分です」沙羅が無情に時を告げる。

動機から犯人を推理するのは無理だ。どこで誰が智子を恨んでいたかなんて、犯人に聞いてみなければ分からない。

やめた、と智子は思った。

動機は置いておく。一つ言えることは、智子が死んで得をする人物は特にいないということだ。智子が死んでも、誰の懐《ふところ》にも財産は転がり込まない。

やはりポイントは盗撮カメラだ。

智子は、盗撮カメラを発見した直後に殺された。智子が殺されたことと、あの盗撮カメラとは関係があるのだろうか。ある、という前提で考えよう。つまり、智子は盗撮カメラを発見したから殺された、と仮定する。

とすると、犯人＝盗撮犯ということになる。

誰が何の目的で、部室にカメラをしかけたのだろうか。

あのカメラを発見したとき、最初に思ったのは令一だ。令一は、部室で智子といやらしいことをするつもりで、その様子を撮影しようと考えたわけだ。あんな猥褻《わいせつ》な雑誌を読んでいるくらいだから、そういう性癖があったとしてもおかしくない。

未唯南はどうだろう。未唯南が盗撮カメラをしかけたのだとしたら、目的はなにか。たとえば智子の着替え姿を映像におさめて、ネットに流すとかして、令一を奪われた恨みを晴らそうとしたとも考えられる。

宿直の棚沢だとしたら、ただの変態で、女子高生の着替えを見たかった。棚沢は五十代独身の理科教師だ。容姿は下の下。不潔で気持ちわるい感じなので、そういう趣味を持っていたとしても不思議ではない。

視点を変えよう。

部室に盗撮カメラをしかけることが可能なのは誰か。

部室の鍵は一つしかない。それはキャプテンである智子が管理している。

智子は部活前に部室に行って鍵を開け、全員が着替えて出たら、鍵をかける。練習が終わったら、また智子が鍵を開け、全員が着替えて出たら、最後に鍵をかける。かなり厳重に管理されている。

というのも、智子が入学するまえだが、このソフト部の部室で女子生徒の制服が盗まれるという盗難事件が発生したことがあるのだ。犯人は捕まっていない。そのため、部室が無人のときに鍵を開けっ放しにしないよう、ソフト部に限らずすべての部活で、部室の鍵の管理が徹底されている。

そう考えると、部室にカメラをしかけられるのは、未唯南を含めたソフト部員全員、あるいは智子がトイレに行っている隙にしかけることができた令一だけということになる。だが、宿直の棚沢は可能だろう。宿直室には部室の合い鍵がある。金庫に入っているが、宿直なら取り出せるはずだ。

あまり考えたくないが、父の可能性もある。智子が休日のとき、こっそり部室の鍵を盗み出し、合い鍵を作っておくことは可能だ。そして学校に忍び込み、部室に盗撮カメラをしかける。父にそういう趣味があるとは思えないが、可能性としては残しておく。

要点をまとめる。

盗撮犯は、ソフト部の部室に自由に出入りできた人物。これが犯人の第三条件になる。該当者は、未唯南を含めたソフト部全員、令一、棚沢、父。だが結局、第一条件とさほど変わらない。

いや、もう一人いる。ソフト部顧問の馬場だ。

智子はキャプテンになったとき、馬場から部室の鍵を渡された。馬場が部室の合い鍵を作っておくことは可能だ。

ただ馬場には、美人な奥さんと二人の娘がいる。生徒の評判もいい。女子高生の着替えフェチとは考えにくい。

馬場が盗撮犯とすると、目的は別にあるのかもしれない。

先日、二年生による一年生へのいじめが発覚した。そのことで馬場の監督責任も問われた。疑心暗鬼になった馬場が、教師の目の届かない部室でいじめが起きていないかを調査するために、カメラを設置したとも考えられる。だとしたら、やりすぎで人権侵害だが、まじめすぎる先生なので、行きすぎてしまった可能性はある。

しかし馬場は、智子が部室に来ていることは知りようがない。犯人の第一条件から外れている。

いや、ちがう。盗撮カメラは、智子が発見したとき、作動していた。あのカメラは、映像データを電波で遠くに飛ばせるタイプのもので、盗撮犯はその映像をリアルタイムで見ることができるのかもしれない。

だとすると、盗撮犯はその映像をどこかで見ていて、部室に智子が来ていることを知った可能性もある。つまり盗撮犯は智子が部室にいることを知りえたことになり、犯人の第三条件を満たす者は、そのまま第一条件も満たすことになる。とすると、ソフト部全員や馬場も、容疑者に含まれてくる。

容疑者を絞り込むどころか、かえって広がってしまった。

「六分経過、残り四分です」

沙羅はコーヒーを飲みながら、羊羹《ようかん》を食べていた。耳にイヤホンをつけて音楽を聴き、リズムに合わせて身体を揺すっている。

集中しろ、智子は自分に言い聞かせた。

犯人の動機は、盗撮カメラ。何らかの目的で部室に盗撮カメラをしかけ、それを智子に発見されてしまったから殺した。

ともかく、そう仮定してみる。

確かに部室に盗撮カメラをしかけたことが分かったら、大問題になるだろう。棚沢や馬場なら懲戒解雇。未唯南や令一なら退学もありうる。智子を殺してでも犯行を隠蔽《いんぺい》する動機になりうる。

令一はどうだろう。盗撮犯が令一と分かっても、あくまでも令一と智子の関係にすぎない。いや、それは智子の側から考えることだ。令一からすれば、智子が学校や警察に被害を訴えるかもしれないと考える。令一も容疑者から外せない。

いや、冷静に考えると、盗撮カメラを発見しただけでは、犯人を特定できない。誰がしかけたのか分からないからだ。犯人はしらばっくれていればいい。

そう考えると、盗撮犯が智子を殺したのは、その時点で盗撮犯を特定できてしまう状況だったからだとも言える。たとえばカメラに名前は書いていないとしても、犯人の指紋がついていたとか。

しかし、今ここで指紋を調べることはできない。

沙羅が言うには、智子の頭の中にある情報だけで、犯人を特定できるのだ。指紋のような物証ではなく、推理だけで犯人を特定する方法があるということだ。

それはなにか……。分からない。

頭が真っ白になった。容疑者は絞られている。しかし、ここからどうやって犯人を絞り込めばいい？

今になって後悔が押し寄せてくる。大人しく天国に行っておいたほうがよかったのだろうか。なぜこんなゲームに参加してしまったのだろう。挑発に乗って、墓穴を掘る結果になってしまった。

今さら沙羅に泣きを入れても無駄だろう。さすがは閻魔の血を引き継ぐ娘だ。イヤホンを聞いて音楽に興じているその顔には、ささやかな同情心さえ見えない。彼女にとって智子がどうなろうと、どうでもいいのだ。この時間は、気まぐれの余興。休憩ついでの暇つぶしにすぎない。

土下座したところで、時間の延長はおろか、ヒントさえくれそうにない。

人に頼るな、智子は心の中で叫んだ。

自分を信じて、推理に集中しろ。今ある情報だけで、犯人を特定できるのだ。犯人を特定できないとしたら、考えが足りないのだ。

「八分経過、残り二分です」

今、この瞬間に集中する。

今まで中途半端に生きてきた。楽なほうに流されてきた。言い訳ばかりしてきた。

でも、あと二分しかない。緒方智子でいられる時間は、あと二分。

この二分が過ぎれば、緒方智子としての人生は終わる。

あとはない。

なんで私がこんな目に、とか、泣きごとを言う暇があったら考えろ。

死力を尽くせ。根性を見せろ。緒方里佳子の娘だろう。やればできるはずだ。

もう一度、あのときの状況を思い出してみよう。

犯人は、何らかの方法で智子が部室に来ていることを知り、部室の近くまで来ていたのだ。そして智子が盗撮カメラを発見したから、殺した。

あのとき、なにか不自然なことはなかったか。

不自然といえば、令一だ。

智子がトイレから戻ってくると、令一は部室でアダルト雑誌を読んでいた。これから恋人と会うというときに、そんな雑誌を読むだろうか。しかし盗撮犯が令一だとすれば、そこまでいかれた奴だったとしても不思議ではない。あるいは、これから智子と初エッチをするつもりで、女の裸の写真を見て気分を高めていたのかもしれない。

令一の立場になって考えてみる。

部室に来たら、智子はいなかった。トイレにでも行ったのかな、と令一は考える。部室の鍵は開いていた。中に入って、明かりをつける。令一が盗撮犯だとすれば、盗撮カメラをセットして、それからアダルト雑誌を読みだした。そこに智子が戻ってくる。アダルト雑誌を読んでいるところを見られて、令一は動揺していた。そして「拾った」などと、ありえない嘘《うそ》をついた。

不自然といえば、すべてが不自然だ。

再び、あのときの状況を思い出してみる。

令一と喧嘩になり、令一は帰っていった。智子は部室で一人になった。すると、スーという微細な音が聞こえてきた。それで盗撮カメラに気づいた。

よく考えると、これも不自然だ。

微細な音なので、騒がしい日中だったら気づかなかったかもしれない。しかし智子が最初に部室に来たときは、充分に静かだった。それなのに、盗撮カメラの作動音に気づかなかった。しかしトイレに行き、令一が帰って、また部室に一人になったときは、その作動音が聞こえてきた。

こう考えると、盗撮犯は令一だ。

令一は、智子がトイレに行っている隙に、盗撮カメラをしかけた。トイレに行くまえは設置されていなかった盗撮カメラが、トイレから帰ったあとには作動していたので、その作動音が聞こえたのだ。

やはり犯人は令一なのだろうか。

いや、可能性はもう一つある。

あのリュックは、智子が作動音に気づいたとき、チャックが開いていた。智子がトイレに行くまえはチャックが閉まっていて、つまりフタが閉じた状態だったから、作動音が漏れることはなかった。しかしトイレから帰ってきたときには、チャックが開いていた。だから、作動音が漏れたとも考えられる。

とすると、トイレに行くまえは閉まっていたリュックのチャックが、トイレから戻ってきたときには開いていたことになる。

リュックのチャックを開けることができたのは、やはり令一だ。いや、そうとは限らない。犯人は部室の近くにいたはずなのだ。

そもそも犯人は、いつ盗撮カメラをしかけたのだろう。

あの盗撮カメラは、コンセントに接続されていなかった。内蔵バッテリーで作動していたものと思われる。内蔵バッテリーの持続時間はどれくらいだろうか。一般的なハンディカメラなら、せいぜい十時間程度だが。

智子が殺されたのは、たぶん午後九時過ぎだ。内蔵バッテリーが十時間だとすると、盗撮カメラをしかけたのは、午前十一時以降ということになる。その時間なら、学校はもう始まっている。

「そうか」

順序が逆なのだ。犯人は、智子が部室にいることを知って、来たのではない。部室に来てから、智子がいることを知ったのだ。

「あと十秒です」沙羅の秒読みがはじまった。「十、九、八、七、六」

智子の脳が、高速回転する。その仮定に基づいて、頭の中でシミュレーションする。

沙羅は容赦なく秒を刻んでいく。

「五、四、三、二、一、ゼロ」

沙羅はイヤホンを外した。智子を正面から見据えた。

「時間終了です。では、解答をどうぞ」

「はい、犯人は分かりました」

智子の頬《ほお》がゆるみ、ふと笑みがこぼれた。

3

「推理の前提として、容疑者を絞ります。まず犯人は、私があの部屋にいることを知っていた人物です。このことから、未唯南、令一、宿直の棚沢、そして父の四人。さらに、この四人から聞くことができた人物。たとえば令一の友だちの染谷、未唯南の彼氏の茂木。そして部室に盗撮カメラをしかけた人物。盗撮犯がカメラの映像をリアルタイムで見ていたとしたら、私が部室に来ていることを知ることができた。基本的には、この範囲に絞られます。

さらに殺害の動機が、私が盗撮カメラを発見したことにあると仮定すると、犯人はイコール盗撮犯であり、同時にソフト部の部室に盗撮カメラをしかけることができた人物ということになります。部室の鍵は私が管理しています。鍵の開け閉めに関しては、かなり厳重に管理していました。したがって部室にカメラをしかけられるのは、部室を利用する未唯南を含めた部員全員、合い鍵を持っていた可能性のある棚沢と、ソフト部顧問の馬場、そして父。さらに私がトイレに行っている隙に、カメラをしかけることができた令一。やはりこの範囲に絞られることになります」

「ふむ、それで？」

「盗撮犯がカメラをしかけた目的は、ひとまず考慮から外します。ポイントは、盗撮カメラが作動していたことです。コンセントは接続されていなかったから、内蔵バッテリーで動いていたのでしょう。充電容量は、せいぜい十時間くらいかな。言い換えれば、あの盗撮カメラは常時しかけられていたものではなく、部活が終わったあとで回収しなければならないものだった。

さらに言うと、あの盗撮カメラが映像データを電波で飛ばして、犯人がリアルタイムで見ていて、私が部室にいることを知った可能性もあるけど、その可能性は低い。だって、誰もいない真っ暗闇の部室をリアルタイムで見ていても、仕方ないですからね。このことを加味すると、次のように考えられます。

犯人は、生徒も教員も帰宅した夜八時過ぎ、部室にしかけた盗撮カメラを回収しに来たんです。ところが私が部室にいたため、カメラを回収できなかった。おそらく犯人は部室の近くに隠れていて、私が去るのを待っていたのだと思います。

私は令一に電話して、令一が来てくれることになった。しかし令一を待っているうちにトイレに行きたくなり、部室を出て、公衆トイレに行った。犯人はチャンスと思い、部室に入って盗撮カメラを回収しようとした。リュックのチャックを開け、中からカメラを取り出そうとした、まさにそのとき、令一がやってきたんです。

犯人は慌てた。カメラの回収をいったん放棄し、身を隠そうとした。しかし慌てたために転ぶかして、犯人はあるものを落としてしまう。犯人はそれに気づかず、とっさの機転でロッカーの中に隠れたのでしょう。

しかし床には、犯人が落としたものが残っていた。それがアダルト雑誌です。そこに令一がやってくる。令一は部室の明かりをつけた。そして床に落ちているアダルト雑誌を見つけた。手に取って開いてみて、驚いた。なぜか。そのアダルト雑誌は、自分が馬場に没収されたものと同じだったからです。

なぜ馬場に没収された雑誌が、ここに落ちているのか。理解できずに混乱していたところに、私が戻ってきた。令一は『拾った』と言っていましたが、あれは嘘ではなかったんですね。でも、なぜ没収されたものがここに落ちているのか分からず、恋人に見とがめられた恥ずかしさもあって、言い訳できずに黙って帰っていった。

私は部室で一人になった。しかし、あのとき犯人はロッカーに隠れていたんです。そのうち、私は盗撮カメラの作動音に気づいた。しかし盗撮カメラがずっと作動していたのなら、最初に部室に来たときに気づいていたはずです。最初に部室に来たときは気づかなかったのに、なぜトイレから戻ってきたあとは聞こえたのか。それはリュックが開いていたからです。トイレに行くまえは、リュックのチャックが閉じていたから、音は漏れなかった。しかし戻ってきたときには開いていたので、音が漏れた。これは犯人が盗撮カメラを回収しようとした証拠になります。

そして私は盗撮カメラを発見した。ただ発見しただけでは、犯人の特定まではできません。しかし部室の鍵は厳重に管理していたので、部室にカメラをしかけられる人間は限られています。さらに犯人は、部室に令一から没収したアダルト雑誌を落としています。なぜあそこにアダルト雑誌が落ちていたのか、という疑問から、いま言ったような推理が成り立ち、結果、盗撮犯は特定される。

つまり、発見した盗撮カメラと、犯人が現場に落としたアダルト雑誌という二つの情報がつながると、犯人はおのずと特定される。そんなことがバレたら、懲戒解雇はまぬがれない。刑事事件になるかもしれません。だから犯人は私を殺し、すべてを隠蔽しようとした。犯人はソフト部顧問、馬場克彦です」

沙羅は、足を組んだ姿勢で座っている。ゆっくりと二度うなずき、微笑を浮かべた。パチパチパチパチと拍手した。

「ご名答です」

「くそっ、あの教師。盗撮していたとは」

「犯人は分かってしまったので、少し補足説明してあげましょう」

沙羅は、タブレットを手に取った。

「馬場が、ソフト部の部室を盗撮していたのは、先月のいじめ問題とは関係ありません。単に、女子高生、特に直接の教え子たちの着替え姿を見たかったからです。学校の教師にはこういう下劣な輩《やから》が少なくありません。四年前からやっていて、自宅には四年分の盗撮データがパソコンにコレクションとして残っています。

実は、四年前の制服盗難事件も馬場のしわざです。馬場はソフト部の部室の合い鍵を作って侵入し、シャツの匂いをかいだり、靴下をなめたり、汗の染《し》み込《こ》んだタオルを盗んだりしていました。しかし、あるとき忍び込んだ部室に、脱ぎたてほやほやの制服が置いてありました。たまらず盗んでしまったのです。

しかしそのことが学校で問題になり、部室の鍵の管理が厳重になりました。それ以降は制服を盗むことはやめましたが、代わりにはじめたのが部室の盗撮です。これは実にうまくいきました。この四年間、一度も見つかることなく、定期的に着替えを盗撮していたというわけです。

その日、馬場は午後の授業がなかったので、五時限目のときに合い鍵を使って部室に侵入し、盗撮カメラをしかけました。バッテリーは九時間。映像データを電波で飛ばすタイプのものではなく、内蔵ディスクに録画するだけです。

部活が終わっても、学校にはまだ残業している教師がいます。しかし八時ごろには、宿直以外は誰もいなくなる。馬場は学校が終わったあと、漫画喫茶の個室に入り、没収した令一のアダルト雑誌を読んでいました。そして八時過ぎになり、学校に戻って、盗撮カメラの回収にかかりました。

ところが、部室にあなたがいた。そのため馬場は部室に入れず、あなたの様子を物陰《ものかげ》からのぞいていました。あなたは令一に電話をかける。馬場には会話の内容までは聞き取れませんでした。あなたは電話を切ったあと、トイレに行った。これ幸いと、馬場は盗撮カメラの回収にかかった。

ボール箱を踏み台にして、ロッカーの上にあるリュックのチャックを開けました。そのとき、物音が聞こえた。その物音は、令一がバケツを蹴った音です。令一は暗くて分からず、足元のバケツを蹴ってしまい、すねを強打して『痛っ』と声に発しました。その声に驚いて、馬場はチャックを開けたところで凍《こお》りつき、カメラを回収するまえに慌てて身を隠さなければならなくなった。

とっさのことで、自分がボール箱の上にいることを忘れた。馬場は転倒し、そのとき肩に下げていたバッグが床に落ちて、衝撃でフタが開いてしまい、中の物が飛び散った。慌てて中身をバッグにしまったのですが、なにせ暗闇です。一つだけ回収し損《そこ》ねたものが残りました。それが令一から没収したアダルト雑誌です。令一が部室に近づいてくる足音が聞こえたので、馬場はとっさにロッカーの中に隠れました。

令一は明かりをつけて、部室に入った。すると、床に見覚えのある雑誌が落ちている。拾ってみて、驚いた。なぜ馬場に没収されたアダルト雑誌がここに落ちているのか、と。雑誌を開いてみると、間違いなく自分が没収されたものだと分かりました。なぜなら、その雑誌には染谷の落書きが入っているからです。『あはん、そこはいやん』『もっと激しく突いてー』『あー、いくー、いっちゃうー』などと漫画のセリフの吹き出しみたいに、くだらない書き込みが入っている。

馬場は、ロッカーの空気孔からのぞいて、令一から没収したアダルト雑誌を床に落としてしまったことが分かった。それも、よりによって令一に拾われた。そこに、あなたがトイレから戻ってくる。令一と喧嘩になり、令一は帰っていった。そして、あなたは盗撮カメラを発見する。あとは、あなたの推理通りです。

馬場は、たとえ盗撮カメラが発見されても、犯人が自分だと特定されないように、カメラに指紋は残さないようにしていました。そのときも手袋をはめていた。しかし落としたアダルト雑誌は、運悪く令一本人に拾われ、盗撮カメラまで発見されてしまった。盗撮カメラとアダルト雑誌、この二つの証拠がつながると、盗撮犯は馬場だと特定され、教師はクビになる。密《ひそ》やかな趣味のために、妻と娘との幸福な家庭生活も破壊されてしまう。そう思った馬場は、物音を立てないように静かにロッカーから出て、ネクタイをほどき、あなたの首を絞めて殺したというわけです」

沙羅は、タブレットを指で操作して、ページをめくった。

「ちなみに、あなたが死んでから二日が経過しているのですが、現在も馬場は捕まっていません。馬場はあなたを殺したあと、盗撮カメラを持って自宅に帰りました。翌朝、朝練に来た陸上部の一年生によって、あなたの死体は発見されました。警察の捜査は、立原令一を容疑者としています」

「令一が？」

「当然でしょう。あなたが最後に携帯でやりとりしたのは令一。染谷にも、智子に会いに行くと言って別れています。令一が部室であなたと会ったあと、トラブルになって殺害したと見て、警察は捜査を進めています」

「どうしよう。令一が捕まっちゃう」

「馬場はうまくやったようですね。令一は、没収されたアダルト雑誌を部室で拾ったと主張していますが、馬場は、職員室のデスクに置いておいたら盗まれていた、令一が取り戻したのだろうと言っています。馬場は、同僚にも生徒にも信頼されている先生なので、疑われてはいないようです」

「くそっ、馬場の奴」

「あなたの父親は、神経をやられてしまいました。成績のことで叱《しか》ったばかりに、あなたが家出をして、こんなことになった。自分のせいだと気に病んでいるようです。悔《く》いて自殺してしまうかもしれません」

「大変！」

「父は自殺、令一は冤罪《えんざい》、馬場は万々歳。まあ、霊界は人間どもがすることにはノータッチなので、どうでもいいですけど」

「どうでもよくない！」智子は叫んだ。「さあ、犯人を言い当てたんだから、私を生き返らせて。早く」

「そんなに慌てなさんなって」

沙羅は腕組みして、顔をしかめた。

「まあ、仕方ないか。約束したのは事実だし。まさか本当に犯人を言い当てるとは思わないから、座興のつもりで安請け合いしちゃったけど」

沙羅は、ちらりと腕時計に目をやった。

「実は、これは閻魔家に伝わる秘儀で、本来は時空のひずみに入り込んで、間違って霊界に来てしまった人を、現世に戻すためのものなんだけどね。乱用するのはまずくて、父にバレたら怒られちゃうんだけど、今回は特別だよ」

「はい」

「今日がたまたま、私の担当でラッキーだったね」

沙羅は微笑《ほほえ》んだ。奇跡のような、とびっきりかわいい笑顔だった。

「生き返らせると言ったけど、正確には時間を巻き戻すんだ。時間と空間というのは連動しながら一定の方向に進んでいくんだけど、それを逆巻《さかま》きするの。あまり巻き戻すと、あとで調整が面倒になるから、あなたが殺される直前に時間を戻すね」

「直前ですか？」

「まあ、詳しい説明はいらないでしょ。どうせ理解できないでしょうし。ともかくあなたは、ここに来た記憶をなくして、死の直前に戻る。ちょうど首を絞められて、意識が途切れそうになるあたりだね」

「記憶をなくして？　じゃあ、あなたのことも忘れるの？」

「当然です。覚えていられたら困ります」

「でも、それじゃあ生き返っても、また殺されるだけじゃないの？」

「そこら辺はこっちでうまくやるので、ご心配なく」

沙羅は、智子に背を向けた。タブレット型パソコンにキーボードをセットして、打ち込みはじめた。その作業に一分ほどかかった。

「それじゃあ行くよ。時空のひずみにあなたの魂を無理やり押し込むので、めっちゃ痛いですけど、我慢してね」

「え、ちょっと」

「みごとな推理力でした。推理小説は読んでおくものですね。思考力を鍛《きた》えられます。あの世に戻っても、今の気持ちを忘れずに頑張ってください」

「は、はい」

「じゃあ、行きます」

「あ、あの、あなたに会えてよかった。ありがとう」

「どういたしまして」沙羅は、面倒くさそうに言った。「ちちんぷいぷい、緒方智子、地上に還《かえ》れ」

沙羅はエンターキーを押した。

4

――背後で、何かが動く気配を感じた。

振り向こうとしたら、突然、首に何かが巻きついた。

「うっ」智子はうめく。

いきなり首が絞まった。

背後に誰かいる。紐のようなもので、背後にいる人間に首を絞められている。すごい力だ。手に持っているビデオを床に落とした。智子はもがいて抵抗するが、いっそう強く首を絞められる。

首に巻きついた紐を引きはがそうとした。しかし完全に皮膚に食い込んでいて隙間がない。爪は首の皮膚を引っかくばかりだ。

誰？

背後の敵を攻撃しようにも、完全に背中に回られてしまっているため、拳が届かない。手足をじたばたさせるだけが唯一の抵抗だった。

敵はさらに力を込める。首を絞めるだけでなく、さらに引きあげてくる。わずかだが、智子の足が地から浮いた。

後ろを振り向こうとするが、うまくいかない。暗闇であることも手伝って、背後にいる人間の顔は見えない。息づかいだけが聞こえる。

息が吸えない。当然、声も出せない。

なぜ私がこんな目に?

苦しい。ヤバい。

誰か、助けて……、お父さん……、お母さん……。

身体に力が入らなくなっていく。苦しさを抜けて、意識がまどろみに落ちていく。それでもなお、首を絞める力はゆるまない。

ダメだ……。

智子の意識が落ちかけた、そのとき、

「きゃあー、助けてー。令一ー、殺されるー」

大きな悲鳴があがった。その悲鳴は、鈴虫の音のように甲高《かんだか》く、闇夜に響き渡った。

突然の悲鳴に、落ちかけた智子の意識は戻った。

背後の犯人は、今の悲鳴に動揺したのか、首を絞める力がゆるくなった。智子はわずかだが、呼吸ができた。どうにか意識を持ち直した。

今の悲鳴は、誰?

智子が発した悲鳴ではない。息も吸えない状態で、悲鳴など出せない。ただ、女の声であることは確かだ。

背後の犯人は、一瞬ひるんだものの、再び力を入れて智子の首を絞めはじめた。

智子はもがいた。抵抗しようと、手足をばたばたさせた。だが、うまくいかない。

ダッ、ダッ、ダッ、と誰かが駆けてくる足音が聞こえた。

「なにやってんだ、離せ!」令一の声だった。

令一が、背後にいる犯人に飛びかかった。

智子の首は解放され、呼吸できるようになった。とはいえ、脳はまだ酸素不足でふらふらしている。足に力が入らず、地べたにへたりこんだ。

暗闇の中、狭い部室で、令一と犯人が格闘している。「この野郎!」と令一が叫ぶ。打撃音と、激しい息づかい。

智子は少し回復し、立ちあがって部室の明かりをつけた。

令一の右ストレートが決まり、犯人が横転した。令一は犯人に馬乗りになり、ひたすら殴る。さすがは自衛隊員の息子だ。

犯人は亀《かめ》のように丸くなり、抵抗をやめた。

勝敗は決した。犯人が抵抗をやめたので、令一も殴るのをやめた。令一は立ちあがり、肩で激しく息をしながら、犯人を見下ろした。

明かりに照らしだされた犯人は、鼻血を垂らしていた。

ソフト部顧問の馬場克彦だった。

「馬場先生?」

あまりの意外さに、智子の声は裏返っていた。

「なんで、こいつが?」と令一も言う。令一にとっては担任教師だ。

馬場は血の気を失っている。起きあがる気力さえないようだった。智子や令一の顔をまともに見られないらしく、顔を背けている。

床に落ちた盗撮カメラが、スーと静かな作動音を鳴らしていた。

「なんだなんだ、どうした?」

騒ぎに気づいた宿直の棚沢が、懐中電灯を持って、校舎のほうからバタバタと走ってくるのが見えた。

智子は携帯電話を取り出した。一一〇番通報した。

駆けつけた警官によって、馬場は現行犯逮捕された。

後日の捜査で、馬場は常習的にソフト部の女子部員の着替えを盗撮していたことが分かった。自宅のパソコンから録画データが発見された。四年前の制服盗難事件の制服も、馬場の自宅から発見された。

要するに、隠れ変態だったわけだ。

馬場は殺人未遂で逮捕された。噂によると、馬場の奥さんは元教え子らしい。離婚の方向で話が進んでいるそうだ。


一ヵ月が過ぎた。

「別れよう」と智子は言った。

「ああ、そのほうがいいかもな」

「ごめんね」

「いや、いいよ」

令一は、はにかんだ笑顔を浮かべて、首を横に振った。

そのようにして令一とは別れた。キスもしないままの、短い恋だった。喧嘩別れではないので、元の友だちに戻った格好だ。

命を助けてもらったことには感謝しているが、あの事件以来、令一との関係はちぐはぐになった。教師による生徒への殺人未遂。そのセンセーショナルな事件は、ワイドショーの格好の標的になった。未成年の二人がテレビカメラのまえにさらされることはなかったが、学校の内外で注目の的になった。

あの事件について、お互いに話題にするのは避けていた。しかし周囲から好奇の目で見られることは避けられない。ありえないデマまで飛《と》び交《か》った。いわく、二人で夜な夜な部室で会っていて、やりまくっていたとか。そんなわけで、二人の関係までギスギスするようになった。

一緒にいても気が疲れてしまう。別れてよかったと思う。

令一は、今も染谷たちとつるんでいる。染谷はあいかわらずバカだが、令一にとってはいい気晴らしになっているようだ。

ソフト部も辞めた。

馬場は、部員たちの信頼も厚かっただけに、みなショックを受けていた。馬場が逮捕されたあと、新任の教師がやってきて、ソフト部の顧問になった。そのときに退部届を出した。部員たちは、事件のPTSDが原因だろうと同情してくれたが（未唯南だけはキャプテンのくせに無責任だと怒っていたが）、実はちがう。

PTSDなどではなかった。トラウマにも人間不信にもなっていない。むしろあの事件を通して、人生について深く考えさせられた。それによって強くなった気がするし、前向きになった気がする。

母と同じ道を進むことに決めたのだ。

母のように環境活動家になる。母は志半《なか》ばで死んだ。その遺志を引き継ごうと思う。とりあえずは大学に進学して、環境計量士の国家資格を取る。母の母校である明治大学に行く。できれば、ではなく、絶対に。受験まであと一年と少し。

私は中途半端な人間である、という事実をまず認めよう。楽なほうに流される人間であることを強く自覚する。だから自分を追い込む必要がある。逃げ道を遮断し、言い訳を封じ、自分を強制的に目的に向かわせる。

学業、部活、恋愛、そのすべてを両立させるのは無理だ。どれか一つに決める。

思えば、ソフトボールはそんなに好きじゃなかった。部活の時間以外でトレーニングすることもなかった。ソフトボールがうまくなりたいという気持ちより、日焼けするのは嫌だという気持ちが先に来てしまう。

今あるものの中で、もっとも情熱を傾けられるものはなにか。

それは、母と同じ道に進むという夢だ。亡き母の代わりに、その遺志を引き継ぎたい。母に追いつきたい、という想《おも》いが強くある。

母はつねに全力だった。育児をしながら、睡眠時間を削って勉強し、山ほど本を読んでいた。智子が幼《おさな》いころは、むずがる娘を寝かせてから、徹夜で論文を書いていた。そして赤ん坊の智子を背負って、社会活動に参加していた。母の遺志を受け継ぐなら、それだけの覚悟をしなければならない。

できるはずだ。母のDNAは私の中にもある。

あの事件は、一つの契機としてポジティブに捉《とら》えている。忌《い》まわしい事件だったけど、でも不思議と気分は晴れやかなのだ。

まるで一度死んで、生まれ変わった気分だった。

あの事件を経て、智子は変わった。死ぬ気でやれば、なんとかなる。生死を賭《か》けて全力で取り組めば、できないことはない。そんな気持ちになっていた。

一度死ぬような体験をすると、人は強くなるのかもしれない。いや、自分でも不思議なのだが、本当に一度死んで、生まれ変わったような気分なのだ。イエス・キリストもこんな感じだったのではないか。

今までの私は本気を出していなかっただけだ。私が本気を出せば、世界だって変えられる。なぜか今、そのことを確信している。

今のこの気持ちを忘れないように、心に刻みつけておこう。

智子は今、猛勉強に励んでいる。令一と別れ、ソフト部も辞め、ゲーム機は思いきって叩《たた》き壊《こわ》した。これで智子を誘惑するものはない。

そんな智子を悩ませるものが一つ。

あの事件以来、父の心配性に歯止めがかからなくなっている。ひっきりなしに電話をかけてくるし、外出時はストーカーのようについてくる。どこに行くのにも車で送り迎えしてくれるのはありがたいけど。

というわけで、事件から一ヵ月が過ぎ、今は平穏な学生生活に戻っている。

だが、分からないことが一つ残った。

あの悲鳴。

「きゃあー、助けてー。令一ー、殺されるー」

あの壮大な悲鳴は誰が発したのだろうか。

智子ではない。首を絞められて息も吸えないのに、悲鳴などあげられるわけがない。それに女の声ではあったが、智子の声ではなかった。あんなに甲高いソプラノは、智子には出せない。

いったい誰の悲鳴だったのだろう。

令一によると、自分の名前を呼んで助けを求める悲鳴を聞いて、智子だと思い、走って部室まで戻ってきたという。しかし令一が去ってから、ゆうに五分は経過していた。なぜ声の届く部室の近くに、まだ留まっていたのか。

令一によると、校門を出たところで、一人の女の子に会ったのだという。

その女の子は自転車に乗っていたのだが、自転車のチェーンが外れて、困って立ち往生していた。令一は、パンク修理やチェーン交換くらいなら自分でできる。令一はボールペンを使って、外れたチェーンをホイールに戻してあげた。女の子は感謝して、走り去っていった。その修理で手が汚れたため、学校に戻って水道で手を洗っていた。そこに悲鳴が聞こえてきた。だから、まだ部室の近くに留まっていたのだ。

令一が言うには、女の子は同年代くらい。ショートカットで、かわいい子だった。白と水色のストライプのセットアップワンピ。カラフルなスニーカー。左耳には、イルカのイヤリングをぶら下げていた。

金持ちじゃないか、と令一は言った。電動自転車で、高級そうな腕時計をはめていたからだ。それにローズの香りがした。

よほど印象に残る女の子だったらしい。令一は、その子に対する印象を鮮明かつ具体的に語った。

はて?

なぜだろう。その子の姿が目に浮かんだ。

ごく最近、そんな子に会った気がする。夢の中か、あるいはテレビか何かで見て、記憶の片隅《かたすみ》に残っていたのか。ぼんやりとした不確かな記憶なのに、なぜか強い確信があるという、不思議なイメージが脳に残っている。

会ってもいないその子の顔が、なぜか目に浮かぶのだ。声も、話し方も、笑顔も。ちょっと生意気で、でも逆らいがたく、なんだか愛おしいような。

自転車に乗っていたのだから、近所の子なのだろう。この一ヵ月、すれ違う人を観察して探しているのだが、いまだに出会えていない。

もしかして、と思う。その子は、神様が智子を救うために、この世に遣わしたかわいい天使なのではないか。

いずれにしても、その子に助けられたことに変わりはない。会ったこともない、名前も知らない、でも智子の心の中にはちゃんと存在するその女の子に感謝する。ありがとう、と心の中でつぶやいた。

それにしても、あの悲鳴だ。

あの悲鳴は、智子が発したものではない。しかし「令一」と呼んでいるわけだから、智子が発したものに間違いない。

可能性は一つ。超能力だ。たとえばテレパシー。

智子は命の危機にさらされて、念力を飛ばし、令一の脳にテレパシーを送った。

あの土壇場で、超能力が目覚めたことになる。

私は超能力者かもしれない。そう思って、念力でスプーン曲げに挑戦したり、他人の脳にテレパシーを送って話しかけたり、トランプを透視しようとしたり、あるいはハンドパワーで机の上の消しゴムを動かそうとしたり、冗談ではなく、真剣に試みた。だが、一度も成功せず、やめた。

結局、悲鳴問題は謎のまま残った。

智子は今、勉強に打ち込んでいる。すっきりと邪念なく、集中できている。

記憶の定着には睡眠が大事なので、一日七時間は眠るようにしている。父から小言を言われることはなくなった。

この調子なら、期末テストの成績は格段に上がるだろう。

ただ一つ、今、推理小説にはまっている。もともと母が好きで、自宅には大量の推理小説が残っていた。その形見の中から、探偵ものを読《よ》み漁《あさ》っている。

別に勉強をサボっているわけではない。読書は思考力を鍛える。勉強のマイナスにはならない。それに推理小説は読んでおくものだ。それが思わぬところで、役に立つこともあるから……。

ん？　推理小説は読んでおくもの……。

ふと思いついたフレーズだが、どこかで聞いたような。

最近、こういうことが多い。どこかで見聞きしたはずなのに、思い出せない。記憶はないのに、回路は残っている。そんな不思議な感じだ。

まあ、今は受験生なので、推理小説もほどほどにしておく。

とりあえずは大学受験だ。

智子はわくわくしていた。大学受験が人生のすべてではないが、いい大学に行くことは悪いことではないし、自分の可能性を広げてくれるだろう。なにより私が一つのことに打ち込んで、しゃにむに努力したら、どこまで行けるのか、試してみたい。

一度きりの人生だ。

本気になって、やれるところまでやってみよう。

智子は必勝のハチマキを頭に巻いた。デスクに座り、テキストを開く。

デスクの上には母の写真。私の目標。

父に、一時間で落ちる砂時計を買ってもらった。タイムリミットがあったほうが集中できる気がする。一時間で一教科。最後の一分まで、しっかり集中する。

「よし、やるぞ」

智子は砂時計をひっくり返した。時の砂がすべり落ちる。ノートを開き、シャープペンシルを握った。

「見ててよ、お母さん。私はやればできるんだから」

第2話

浜本尚太　27歳
会社員

死因　凍死

To a man who says 'Who killed me',
she plays a game betting on life and death.

1

「申《もう》し訳《わけ》ございませんでした」

浜本尚太《はまもとしょうた》の声が響き渡る。電話の相手には見えないが、深く頭を下げていた。

「いい加減にしてよね。これで何度目？」

「たび重なるご迷惑、大変申し訳なく思っております」

「気づかないまま、お客さんにお出ししていたら、どうなっていたと思う？」

「はい」

「産地偽装よ。故意じゃなくても、故意だって言われるの。私が謝罪会見をさせられるところだったわ」

「申し訳ありません」

「なんで、こういうことになるのよ」

「今回のことはすべて私の不注意が招いたことで、責任は私にあります。大変申し訳ありませんでした」

一条華子《いちじょうはなこ》のため息が、受話器から聞こえてくる。

華子は、齢《よわい》六十五。柴又《しばまた》に店を構える高級料亭「一条」の女将《おかみ》である。

二十七歳で一条家に嫁《とつ》ぎ、三十五歳で女将に。潰《つぶ》れかかっていた老舗《しにせ》料亭を立て直し、京都やパリにも店舗を出店させた名物女将だ。

華子は、とても怖い。なにより礼節を重んじる。社員や取引先だけでなく、客に対してさえ厳しく接する。だが、それは相手の成長を期待してのことで、厳しく叱りつけることはするが、切り捨てたり見放したりはしない。

怖さは、その奥にある優しさに裏づけられている。それが政財界の重鎮たちを惹《ひ》きつける彼女の魅力である。

華子は、いつも着物を着ている。髪型も化粧も姿勢も、すべて完璧《かんぺき》。

もちろん、仕事も完璧。「誰だってミスはあるさ」といった寛容は、彼女の経営哲学には存在しない。ましてや、それが不注意や怠慢、プロ意識の欠如によってもたらされたものであれば。

しかし今回、浜本がやらかしたミスは、ささいなものではない。伝統ある「一条」の看板に泥を塗りかねない失態だった。

「この償いは必ずさせていただきます。申し訳ありませんでした」

「今回のことは、もういい。でも次はないからね」

「はい」

「また同様のことが起きたら、取引先を替えることを検討せざるをえない。おたくとの付き合いは長いけれど、馴《な》れ合《あ》いでやっているわけじゃない」

「はい」

「私にとって『一条』は誇りであり、魂であり、人生そのものなの。店の看板に傷をつけるような真似《まね》は、誰にもさせない。私は命を張ってやっているんだ。あなたも、それだけのプライドをもって仕事をしなさい」

「はい」

「これで最後にしてね。じゃあ、いいわ」

「申し訳ありませんでした」

華子は電話を切った。

浜本は受話器を置き、そのままデスクに突っ伏した。汗と動悸《どうき》が止まらない。

また、やってしまった。


浜本が勤めるのは、鶏肉《とりにく》専門会社「鶏心《とりしん》」である。

元は築地《つきじ》の一業者にすぎなかったが、戦後の高度成長に乗って拡大。現在は卸売りだけでなく、焼き鳥チェーン店など直営店をいくつも持つ、業界大手の一つだ。浜本がいるのは市川《いちかわ》営業所で、東京北東部をエリアとしている。

浜本がやらかしたのは、事実上の産地偽装である。

「一条」からの受注で、宮崎県産ブランド地鶏《じどり》を送らなければならないところを、千葉県産を送ってしまった。別の店に送る商品と取りちがえてしまったのだ。今回の受注はなぜか多く、しかも品目が細かかったため、商品を詰め込み、梱包《こんぽう》する過程で間違いが起きてしまった。

「一条」の板長が、仕込みの途中で気づいた。鶏肉の弾力がいつもと異なり、確認のために炭火で焼いて試食したところ、やはりちがうということで、電話が入った。浜本が確認して、誤発送と判明した。

宮崎県産と千葉県産。見た目は同じだ。千葉県産のものも一級品だから、味だって素人には分からない。でも、分かる人には分かる。事実、板長は気づいた。「一条」に通う食通なら、気づく人もいるだろう。

「一条」の信用にかかわる問題だ。業者が間違えた、なんていう言い訳は通用しない。女将が怒るのも当然だ。

浜本は、今日は休みだった。朝に電話が鳴り、「一条」から苦情が来ていると聞いて、慌てて出社した。後輩が機転をきかし、宮崎県産を調達してすぐに届けてくれたから、女将の怒りもあの程度で済んだ。

最悪の事態を想像すると、ぞっとする。

「鶏心」と「一条」は戦前からの付き合いである。とはいえ、今回のことで契約が打ち切られたとしてもおかしくなかった。

浜本は、慌てるとてんぱる性格だ。これまでもミスは多い。商品の取りちがえ。数量や値段の記入ミス。重要書類の紛失。

学生時代からの性分だ。テスト用紙に名前を書き忘れる。裏面にも問題があることに気づかない。問題文をちゃんと読まないで勘違いする。

緊張のコントロールが難しい。気を張っていると、どこかで疲れて、ふっとゆるんだときに、やらかしてしまう。

落ちつけ、と自分に言い聞かすのだが、心の意志とは裏腹に、心臓はばたつき、手とひざが震えだす。仕事が増えると、容量オーバーになり、急いでやらなければという責任感から、ミスが出てしまう。

分かっているのに。

まだ、女将の怒鳴り声が耳の奥で鳴っていた。

「バッカモン！」

鹿子木《かのこぎ》富次雄《ふじお》の唾が、浜本の顔に飛んだ。

鹿子木は、市川営業所の所長である。齢五十八。

浜本がデスクに突っ伏していたところ、鹿子木が営業から帰ってきて、デスクに呼ばれた。すでに耳に入っているらしい。

「申し訳ありません」浜本は深々とこうべを垂れた。

たび重なる不祥事の功名で、怒られ方は板についている。少し猫背ぎみにして、肩をすくめ、頭を低くして目線を下げている。

「なぜ確認しないんだ。何度言ったら分かるんだ、おまえは」

「すみません」

「それで、先方は？」

「今回は板長さんが気づいてくれて、最悪の事態はまぬがれました。岩田《いわた》くんがすぐに動いてくれて、代替商品はすでにおさめました」

鹿子木がため息をつく。足元を見ると、貧乏ゆすりが止まらない。

「今回は助かったな。でも、故意の産地偽装と疑われても、文句は言えないぞ。そのままお客さんに提供されていたら、一条さんの看板に泥を塗るところだった」

本社からも、産地や賞味期限の記載については徹底するように指導が来ている。その矢先の不祥事だ。

「本当に申し訳ありませんでした。明日、一条さんに謝罪にうかがうつもりです」

「俺も行くよ、いいな」

「はい、申し訳ありません」

鹿子木と華子は、三十年来の仲だという。一緒に謝罪に来てくれると聞いて、少し気が楽になった。

「何度も言うが、確認だ。確認、確認、確認」

「はい」

「そんなに難しいことを言っているわけじゃないぞ。急な仕事が入っても、まずは深呼吸しろ。一度にいっぺんにやろうとするな」

「はい」

「時間がかかってもいいから。いいな」

「はい」

「確認だ。確認って、手の平に刺青《いれずみ》でも入れておけ」

「はい」

「次はないぞ。また同じことをやったら、遠くに飛ばしてやるからな」

「はい、申し訳ありませんでした」

「『バッカモン!』、『申し訳ありません』、『なぜ確認しないんだ。何度言ったら分かるんだ、おまえは』、『すみません』」

隣のデスク、後輩の岩田優斗《ゆうと》が、一人芝居をやっている。

鹿子木と浜本のやりとりを見ていたらしい。ものまねが得意で、一人二役で交互に形態模写《もしゃ》している。口調だけでなく、鹿子木の眉間《みけん》の皺《しわ》の寄り方や、浜本の頭を下げる角度まで、完璧にコピーしている。つまり後輩にいじられているわけだが、あまりにも似ているので笑ってしまう。

岩田劇場が終わった。岩田は、へこんでいる浜本を指差し、ぷぷぷと笑った。

「見てたの？」

「はい、物陰からこっそり」

先輩をバカにしているが、嫌味はない。

岩田は三つ年下だ。中学生みたいな顔で、みなにかわいがられている。得意のものまねで営業ウケがよく、営業成績はナンバーワンだ。

岩田が新人で配属されたとき、浜本が教育係だった。だが、すぐに追い抜かれた。いずれ上司になるだろう。

浜本はため息をついた。怒る気はしない。怒る筋合いじゃない。

浜本のミスが発覚したあと、岩田がすぐに動いてくれた。在庫がなかったので、他の営業所に連絡を取り、宮崎県産地鶏を回してもらった。不足分は、宮崎県の契約農家に直接連絡を取り、直送してもらえるように手はずを整えた。

華子の怒りがあの程度で済んだのは、ミスが発覚したあとの対応がよかったからだ。岩田のおかげだった。

「先輩、へこんでるんですか？」

「へこむよ、そりゃあ」

「いつものことなんだから、もうへこむところ、残ってないでしょ」

なにげない言葉だが、仕事のできる後輩の言葉は心に突き刺さる。

「まあ、気にしないことですよ」

岩田は、浜本の肩をぽんと叩いた。

「あーあ、なんで俺はいつもやらかしちゃうのかな」

「左利きだからじゃないですか。左利きって、不注意な人多いですよ」

「やっぱりそうか。俺もそう思ってた」

「でも、左利きってクリエイティブですから、悪いところだけじゃないですよ」

「でも俺、絵下手だよ。発想も普通だし」

「じゃあ、左利きの短所しかないじゃないですか」岩田はへらへら笑っている。

「でも、悪いね。また岩田くんに助けてもらって」

「いいってことですよ。先輩の尻拭《しりぬぐ》いは、俺の仕事ですから。困ったことがあったら、俺に相談してください」

「どっちが先輩だが、分かりゃしないな」

「板長には巨人戦のチケットを渡しておきましたから」

「そう」

「一条」の板長は、巨人ファンだ。自分の担当ではないのに、岩田はそういう情報をしっかり覚えている。人の心をつかむのがうまい。

岩田は、浜本の尻拭いに追われていたため、自分の仕事を後回しにしていた。罪滅ぼしに仕事を手伝うことを申し出た。

「いいですって。先輩、休日なんだから、家に帰って休んでください」

「いや、悪いからさ。俺の尻拭いで、ちっとも進んでないだろ」

「いいですよ、本当に。っていうか、先輩に手伝ってもらうと、かえって俺の仕事が増える気が……」

「う」

岩田に邪魔者扱いされて、ふらふらと外に出た。自販機で缶コーヒーを買い、ベンチに座った。どっと疲れが出た。

市川営業所は今、てんてこまいである。社員が二人欠けている。一人は結婚して、ハネムーンへ。一人は早期ガンが見つかり、即手術。つまり二人分の仕事を、他の社員で分担している。この忙しさが、浜本のミスの遠因でもある。

「あれ、今日は休みじゃなかったの？」

顔を上げると、天野京香《あまのきょうか》がいた。

市川営業所の女性社員。営業から戻ってきたようだ。

同期入社。いつも笑顔で、「聖母」と呼ばれている。入社以来、若手男性社員のあいだでひそかに行われている「ミス鶏心」に六年連続で選ばれている。

微笑むような柔らかい表情。色白で、髪がとてもきれいだ。少し垂れ目なところが、愛らしくもある。

「あ、天野さん」

「どうしたの？」

浜本の顔を見て、落ち込んでいるのが分かったようだ。

「ああ、仕事でミスっちゃって。一条さんに送る商品を――」

今回の経緯を説明した。天野は自販機でジュースを買い、その場で立ち話になった。

「――というわけで、岩田くんのおかげで助かったんだ」

「それで、へこんでるんだ。いつものように」

「そう、いつものように」

浜本は缶コーヒーを飲みほして、ゴミ箱に捨てた。

「確認したつもりなんだけどなあ。でも、あのときは次から次に電話がかかってきて、営業所には俺一人しかいなかったから、いっぱいいっぱいになっちゃって」

「全部いっぺんにじゃなくて、一つずつ片づけてからにしなよ。二つ以上のことを同時にはできないんだから」

「所長にも同じことを言われた。でも、みんなに迷惑かけないように、急いでやらなきゃと思うと、焦っちゃうんだよな」

「で、結局、みんなに迷惑かけてる」

「天野さんはいつも冷静だよね」

「私は必ず仕事に優先順位をつけてる。これはすぐにやる、これは明日でいいって。これをやるのに、どれくらい時間がかかるかも計算してる」

「俺は来る仕事、来る仕事にばたばた対応して、溺《おぼ》れちゃうんだよな。分かってはいるんだけど」

天野は美人で、気立てもいい。話し上手で、驕《おご》らない。

営業成績は、岩田に次いで二位。市川営業所のツートップだ。

浜本は、当然の最下位。営業力がないというより、仕事が遅い。ヘマをして、後始末に追われ、本来の仕事が進まない。

「あーあ、入社して六年目か。もう二十七だね」

天野とは、同期入社以来の付き合いだ。だがプライベートは知らない。彼氏がいるのかも怖くて聞けない。清楚《せいそ》すぎて、俗っぽいことは聞いてはいけない雰囲気がある。いまだに「さん」が取れない。

ひそかに片想《かたおも》いだった。でも、告白など恐れ多い。高嶺《たかね》の花すぎて、天野を恋人にするなど想像もできない。天女《てんにょ》に恋をした、哀《あわ》れな下民だ。恋というより、憧《あこが》れに近い。気取《けど》られないように気をつけていた。

「ダメだなあ、俺は。みんなの足を引っぱるばかりで」

一生懸命やっているつもりなのに、成長している気がしない。同期に置いていかれ、後輩に追い抜かれ……。

「俺、精神年齢が低いのかなあ。夢に見る自分って、今でも高校生なんだよね。小学生のときもある。いつまで経っても大人にならない」

天野は、ジュースを飲んでいる。なぐさめてくれることを期待したが、何も言ってくれない。

浜本はぼやいた。「大人ってなんだろう」

「自分で考え、行動し、その結果に対して責任を負うこと」

天野は言って、半分だけ飲んだペットボトルのキャップを閉めた。

「そういうふうにズバッと定義できる人は、大人の自覚があるんだよな。俺みたいに、大人ってなんだろう、なんて言っている時点で子供なんだな」

「そうだね」天野は少し笑った。

「俺に特技でもあればなあ。何にもないからな」

「あるよ。誰にもかなわないものが」

「なに？　教えて」

「謝罪っぷり」

　がくっ、と首を垂れる。

「まあ、確かに謝罪の仕方は板についてるかもな。人一倍謝ってるから。岩田くんにもよく真似されるし」

「不祥事が発覚して、謝罪会見を開くことになったら、浜本くんの出番だ」

「どうしよう。俺、クレーム担当に回されるかも、ハハハ」

　笑ってごまかした。

「俺、もうこの会社、辞めようかな。みんなに迷惑かけてばかりだし」

「辞めてどうするの？」

「辞めてどうするっていうアテはないんだけど」

「浜本くんみたいな人、中途採用してくれる会社、ないよ」

「言い方、きついなあ」

「どうしても辞めるっていうなら、別に止めないけど」

「嘘。辞めない。この会社で頑張ります」

「失敗したことを悔やむより、どうやって取り戻すかを前向きに考えたら?」

「そうします。これからもご指導ご鞭撻《べんたつ》のほど、よろしくお願いします」

ドリンク休憩を終え、オフィスに戻った。

「あ、そうだ」天野はバッグを開けて、一通の封筒を取り出した。「はい、これ」

浜本は受け取る。若鶏《わかどり》会の参加申込書だった。

若鶏会は、「鶏心」の若手社員で構成されている親睦《しんぼく》会である。年に一回、集会がある。会社に対する要望、改善点、不満、さらには社長や上司へのクレーム、質問状などを集める。

三十歳以下の社員が加入していて、三十歳を過ぎると、退会になる。三十歳以上の社員がいると、若手が自由に意見を言えなくなるからだ。

その会長を、浜本が務めている。というか、押しつけられている。

全営業所にまたがる横断的な組織なので、浜本が会員に参加申込書を郵送する。それを同封のアンケート用紙に記入のうえ、浜本の自宅に送るか、直接手渡す。参加人数が決まったら、浜本が会場をおさえ、参加費から飲食物を出して、幹事を務める。

そこで出された意見は、浜本が議事録にまとめ、会社の上層部に手渡す。意見が経営に反映されるように、浜本が代表して交渉をおこなう。過度な残業やノルマを押しつけられて、若手が疲弊《ひへい》することがないように目を配る。セクハラやパワハラなどの苦情は、浜本がその上司に直接言いに行く。

どうせ浜本が言うのだからと、みんな好き勝手なことを言ってくる。浜本が泥をかぶって、嫌な役目を引き受けるのだ。

天野の参加申込書を見た。参加、不参加、いずれかに丸をつけるのだが、参加に丸がついていた。

「参加になってる。やった。みんな喜ぶよ」

「どうして?」

「だって天野さん、人気者だから。ミス鶏心だからね」

天野は、困り顔を浮かべた。

右手の手の平に、「確認」とマジックで書いた。

休日ではあったが、出勤してしまったので仕事をした。山積みの仕事を一つずつ丁寧に片づけていく。

鹿子木が言った。「浜本。おまえ、休日だろ。帰っていいよ」

「いえ、俺、仕事遅いんで。どうせ来ちゃったし、やって帰ります」

「代休はないぞ」

「はい。休日は自主返上で」

鹿子木はあきれたように、ため息をついた。

鹿子木は管理職だ。休日に強制的に仕事をさせたとなると、労働法に引っかかる。そのことを気にかけたようだ。

隣の岩田が言った。「千原《ちはら》さん、遅いですね」

「ああ、今日は千原が来る日か」

千原和馬《かずま》は、「鶏心」のエリアマネージャーである。市川営業所を含む、東京東部から千葉県までの営業所を統括する立場だ。

浜本、天野と同期。多くの新卒を採った年度なので、同期が多い。

浜本、天野、千原の三人は、新人研修を受けたあと、この市川営業所に配属された。千原は新人離れした活躍で、営業所の成績を向上させた。その業績が買われて、半年前、エリアマネージャーに昇格した。

同期で一番出世。未来の社長候補と言われている。

エリアマネージャーの仕事は、各営業所の成績をデータ分析し、問題点とその解決策を提示することだ。社員の育成、企画の提案、人事評価、コスト削減、さらにはライバル店の視察、市場調査までを一手に引き受ける。

仕事のできる男、を絵に描いたのが千原だ。眉目秀麗《びもくしゅうれい》、卓越した弁舌、部下の信望も厚い。社員の慶事に、花束《はなたば》を贈るようなキザなところがあるが、いやらしさはない。

千原が作成するプレゼン資料は、豪華な海鮮丼《かいせんどん》みたいに、きれいに色分けされている。ある結論を導き出すために必要なデータが、すべてそろっている。それに比べて、浜本のプレゼン資料は、まるで高校生のレポートだ。

岩田は千原に憧れている。当然だろう。千原も岩田を評価している。市川営業所にいたときに千原が担当していた仕事は、すべて岩田に引き継がせている。

何の因果《いんが》か、浜本のまわりには優秀な人が多い。千原を筆頭に、天野も岩田も。

鹿子木も、やり手だ。若手育成に定評がある。この営業所には、若手有望株が派遣されてくる。鹿子木のもとで薫陶《くんとう》を受け、一人前になり、会社の中核を担う存在になるというパターンが定着している。

現在の「鶏心」の幹部は、みな鹿子木の教え子だという。そこに千原が加わった。天野と岩田も、いずれその列に並ぶだろう。鹿子木はその実績から、取締役《とりしまりやく》になってもおかしくないのだが、本人の希望もあり、この営業所に留まっている。

要するに、育成担当の鹿子木のもとには、若手有望株か、逆にどうしようもない社員が送り込まれてくる。前者が千原たちであり、後者が浜本というわけだ。

などと考えているうちに、書類を書き損じてしまった。

「あ、しまった」

「どうしました?」岩田が顔を向ける。

「個数を書く欄に、値段書いちゃった。全部書き直しだ」

今やることに集中できず、別のことを考えている。いつもの悪い癖だ。

「先輩、おっちょこちょいなんだから、フリクション使えばいいのに」

フリクションは、書いたインクをゴムでこすると、摩擦熱で透明になるという不思議なボールペンだ。逆に冷やせば、元に戻るらしい。

「いや、これは取引先に渡す書類だから、フリクションはダメなんだよ」

文字を消すことができるフリクションで、重要書類に記入することは、社内規程で禁止されている。

書き直しだ。こうやって無駄な時間を使い、だから仕事に追い立てられて、焦ってミスをする。何度も同じことをくりかえしている。

「ま、いいや。小腹がすいたな。コンビニでなにか買ってこよう」

「俺のもお願いします。しゃけのおにぎり」

「はいよ」

調子のいい岩田は、先輩を平気で買い出しに使う。怒る先輩もいるだろうが、浜本にはプライドがないので気にならない。そもそも怒りの感情が欠落している。怒られてばかりだから、人を怒る資格がないという自覚がある。

オフィスを離れた。外に出る手前で、給湯室に天野がいるのが見えた。

天野の口が動いている。誰かと話しているようだ。

見ると、千原がいた。

天野は微笑している。千原は真剣な顔だが、平素からそうなので、感情は分からない。話し声は聞こえなかった。

近づいて聞こうかと思ったが、盗み聞きになるのでやめた。

二人は付き合っているのだろうか。以前から噂がある。絵になる二人だから、そういう疑惑が出る。美男美女で、ともに優秀。釣り合いの取れた理想的なカップルだ。

千原は大学生のころ、彼女がいた。その後、別れたと聞いている。現在、彼女がいるのかは知らない。天野に彼氏がいるのかも知らない。二人ともプライベートを語らないし、同僚に見せようとしないからだ。

付き合っているのか聞けばいいのだが、なんだか怖い。ひそかに天野に恋心を寄せている浜本にしてみれば、ほろ苦い。二人が付き合っていようがいまいが、浜本に脈がないのは歴然としているが。

見て見ぬフリをして、コンビニに走った。

千原が到着して、社員が集まった。

議題は、直営店舗の売り上げ減少。原因は、関西《かんさい》系居酒屋チェーン店の関東進出だ。マスコミが珍しがって取りあげたため、人気が急騰している。

外観も接客も関西のノリで、売りはたこ焼き。「鶏心」は焼き鳥メインなので、競合はしないが、客は持っていかれている。

千原がエリアマネージャーになって半年が過ぎた。あいさつは終わり、いよいよ本領発揮といったところだ。そこにきて、さっそくのピンチ。ここをどう乗り切るかで、千原の今後が決まるといっても過言ではない。

先を進んでいく同期の背中を、浜本はまぶしく思う。自分の卑小さが身に染みる。

岩田が言った。「向こうは粉もの、うちは焼き鳥ですから、あまり意識しなくていいんじゃないですか。今はマスコミの宣伝効果もあって、うちが押されてますけど、時間が経てば、しかるべき場所に落ち着いていく気がします。相手を意識しすぎて、変に方向転換すると、かえって失敗するんじゃないですかね」

尊敬する千原のまえで、岩田が気負っているのが分かる。浜本の隣にいるときのリラックスした感じがない。

天野が言った。「せっかく女性客が増えているんだから、女性向けメニューを充実させたいですね。上司と部下で飲みにくるケースが減って、代わりにカップルとか、男女混交のグループで来るお客さんが増えています。焼き鳥をサラダでくるんで出すとか、考えてもいいかもしれない。うちは定番メニューしかないから」

一年前、天野の提案で、直営店のテーブルの配置を変えた。禁煙席をもうけ、座席を畳にして、衝立《ついたて》をもうけた。スカートを気にせず座れるような工夫をこらし、酒の種類も増やした。それによって女性客が三割増えた。

鹿子木が言う。「シッポとか、こりっとして、うまいんだよな。鶏の専門店だから出せるメニューがもっとあっていいと思う。それにうちの焼き鳥、小さくないか。食べやすい一口サイズにしてあるんだけど、俺は口いっぱいにほおばるくらいのほうが、食いでがあっていいけどな。ひとかたまりが大きくなると、焼きは難しくなるけど」

社内的な地位は、すでに千原のほうが上だ。だが師匠にあたる人なので、千原は敬意をもって接している。鹿子木も、経験の浅いエリアマネージャーをフォローする姿勢を取っている。まるで父と子のようだ。

みなの意見をまとめて、千原が総括する。

千原は自分の意見を最後に言う。先に言うと、上司の意見にみなが引っぱられてしまうからだ。千原の基本姿勢は、指示や命令ではない。上から高圧的に督促《とくそく》して、利益が伸びるくらいなら世話はない。やるのは現場だ。上司の仕事は、まず部下が働きやすい環境を作ること。そして同じ目線に立ち、ともに考え、問題点があるなら一緒に解決していこうという姿勢を取る。

口調も穏《おだ》やかで、怒ることはない。そこが鹿子木とちがうところだ。千原は生まれついてのリーダーだ。同い年とは思えない。

鹿子木が言った。「浜本、おまえは意見ないのか?」

「あ……、ええと」

千原に見とれていて、議題を忘れていた。またた。会議に集中しておらず、別のことを考えている。

おたおたしている浜本を見かねて、岩田がフォローを入れた。

「先輩は今、産地偽装事件でへこんでいるので、勘弁してあげてください」

「なんだ、産地偽装って?」と千原が言った。千原は聞いていないらしい。

「あっ」

岩田が密告した形になって、バツの悪い顔をしている。しかし遅かれ早かれ、エリアマネージャーの耳に入ることだ。

浜本には一つだけ決めていることがある。失敗を隠さないことだ。

失敗を隠すのはよくない。失敗を隠すために嘘をつき、虚偽の記載をする。そんなことをしたがために、どれだけ多くの会社が信用を失ったことか。そういう迷惑をかけることだけはしたくなかった。悪いことであればあるほど、正直に告白する。それが「鶏心」の社是であり、鹿子木から教わった一番大切なことでもある。

「実は——」

浜本は包み隠さず、千原に話した。下手をしたら故意の産地偽装と取られても、文句は言えない不祥事だった。千原は無表情で聞いていた。

「それで、後始末は？」

「岩田くんがすぐに動いてくれたおかげで、先方に迷惑をかけずに済んだ。明日、俺と鹿子木所長で、一条さんに謝罪に行くつもり——」

「会社辞めろよ、おまえ」千原は突然言った。

「えっ」

「何度へマをすれば気がすむんだ。まわりに迷惑をかけて、自分じゃ尻拭いもできず、助けてもらってばかりで」

「ああ……、すまない」

「営業成績は最低。あげくへマばかりで、余計な金と時間を使わせて、おまえの取り柄って、無遅刻無欠勤だけだろ」

「…………」

「いつか、おまえのせいで会社が潰れるよ。会社の不祥事はほとんどそうだ。一人のダメ社員が、みんなの努力をふいにする」

千原は、少し身長の低い浜本を見下ろしている。

鹿子木と天野と岩田は、啞然《あぜん》としていた。普段の千原からは、想像もできない剣幕だった。千原は、部下のミスをあげつらうような真似はしない。いつも余裕のある振る舞いなのに、こんなに口汚くののしる千原の姿は初めて見た。

「めざわりなんだよ。頼むから、会社を辞めてくれよ」

いつもならフォローを入れてくれる岩田も、千原の豹変《ひょうへん》ぶりに肝を抜かれている。天野も戸惑いを隠せないようだった。

「会社からいなくなってくれよ」

千原は、浜本を見据えて言った。浜本は顔を上げられなかった。

「千原」

鹿子木が声をかけた。年長者として介入せざるをえなかったという感じだ。

鹿子木にたしなめられ、千原は表情を素《す》に戻した。

沈黙が続いた。千原は表情をうつむかせた。

「すまん、浜本。言いすぎた」

いつもの冷静な千原に戻っていた。

会議という雰囲気ではなくなり、解散した。千原は市川営業所を後にした。

みな、なんとなく集まっている。

「どうしちゃったんですかね、千原さん」と岩田が言った。「天野さん、千原さんに何かあったんですか？」

「さあ」天野は首をひねった。表情にいつもの笑みはない。

鹿子木は仏頂面で腕を組んでいる。浜本はすっかり気が滅入《めい》っていた。口を開くのは岩田だけだ。

「まあ、確かにひどいミスですけど、あんな言い方をしなくてもいいのに」

岩田は浜本の側に立って憤慨《ふんがい》している。千原を見損《みそこ》なったという感じさえある。

浜本は言った。「いや、いいんだ。千原の言っていることは正しい。みんなにも、あらためて謝ります。いつも迷惑かけて、ごめんなさい」

「気にすることないですよ、先輩」

岩田は、浜本の肩を叩いて、なぐさめてくれる。

話すこともなくなり、みなそれぞれの仕事に戻った。

外で昼食を取ったあと、浜本が席に戻ると、デスクの上に封筒があった。若鶏会の参加申込書だ。千原和馬と書かれている。帰るまえに置いていったようだ。直接手渡しすればいいのだが、さっきの手前、気まずかったのだろう。

「あれ？」

参加申込書を見ると、名前などはしっかり記載されているのに、参加、不参加、いずれかに丸をつけるところを、どちらにも丸がついていた。

「なんで両方に丸がついているんだ？」

これでは参加なのか、不参加なのか分からない。どういう意味なのだろう。まだ決めかねているという意味なのか。

千原の携帯電話にかけてみようかと思ったが、さすがに気まずかった。

「まあ、いいや」

後日、確認することにして、申込書は引き出しにしまった。


オフィスに西日が差し込んでいる。午後三時を過ぎていた。

天野は外回りに出かけている。岩田の卓上電話が鳴った。

「もしもし、『鶏心』市川営業所の岩田です。……あ、どうも、いつもお世話になっております。……まだ届いていない？　……担当者は誰ですか？　……浜本ですか。いま確認しますので、少々お待ちいただけますか？」

岩田は保留ボタンを押して、浜本に振り向いた。

「先輩。今日の午前中、谷川《たにがわ》スーパーから発注を受けましたか？」

「ああ、受けたよ」

「それ、どうしました？」

「注文通り、送ったけど」

「でも、まだ届いていないって催促が来てますけど」

「ええっ」

谷川スーパーは錦糸町《きんしちょう》にある。店頭で焼き鳥販売をしていて、その鶏肉を卸している。午前中に大量に売れてしまい、午後分の在庫が不安だということで、急な発注が入った。その電話を浜本が受けた。

「鶏心」には専用の冷凍トラックがあり、取引先や直営店に毎日配送している。浜本は商品を冷凍室から出して、梱包し、伝票を切った。それを本日配達分の棚に置いた。そうすると、配送車の運転手が配達してくれる。

配送車は午後一時に出発した。もう届いていなければならない。

「なんでだ？」

記憶では、ちゃんとやったはずだ。伝票も切った。だが、午前中は「一条」のことで気が急《せ》いていた。注意力が落ちていたかもしれない。

パニックになった。

「どうした？」

鹿子木が声をかけてきた。岩田が説明する。

鹿子木は言った。「原因探しはあとだ。まだ、在庫あるだろ。すぐに持っていけ」

「は、はい」

浜本は席を立ち、冷凍室に走った。

また、やってしまった。

情けなくて、目に涙が浮かんだ。心臓が激しく高鳴っている。

「なんでだ、なんでだよ」

冷凍室に入った。氷点下の世界、冷気で靄《もや》がかかっている。

冷凍室に入るときは、ジャンパーの着用が義務づけられている。だが、それも忘れた。

今は寒さなど感じない。慌てて、在庫を確認する。

谷川スーパーに送るのは、焼き鳥用の中級品だ。棚の上段にある。

「ええと、焼き鳥用、焼き鳥用」

手が震えている。心の声が、口から漏れ出る。

手前にある段ボールを右端《みぎはし》に寄せ、奥にある段ボールを引っぱり出す。

「ああ、これだ」

そのとき、上段の棚が崩れた。

手前に傾き、すべての段ボールが浜本に向かってなだれ落ちてくる。

避ける間もなく、最初の段ボールが浜本の胸に直撃した。中身は凍った肉のかたまりである。硬くて重い。

その衝撃で、タックルを食らったように、尻もちをついた。転倒した浜本の上に、次々と段ボールが落ちてくる。

頭に強い衝撃があって、くらっとなった。

段ボールの下敷きになり、荷物に埋もれるようにして、浜本は気を失った――

2

浜本は目を開けると、硬い椅子に座らされている。

椅子の背もたれに沿うように、背筋をまっすぐ伸ばし、両手をひざの上に置いている。まるで刑務所の模範囚のようだ。

白い部屋だった。壁も床も天井も真っ白。

部屋の中央に、浜本はいる。窓もドアもない部屋。夢の中のように幻想的で、温度や重力といった概念のない浮ついた空間だ。軽くて、ふわふわしていて、雲の上にいるような感じがする。

天井に照明器具はない。なのに、部屋は優しい明るさで包まれている。

目の前に、女の子がいる。

ショートカットで、髪の毛一本一本に艶があり、わずかな動作にも反応して、さらっとなびく。粉雪のような白い肌、うなじは透き通っている。浜本に背を向けているので、顔は見えないが、全身からかわいいオーラが漂っている。

「あー、今日は大盛況だなあ」

女の子は言った。声は中学生くらい。しかし声質とは裏腹に、どこか年長者のような落ち着いた知性を感じさせた。

女の子は、デスクに向かって何かを書き込んでいる。スタンプを押し、その紙を「済」と書かれたファイルボックスに放った。

回転椅子を回して、浜本に振り向く。

後ろ姿から想像した通りの、かわいい顔だった。ぱっちりした瞳、小さい鼻、ぷくっとふくれた唇には、春めいたピンクの口紅が引かれている。シャープな形の耳には、金の輪っかのイヤリング。

白のワンピースの上に、薄紫のブルゾンを着ている。グレーの靴下に、白のコンバースのスニーカー。靴紐は蛍光イエロー。十字架のネックレスをつけ、左手には高級そうな銀の腕時計をはめている。

なにより目立つのは、真っ赤なマントだった。血を煮つめて染めたような、生々しい赤色。少女がはおるにはあまりにも大きく、すそが床についてしまっている。

全体として、この世のものとは思えない神々《こうごう》しさがある。女の子といったが、年齢は分からない。大人びた中学生にも、幼さの残る女子大生にも見える。

女の子は顔をナナメにして、浜本の顔を見流した。

「閻魔堂へようこそ。浜本尚太さんですね」

「あ、はい」

女の子はタブレット型パソコンを手にしていた。

今、気づいた。身体が動かない。

接着剤で身体を固定されているみたいだ。動くのは首から上だけ。その首も可動域はわずかで、自由なのは眼球と口だけだ。

「ええと、群馬県出身。父・浜本健一《けんいち》、母・亜矢子《あやこ》の長男として生まれる。大過ない学生時代を送り、普通の私大を普通の成績で卒業した。『鶏心』に入社し、市川営業所に配属される。しかし成績は、万年最下位。ヘマばかりで、毎日のように上司に怒られ、後輩にバカにされている。もはやお荷物。そうですね」

「その通りです。多方面にご迷惑をおかけして、大変申し訳ありません」

「二十七年間、彼女なし。大学生のころ、同じサークルの女子に、人生で初めての告白をした。しかし、その子には彼氏がいた。事前のリサーチもせず、根回しもなく、いきなりラブレターを渡したため、玉砕。そのラブレターがサークル内で出回って、卒業まで散々いじられた。以来、女性に告白する勇気を持てずにいる」

「はい」

「両親にほめて育てられた。逆に怒られることに免疫がなく、ちょっと怒られただけで、不安、自己嫌悪、自信喪失、そして鬱《うつ》になる。ミスをしてはいけないと思うほど、慎重になりすぎて、ミスを重ねるという悪循環に陥《おちい》る。その結果、本来は精神科で治療したほうがいいほど、症状は悪化している」

「そうなんですか」

「甘やかされて育っているので、自ら進んで厳しい環境に身を置くことができない。ほめられて伸びるタイプなのに、ほめるところがないため、誰からもほめられない。メンタルはめっちゃ弱い。ピンチになればなるほど、力を発揮できない。天敵はリスク、賭け金《かきん》の少ない勝負しかできない、ゆとり世代の申し子。おみくじで凶が出ただけで、夜も眠れなくなる。そうですね」

「はい、すみません」

「頻繁にミスをするため、謝罪のスピードだけは速い。相手が怒るより先に謝るフライング謝罪が得意」

「恥ずかしながら、その通りです。なぜ僕のことをそんなにご存知なのですか?」

「神様、仏様、閻魔様はすべてお見通しなのです」

「は?」

「私は閻魔大王の娘です」

「エンマ？　あの地獄の閻魔大王ですか。昔話に出てくる――」

「昔話ではありません。閻魔というのは、人間の空想上のものではなく、実際に存在するもう一つの現実なのです――」

閻魔の娘による解説は続いた。

人間は死ぬと、肉体と魂に分離され、魂のみ霊界にやってくる。そして閻魔大王によって生前の行いを審査される。

生前の行いは、細かくポイント化されている。すべての集計がプラスなら天国行き、マイナスなら地獄行き。だが、総得点がマイナスでも天国行きの場合もあり、その逆の場合もある。そこら辺は閻魔大王のさじ加減一つらしい。

要するに、閻魔大王は実在する。女の子は閻魔大王の娘で、シャングリラに視察中の父と兄の代わりに、代理を務めているそうだ。

「――ここまでの説明で理解していただけましたか？」

「はい。ここは霊界で、天国か地獄かの審判が下る場所ということですね」

「理解が早くて助かります」

「ええと、ということは、僕は死んだんですか？」

「はい」

「でも、なんで?」

「凍死です。市川営業所の冷凍室で」

「……凍死? 冷凍室? ……はっ」

浜本は思い出していた。冷凍室に入り、在庫を調べた。そのとき棚が崩れて、段ボールがなだれ落ちてきた。生き埋めになって、意識を失った。

場所は冷凍室。そのまま凍死したということか。


浜本は茫然としていた。

あのとき焦っていた。着用が義務づけられているジャンパーを着ていなかったし、凍った段ボールに埋もれていた。たちまち体温を奪われただろう。

自分が死んだことが信じられない。でも、そう実感せざるをえなかった。

身体に感覚がない。熱も重みもなく、ちっとも動かない。

閻魔の娘は、勝手に話を進めている。

「んー、どうするかなあ、浜本尚太。人類への貢献はゼロ。社会貢献もなし。周囲への迷惑は多々。評価ポイントは、ええと、選挙に行くこと。それも衆参だけでなく、市議会選挙も欠かさず行く」

「投票は国民の義務ですから」

「選挙に行くのは、意外と大きいプラスポイントです。霊界も、人間界の民主化を推奨しています」

閻魔の娘は、タブレット型パソコンを手にして、指で操作していた。足を組んでいる姿勢は、三十代女性実業家を思わせる色っぽさがある。

「大きなマイナスはない。小さいプラスをかき集めると、小幅のプラスになる。天国でいいね。こんなに若い年で、一度も恋愛しないまま、殺されてこっちに来ちゃうなんて、かわいそうだし――」

「えっ」

「あ、やべ、言っちゃった」閻魔の娘は、口に手を当てた。

「あ、あの、殺されたって、どういうことですか？」

「さあ、何のこと？」

「事故死じゃないんですか。そう思っていたんですけど」

「まあ、それは置いといて、天国行きだからいいよね」

「ごまかさないでください。殺されたって言いましたよね」

「言いましたか、そんなこと」

「言いました。はっきり聞きました。どういうことですか？」

「あー、まいったな、もう」

閻魔の娘は、困り顔で鼻をかいた。

「あのね、これは霊界の掟《おきて》で、当人が生前知らなかったことは、話してはいけないんですよ」

「僕は誰かに殺されたんですか？」

「だから、言えないんだって。じゃあ天国行きだから、さっそく——」

「待ってください。ええと、どういうことだ。事故死じゃないとしたら、あの棚が崩れてきたのは作為だったってことですか？」

「面倒なことになったな」

「そういうことですよね。僕が段ボールを動かしたら、棚が崩れる仕掛けになっていたということだ。でも、誰が？」

「なんで口をすべらせちゃったかなあ、もう。何にも知らないで、天国に行ってくれたらよかったのに」

「いったい誰に殺されたんですか？」

「だから言えないの。おとなしく天国に——」

「嫌だー！」浜本は腹の底から叫んだ。「天国になんて行かない！」

「なんでよ。いいところよ、天国は」

「あ、あの、僕なんかが閻魔様に対して差し出がましいんですけど、僕を生き返らせてくれませんか？」

「無理」

「なんでですか？」

「そんなにぽいぽい生き返らせられるわけないでしょ」

「お願いします。なんでもします」

「あんたが生き返っても、まわりが迷惑するだけだって」

「………………」

「そんなにしょんぼりしなさんな。輪廻転生といって、天国に行ったら半年ほどで順番が回ってきて、ちゃんと生き返れるから」

「でも、別の他人として、ですよね」

「まあね。他のお母さんのお腹《なか》から生まれて、前世の記憶も失います。百万分の一くらいの確率で、残っちゃう場合もあるけど」

「そんなの嫌です。浜本尚太として、やり直したいんです。それに僕は一人息子だから、両親を置いて先には逝《い》けません」

「知るか、そんなこと」

「お願いします。僕は今、身体が動かないんですけど、心の中で土下座しています」

「あんたの土下座なんか、いっぺんの価値もないわ」

「お願いします。この通りです」

閻魔の娘は、ぷくっと頬をふくらませた。

「まいったなあ。地獄行きなら、床がパカッと開いて落っこちるだけだけど、天国行きの場合は、天国への階段を自分で昇っていってくれなきゃいけないのよ」

「そうなんですか。だとしたら、僕はここを動きません」

「地獄に突き落としてやれば話は早いけど、それもかわいそうだしなあ。でも、この調子じゃ、階段を昇ってくれそうにないし。このまま居座られると、次の死者を迎えられないから、仕事が進まないし」

閻魔の娘は、足を組んだ姿勢で腕組みしている。

「お願いだから、天国に行ってよ」

「嫌です。閻魔様にはご迷惑をおかけします。ごめんなさい」

「謝りっぷりはいいな、こいつ」

「両親を残して、あの世へは逝けません。それに、なぜ死んだのかも分からないなんて。お願いします。生き返らせてください」

閻魔の娘は、口を一文字に閉じて、熟考した。

「分かった。口をすべらせた私も悪いし、こうしよう。さっきも言ったように、霊界のルール上、私はあなたに何も教えることはできない。でも、あなたが自分で推理する分にはかまわない。あなたが、あなたを殺した犯人を推理して、みごとに言い当てることができたら、生き返らせてあげましょう」

「自分で推理して？」

「正解できなかったら、大人しく天国に行ってもらいます」

「…………」

「名づけて、死者復活・謎解き推理ゲーム。正解できたら生還。できなかったら天国へ。それでもあなたが駄々をこねて、天国に行かずにここに居座るというなら、そのときは仕方ない。地獄に落とす。いいね」

「でも……」

「これが私にできる唯一の譲歩。飲めないなら、ただちに地獄へ落とす」

「じゃあ、飲むしかないですね。分かりました。やります」

閻魔の娘は、腕時計に目をやった。

「制限時間は十分。今、あなたの頭の中にある情報だけで、ちゃんと犯人を言い当てることができます。これは裁判ではないので、厳密な証明はいりません。私を納得させるだけの論拠があれば充分です」

「分かりました。確認しますけど、僕は殺されたんですよね。誰かの手によって」

「そうです」

「一つだけヒントをください。犯人は一人ですか?」

「一人です」

「スタート」

言うなり、閻魔の娘は席を立った。ティファールのポットに天然水を注ぎ、スイッチを入れる。冷蔵庫を開け、サンドイッチを取り出す。沸騰したところで、ガラス製のカップにお湯を注ぎ、ハーブティーを淹《い》れた。芳香がほんのり漂う。

娘は、ふー、ふー、と息を吹きかけてハーブティーを冷まし、口につけた。サンドイッチをほおばる。中に挟んであるのは鶏肉のようだ。

「それ、何の料理ですか?」

「天然酵母のパンに、鶏肉と野菜とチーズを挟んだもの。今、霊界で流行《はや》ってるの」

「おいしそうですね」

「一口、食べる?」

「ぜひ」

閻魔の娘は、鷹《たか》のように鋭い爪を立てた。その爪でサンドイッチをちぎり、浜本の口に運んでくれる。

「あ、うまい」

鶏肉が絶品だった。「鶏心」で扱っている最高級品を上回る。ジューシーで、噛みしめると旨《うま》みがあふれ出る。鶏は一度、蒸《む》してあるようだ。でも皮はカリッと焼いてある。手間がかかっている。

タレもうまい。醤油《しょうゆ》ベースに、レモン、はちみつ、ナッツ、オリーブオイル……、あとは何だろう。挟んである野菜は、レタス、トマト、オクラ、インゲン豆。それらが食べやすいように、薄いライスペーパーでくるんである。

鶏肉、野菜、チーズが一つにまとまっている。パンも、香ばしくて柔らかい。

「おいしいです。僕、鶏肉屋に勤めてますけど、こんなにおいしい鶏料理は食べたことありません」

「どうも。うちの母が作ったの」

「お料理、上手なんですね」

「どうでもいいけど、時間進んでるよ」

「ああ、はい」

「二分経過、残り八分です」

「ええっ、もう」

浜本は推理に集中した。現実感はないが、やるしかない。

推理小説はたまに読む。ベストセラーになったり、話題になったものだけだが。でも、まじめに推理しながら読んではいない。

自信はない。でも、やるしかない。犯人は誰か？

あのときの状況を思い出す。

谷川スーパーに商品が届いていないことが分かり、冷凍室に駆け込んだ。在庫の確認をしていると、棚が崩れて、段ボールが落ちてきた。段ボールの下敷きになり、意識を失った。そのまま凍死したと思われる。

事故でないのだとしたら、棚に細工がしてあったということだ。

段ボールを動かしたら、棚が崩れる仕掛けになっていた。しかし無差別ではなく、浜本のみを狙ったものだとすれば、他の社員が段ボールを動かしたときは作動せず、浜本が動かしたときだけ作動する仕掛けだったと考えられる。

どんな方法がある？

そうか、左利きか。浜本は左利きだ。左腕のほうが強い。

冷凍室の棚から、奥にある段ボールを引っぱり出すとき、手前にある段ボールは脇《わき》にどける。左利きの浜本は、無意識に左腕を使って、段ボールを右側に寄せる。逆に右利きの人は、右腕を使って、左側に寄せるだろう。

つまり段ボールを右端に寄せることで、右端に重量がかかったときに、棚が崩れる仕掛けだった。意外とシンプルな仕掛けだったのかもしれない。棚の右側のビスをゆるめておくだけで充分だ。

そう考えると犯人は、浜本が左利きで、右端に段ボールを寄せる癖があることを知っていた人物ということになる。この視点から、犯人は市川営業所の現社員、および半年前までここにいた千原に絞られる。

細工をしたのはいつだろう？

午前中、谷川スーパーから急な注文を受けた。浜本は冷凍室に行き、在庫を確認して発送した。そのときも段ボールを右端に寄せたが、何も起きなかった。まだ細工されていなかったということだ。

犯人が棚に細工をしたのは、それ以降になる。

浜本が冷凍室に入ったのは、谷川スーパーに送ったはずの商品がなぜか届いていなかったからだ。しかし記憶では、間違いなく商品を梱包して、本日配達分の棚に置いた。伝票も切った。確かに「一条」のミスで落ち込んでいた。しかし仕事が殺到していたわけではなく、パニックにもなっていなかった。

たぶん犯人が、浜本が置いた荷物と伝票を隠したのだ。浜本を陥れるために。そして冷凍室に誘導して、棚の仕掛けが作動する状況を作った。

犯人は今日、営業所にいた人物。鹿子木、天野、岩田、千原。この四人に絞っていい気がする。でも、動機はなにか？

この四人に殺される理由がまったく思い浮かばない。

人間関係にトラブルはなかった。ミスばかりの浜本が目障《めざわ》りだったかもしれないし、迷惑だったかもしれない。見下されていたかもしれない。しかし殺人の動機になるほど、憎まれていたとは思えない。

みんな浜本より優秀だ。妬《ねた》みの線はない。

第一、悪人ではない。トラブルがあっても、法律や道徳に則《のっと》って解決しようとするはずだし、それだけの社会的能力を持っている。殺人なんてありえない。

浜本を殺しても、何の得もない。殺す価値もない人間だという自信がある。

いや、殺すつもりはなかったのかもしれない。

冷凍室の棚が崩れたとしても、それで死ぬというのは確率的にきわめて低いはずだ。たまたま落ちてきた段ボールが、浜本の頭に直撃し、意識を失ったから凍死した。しかし、それを狙ってやれるとは思えない。

犯人に殺意はなかった。せいぜい怪我《けが》をさせるか、あるいは派手に失敗させるためにやった。とすると、動機はなにか？

たとえば鹿子木が犯人とすると、使えない社員を会社から追い出すためだ。

浜本はリストラ候補に挙がっていた。解雇したいが、労働法の関係で難しい。そこで派手に失敗させる。すでに「一条」でのミスで、会社を辞めたい気分になっていた。そこにきて棚を壊し、商品を床にぶちまける。浜本は心理的に追い込まれる。泣《な》きっ面《つら》に蜂《はち》だ。鹿子木は浜本を責めたてる。浜本が居たたまれなくなって、自ら辞表を出すように仕向けるつもりだったのかもしれない。

同じことは千原にも言える。

実際、「会社辞めろよ、おまえ」と面と向かって言われた。へこんでいる浜本に、追い打ちをかけるためにやったのかもしれない。

犯人が岩田だとしたら、いたずら目的の可能性もある。

わざと失敗させ、あざ笑おうとした。だとしたら、やりすぎだが、岩田ならやりかねない。以前、「申し訳ありません」と浜本の決め台詞《ぜりふ》を書いた紙を、背中に貼《は》られたことがある。家に帰って気づいた。

天野はどうだろう。「聖母」と呼ばれる彼女が、こんなことをするとはどうしても思えない。でも、ぐじぐじした同僚に心底うんざりして、会社からいなくなってほしいと思っていた可能性はある。

いずれにせよ、殺すつもりはなかった。

こう考えると、全員に動機が成立する。動機から犯人を推理するのは無理だ。

だんだん嫌な気持ちになってきた。同僚をこんな形で疑いたくない。こんなことをする人間だとも思えない。

しかし疑わなければ、話が先に進まない。

「四分経過、残り六分です」閻魔の娘が、無情に時を告げる。

ここまで考えて、分からなくなった。

浜本は、普通の私大を普通の成績で卒業する程度の学力しかない。どういうふうに推理すればいいのかが分からない。考えるとっかかりが見つからない。

なんで、こんな目に……。

人生で悪いことをした覚えはない。なのに、こんなことで死んでしまって。

いつもの悪い癖が出てくる。困難にぶち当たると、自信喪失して、くじける。すぐに泣きごとを言う。

閻魔の娘はサンドイッチを食べ終え、デスクの上でジェンガをやっていた。バランスを崩さないように、一本ずつ積み木を引き抜いている。

なんとなく分かるのは、命乞《いのちご》いをしても無駄だということだ。約束通り、容赦なく地獄に突き落とされるだろう。

閻魔の娘は、かわいい顔だが、その奥にサイコパス的な冷酷さが透けて見える。閻魔の血が流れているからだろう。人間らしい心のありようを感じない。自然災害と同じで、命乞いをしようが関係なく、人間を殺す。

自力で謎を解くしかない。泣きごとを言う時間的余裕さえない。今までは近くにいる誰かが助けてくれた。でも、ここには自分しかいない。

自力本願、それが霊界のルールだ。

頑張るしかない。父と母を残して、先には逝けない。

それになんだか、腹が立ってきた。

浜本は本来、怒りという感情が欠落している。大学生のとき、ラブレターを回し読みされて、からかわれたときでさえ、怒らなかった。しかし今、このあまりの不条理な仕打ちに、腹が立ってきた。

怒りは、生存本能とリンクしている。

まだ死にたくない。輪廻転生で生き返ったとしても、それは浜本尚太ではない。まったくの別人だ。そんなのは嫌だ。

浜本尚太として生きたい。まだ、満足に生きていない。社会人としてスタートラインにさえ立っていない。人生はこれからだ。

負けるもんか。

落ち着け。自分に言い聞かす。

しかし、なぜだろう。こんな状況なのに、いつもより落ち着いている。落ち着け、と自分に言い聞かせられる程度には、落ち着いている。普段なら、パニックになって、頭の中が爆発しているのに。

この部屋のきれいな空気と、閻魔の娘が飲んでいるハーブティーの清爽《せいそう》な香りが、気持ちを落ち着かせているのかもしれない。

「六分経過、残り四分です」

容疑者は四人。犯人はこの中にいる。

閻魔の娘によれば、浜本の頭の中にある情報だけで、犯人を特定できる。論理的に考えれば、必ず答えにたどり着けるのだ。

犯人が棚に細工をしたのは、今日だ。朝からの自分の行動を思い出してみる。

朝八時、電話で起こされる。「一条」でのミスを知らされ、慌てて出社した。九時半、谷川スーパーから急な発注を受ける。十時、一条華子に電話して、謝罪。そのあと鹿子木に怒られ、岩田にからかわれ、天野になぐさめられる。十一時、千原が到着。「一条」の件を報告し、「辞めろ」とののしられる。午後三時、谷川スーパーからクレームが来て、冷凍室に行く。

一日の流れを見て、引っかかるところはないか。

引っかかるといえば、千原だ。あのときの千原の態度はおかしかった。というか、千原らしくない。

千原は、部下がミスをしても、個人攻撃するような人間ではない。社員のまえで感情的になり、悪しざまに罵倒《ばとう》するような男ではない。千原が市川営業所にいたときは、何度も浜本のミスをかばってくれた。

あれほど感情を取り乱した千原を見たのは、初めてだった。千原も人間だ。疲労やストレスもある。たび重なる浜本のヘマで、堪忍袋の緒が切れた。同期だけに言葉がきつくなった。それで、ああいう発言になったとも言えるが。

なにかあったのか？

千原は会議のまえ、給湯室で天野と話していた。会話の内容は分からない。天野は微笑んでいたが、千原は真剣な表情だった。

二人は付き合っているのだろうか。だとしても、この事件とは関係なさそうだが。

ふと思い出した。もう一つ、不思議なことがあった。

千原が置いていった、若鶏会の参加申込書。

参加、不参加、いずれかに丸をするのだが、どちらにも丸がついていた。あれはどういう意味なのだろう。

はじめは参加するつもりで、丸をつけた。しかし気が変わって、不参加に丸をした。だとしたら、丸をつけた参加のほうに、二重線を引くなどして訂正すればいい。それをし忘れた、ということか。

いや、千原は、し忘れる、といったことはまずない男だ。だとすると……。

「八分経過、残り二分です」閻魔の娘は言った。

積み木を取り損ね、ジェンガが崩れた。「あーあ」と閻魔の娘がつぶやくが、集中しきっている浜本の耳には入らない。

一つ言えるのは、犯人は必ず冷凍室に入ったということだ。

冷凍室に入って、棚に細工をした。つまり犯人が冷凍室に入ったという証拠があれば、犯人の証明になりうる。

冷凍室は氷点下の世界だ。一気に身体が冷やされる。そう、冷やされたという証拠があれば……。

なるほど、そういうことか。でも、動機はいったい……。

閻魔の娘のカウントダウンがはじまった。

「十、九、八、七、六」

一秒のおまけもなさそうな、正確無比な秒読みだ。

「五、四、三、二、一、ゼロ」

閻魔の娘は、腕時計から目を離し、浜本に向き直る。

「時間終了です。解答をどうぞ」

浜本は息をついた。安堵《あんど》のため息だ。

「はい、犯人は分かりました」

3

「犯人は分かりました。でも、動機に確信はないのですが」

「犯人の指摘さえロジカルであれば、かまいません」

浜本は、胸いっぱいに息を吸った。

「では、はじめます。まず殺害方法です。犯人は冷凍室の棚に、何らかの細工をしかけたのだと思います。現場検証できないので、具体的には分かりませんけど、僕が左利きであることを利用したのではないでしょうか。左利きの僕は、左腕を使って、段ボールを右端に寄せる癖があります。つまり棚の右端に重量がかかったときに、棚が崩れる仕掛けだった。さほど手の込んだ細工ではないと思います。その意味でも計画性は低かった。ただ、僕を狙ったものであることは間違いありません。犯人は、僕が左利きで、段ボールを右端に寄せる癖を知っていた人物です」

「なるほど、それで?」

「僕は今日の午前九時半、谷川スーパーから急な発注を受けて、冷凍室に入りました。そのときにも段ボールを右端に寄せましたが、棚は崩れなかった。つまり棚に細工をしたのは、それ以降です。以上のことから、犯人は鹿子木所長、天野さん、岩田くん、そして千原の四人に絞られます。ただ、犯人は僕を殺すつもりはなかった。犯人の目的は、僕に怪我をさせるか、あるいは失敗を重ねさせて精神的ダメージを与えることにあった。どうですか。ここまでは合ってますか？」

「いいでしょう。で、犯人は誰？」

「千原です」

「その心は？」

「犯人が千原であるという証拠が、若鶏会の参加申込書にあるからです」

浜本は、再び大きく息を吸う。

「千原は今日、市川営業所に来る予定だった。ついでに若鶏会の参加申込書を僕に渡そうと、事前に書いて持っていたんです。参加、不参加、どちらに丸をしていたのかは分かりません。参加に丸をしていたことにしましょう。しかし気が変わり、不参加にした。その際、不参加に丸をしたあと、参加につけた丸を消したんです。使っていたボールペンはフリクションだったのでしょう。摩擦熱でインクが透明になるという、不思議なボールペンです。その参加申込書を千原は持っていた。

そして例の細工をするために、冷凍室に入った。すると、どうなるか。フリクションのインクは熱によって変化します。摩擦熱によって透明になるだけで、インクが蒸発するわけではありません。冷やすと、また浮かびあがる。つまり、参加申込書の消したはずの丸が、冷凍室の冷気に冷やされることによって、再び浮かびあがったんです。千原はそのことに気づかず、冷凍室で細工をすませたあと、参加申込書を僕のデスクに置いて、営業所を後にしました。

鹿子木所長、天野さん、岩田くんは、市川営業所のメンバーです。商品を発送するために冷凍室に入ります。しかしエリアマネージャーの千原は、冷凍室に入る用はない。しかし半年前までここにいたので、冷凍室の棚の作りは知っています。用はないはずの千原が冷凍室に入ったのは、棚に細工をするため。したがって犯人は千原です。あの参加申込書が、その証拠です」

閻魔の娘は、瞑目《めいもく》して静聴している。ハーブティーの残りを飲みほした。

「動機は?」

「動機はよく分かりません。あえて言えば、エリアマネージャーとして、使えない社員を解雇に追い込むためかな」

「ブー」閻魔の娘は、口をとがらせて言う。「まあ、いいでしょう。おおむね正解です。動機はちがうけど」

「やっぱり千原だったんですね」

怒りや悔《くや》しさより、残念な気持ちが強い。

「犯人は分かってしまったので、動機も含めて、少し補足説明してあげましょう。千原が市川営業所を訪れたのは、午前十一時。給湯室にいる天野さんを見つけ、話をしました。彼は天野さんをデートに誘いました」

「あ、やっぱり二人は付き合っていたんですか？」

「ちがいます。話の腰を折らないでください」

「すみません。黙っています」

「千原は、市川営業所を去る半年前、天野さんに告白しています。しかし返事はノー。でも、半年経った今もあきらめられず、その日、再びトライしました。しかし返事は同じ。千原は聞きました。他に好きな人がいるのか、と。天野さんはまじめな女性です。真摯《しんし》な告白に対して、誠実に答えました。はい、好きな人がいます」

「へえ、誰ですか？」

「あなたです」

「えっ」

「浜本さんが好きだから、あなたとは付き合えない。天野さんは千原にはっきりそう告げました」

「またまた、嘘でしょ」

「嘘ではありません。天野さんはずっとあなたが好きでした」

浜本の脳裏に、天野の笑顔がぽっと浮かんだ。

「でも、まさか」

「まあ、あなたは見てくれも悪くないし、性格は優しい。不器用で、ヘマばかりだけど、逆に母性本能をくすぐるところがあります。しかしあなたがその調子なので、二人の距離は縮まりませんでした。天野さんは、自分から告白できる女性ではありません。古風な家庭の育ちで、良妻賢母型です。いつかあなたが気づいてくれるのを、ただじっと、ハチ公のように待ち続ける可憐《かれん》な女性です。

彼女は、あなたを恋《こ》い慕《した》っていました。ヘマをして落ち込むあなたを、励まし、なぐさめ、時には叱咤《しった》し、陰《かげ》ながら支えていました。千原はそれを聞き、あなたに敵愾心《てきがいしん》を抱いた。それが今回の事件の発端です」

閻魔の娘は、タブレットを指で操作して、ページをめくった。

「そのあと社員会議になり、千原は『一条』でのミスを聞いた。『会社を辞めろ』と口汚くののしったのは、天野さんにふられたあとで、混乱していたからです。あなたに対して無性に腹が立った。こんな奴の何がいいのか、こいつさえいなければ、そう思うあまり、あんな言い方をしてしまったのです。

彼の混乱は続きます。魔がさしたと言うべきなのでしょうね。あわよくば会社から追い出してやろうという腹づもりがあったのは事実です。彼は、本日配達分の棚に、あなたのサインがある荷物を見つけました。それを見て、今回の犯行を思いついた。伝票を破り捨て、荷物は送り状をはがして、冷凍室に戻した。そしておおよそ、あなたの推理通りの細工をした。荷物を右端に寄せて、重量がかかったときにだけ棚が崩れるように、ビスをゆるめたんです。谷川スーパーへの荷物が届かなければ、あなたが在庫の確認に向かう。すると、棚が崩れる仕掛けが作動する。

谷川スーパー行きの荷物を隠したのは、当日のうちに仕掛けを作動させたかったからです。あなたが左利きであることを利用した細工とはいえ、他の人がたまたま右端に荷物を寄せることもありえますから。

若鶏会の参加申込書は、あなたに渡そうと思って、スーツのポケットに入れてありました。参加に丸を書いていた。しかし天野さんにふられたあと、あなたが幹事を務める会には出席したくなくなり、不参加に丸をした。フリクションを使っていたので、参加に書いた丸はこすって消した。

その紙をあなたに渡すつもりでしたが、そのあとの会議で気まずくなり、渡せずに持っていました。冷凍室で細工をしたとき、何度か実験しているので、長い時間そこに留まっていました。そのため消したインクが冷やされて、元に戻ったのです。

殺意はありませんでした。ちょっと、あなたを痛い目にあわせてやりたかった。それが動機です。つまり、嫉妬心《しっとしん》。仕事はできる千原も、恋には不器用なんですね。計画性はなく、思いつきの犯行です。細工を終えたあと、あなたのデスクに参加申込書を置いて、市川営業所を後にしました。申込書を置いていったことから考えても、殺意は認められません。まあ、そんなところですね」

「そうだったんですか」

あのときの千原の顔を思い出す。

浜本をののしったその顔は、いつもの能面のようなクールな千原ではなく、まるで試合前に対戦相手に罵声《ばせい》を浴びせて挑発するやんちゃなボクサーのようだった。あんな青臭い千原の表情は、初めて見た。

「ぜんぜん気づきませんでした。千原って、なんでも完璧にやる男なので、悩むことなんかないと思っていました」

「そんなわけないでしょ。彼もたかが人間。百八の煩悩を持つ、さまよえる子羊にすぎません。人より少しスタイリッシュに振る舞えるだけです。プライドとコンプレックスのはざまで立ち往生することもあるし、叶《かな》わぬ恋に懊悩《おうのう》もする。そして時には、過ちを犯すこともある」

「はい」

閻魔の娘は、唇を少し舐《な》め、首をゆらりと回した。

「さて、あなたが死んで、現世では二日が経っています」

「そうなんですか」

「あなたは冷凍室で意識を失った。二時間以上経過してから、天野さんが営業から帰ってきて、あなたを発見しました。救急車で病院に搬送されましたが、心肺停止のまま、死亡が確認されました」

「ああ……」

「天野さんは号泣しました。鹿子木さんと岩田くんもショックを受けています。もちろん訃報《ふほう》を聞いた両親も。しかし、もっとも取り乱したのは千原です。あなたが死亡したと聞き、彼はパニックになりました。上司が落ち着かせて話を聞くと、彼は進んですべてを告白しました。そしてその上司と一緒に、警察署に出頭しました。というわけで、なかなかの騒ぎになっています」

「大変だ。早く戻らないと、千原が逮捕されちゃう」

「千原の心配ですか。殺されたというのに」

「でも、殺すつもりはなかったんですよね。じゃあ、事故みたいなものだ」

「本当にお人好《ひとよ》しなんだから」

「それに千原のおかげで、こんな不思議な体験もできてるし」

「すげえポジティブだな、こいつ」

「それじゃあ、お願いします。僕を生き返らせてください」

「んー」閻魔の娘はうなった。「まあ、約束しちゃったから、仕方ないか。本来は時空のひずみに入り込んで、間違って霊界に来てしまった人を、あの世に戻すための秘儀なんだけどね。こんなことで使っていることが父にバレたら、洒落《しゃれ》にならないけど」

「ご迷惑をおかけします」

「今日が私の担当でラッキーだったね」

閻魔の娘は、デスクに向き直り、タブレットをキーボードにセットした。何かを打ち込む作業に、一分ほどかかった。

「じゃあ、行きますか。そのまえに老婆心ながら、あなたに言っておきます」

「はい、なんでしょうか？」

「あなたはもう少し、自分に自信を持ったほうがいい」

「えっ」

「あなたは、自分で思っているほどダメじゃない。ヘマ常習犯なのに、なぜか信用を失わないしね。たとえば『一条』でのミスも、故意と疑われかねない状況なのに、一条華子はこれっぽっちも疑っていない。それは、あなたが嘘をつかないことを知っているから。まわりは見ているのよ、あなたを。日頃の仕事ぶりから、あなたのまじめさや誠実さを見ている。言い訳はしない、そのみごとな謝りっぷりもね。そして基本的に、あなたを気に入っている」

「ありがたいことです、本当に」

「鹿子木さんも、あなたを買っている。怒るのは、期待の裏返し。何度ヘマをしても見放さず、チャンスを与え続けている。あなたを『一条』の担当にしているのもそう。一条華子とは古い仲だからね。浜本は見所のある奴だから、鍛えてやってほしいとお願いしているのよ。だからこそ、華子もあなたに厳しく接している」

「そうだったんですか。華子さんはめちゃくちゃ怖いです」

「鹿子木さんは、休日を自主返上して、仕事を取り戻そうとするあなたの姿勢を高く評価している。千原のように優秀な人材も必要だけど、あなたのように他人のために泥をかぶれる人材も、会社という組織には必要なのだと考えている。意外と人望あるしね、あなたは。若鶏会では会長を務めている。たとえば社員同士で喧嘩になっても、あなたがあいだに入って、まあまあと言えば、丸くおさまっちゃうところがある。パワハラやセクハラの苦情も、それをされる人のつらさをちゃんと考えて、及び腰ながらも、直接上司に言いに行く勇気も持っている。あなたは嫌な役目を押しつけられているだけに感じているけど、同僚たちはむしろあなたに頼っているのよ」

「ありがたいことです」

「岩田くんもそう。あなたは知らないでしょうけど、彼はいじめられっ子でした。不登校だった時期もあります」

「へえ、そうだったんだ。知りませんでした」

「彼は『鶏心』に入社したとき、びくびくしていました。でも、あなたがいた。先輩面しないし、いじめもしない。怒らないし、人を傷つけない。彼は、そんなあなたをとても慕っています。あなたのおかげで、彼にとって居心地のいい職場で、だからこそ能力を発揮できる。あなたをからかうのは、彼なりの愛着の表現」

「そうかなあ。あいつは僕をただバカにしてるだけだと思うけど」

「そして天野さん。彼女は、これまで多くの男性から告白を受けてきました。しかし優秀でイケメンであっても、自信過剰で驕ったところのある男性は好きではありません。あなたのように、謙虚で、むしろ自分を過小評価していて、短所を自覚して直そうとする。感謝の心を忘れない。そんな人が好きなんです」

「そんなふうに言っていただけて恐縮です」

「そして千原も、あなたに一目置いている」

「千原が？」

「彼は、あなたが自分にないものを持っていることに気づいています。だからライバル視しているし、嫉妬もしている。それが今回は悪い方向に出てしまった。しかし、悪い人ではありません」

「はい、分かってます」

「あなたには、いいところがたくさんあります。鹿子木さんの期待に気づかず、岩田くんの愛着に気づかず、天野さんの好意に気づかず、千原のライバル心に気づかない、超鈍感なところもね。今はまだ、能力が追いついていないだけ。まあ、そういうわけだから、現世に戻っても頑張りなさいな」

「ありがとうございます」

「あなたの『ありがとう』には、本当に感謝している心が伝わってくるし、あなたの『すみません』には、本当に申し訳ない気持ちが伝わってきます。だから、みんながあなたを助けてくれる。努力もせず、不満ばかり言っている人を、誰も助けたりしないでしょ。そのことを誇りに思いなさい」

「はい」

「落ち着いてやれば、今回のようにちゃんとできます。まわりが優秀だからって、それに合わせて背伸びしようとするから、足元が不安定になるんです」

「はい。今回のことを通じて、人として成長できた気がします。そういう機会を与えていただき、ありがとうございました」

閻魔の娘は、微笑みを浮かべた。麗《うるわ》しく、たおやかな笑みだった。

「じゃあ、行きますか」

「あの、生き返ったら、ここに来た記憶はなくしてしまうんですか？」

「もちろんです。記憶を持ったまま、あの世に戻られると、いろいろ不都合なので、記憶は消去させてもらいます」

「あの、あなたのことは忘れてしまいますけど、ずっと感謝しています。僕にもう一度生きるチャンスをくれて、ありがとうございました」

「はいはい。ええと、生き返らせると言ったけど、実際には時間を巻き戻すの。あんまり巻き戻すと、調整が面倒だから、死の直前に戻します」

「死の直前ですね。えっ、でも記憶はなくしているんですよね。じゃあ、せっかく生き返っても、また死ぬだけじゃ——」

「そこら辺は、こっちでうまくやりますから、ご心配なく」

「分かりました。よろしくお願いします」

「じゃあ、行きます。時空の隙間に無理やり押し込むので、めっちゃ痛いですけど、我慢してください」

「えっ、痛い?」

「行きます」

「あ、あ、待ってください」

「なに?」

「あなたの名前を聞かせてください」

「沙羅」

「サラ？　ええと、漢字で書くと？」

「祇園精舎《ぎおんしょうじゃ》の鐘の声、諸行無常《しょぎょうむじょう》の響きあり、沙羅双樹《さらそうじゅ》の花の色、盛者必衰《じょうしゃひっすい》の理《ことわり》をあらわす、の沙羅」

「あ、平家物語の」

「ちちんぷいぷい、浜本尚太、地上に還れ」

沙羅は、エンターキーを押した。

4

──目を開くと、白い天井が見える。照明の光が目に入り、まぶしく感じる。

浜本は頭を動かした。鋭い痛みが、後頭部に走る。

「うっ」

「あ、先輩」

声がするほうを見ると、岩田がいた。

その隣に、鹿子木がいる。

「大丈夫か、浜本」

「あ、はい、痛っ」刺すような頭痛に、浜本は顔を歪《ゆが》めた。

「ああ、まだ動くな。頭を打ったんだから」

岩田は、目から涙をぽろぽろ流していた。腕で涙をぬぐっている。

「よかったあ。マジで心配したんですよ、先輩」

「えっ」

「ご両親も来てますよ。今は天野さんと一緒に、ホテルに行ってます」

岩田が何を言っているのか分からない。

どうやら病室のようだ。窓の外を見ると、暗い。なぜここにいるのか分からない。

「先生を呼んできます」

岩田が病室を出ていった。

ふと見ると、鹿子木も目に涙を浮かべていた。


翌日、検査を受けて、異常なし。即日、退院となった。

いまだに、おぼろげな記憶しかない。

聞くところによると、冷凍室の棚が崩れて、段ボールの下敷きになったようだ。頭を打って意識を失い、一時間以上放置されていた。鹿子木と岩田は、浜本が谷川スーパーに商品を届けに行ったものと思っていたらしい。

浜本を発見したのは、岩田だった。

すでに仮死《かし》状態だった。浜本を引きずって冷凍室から出し、鹿子木を呼んだ。鹿子木にはボーイスカウトの経験がある。心肺停止を確認し、すぐに心臓マッサージと人工呼吸をおこなった。岩田は毛布をかけて、身体をこすり、体温回復につとめた。二人の処置によって、どうにか蘇生《そせい》し、救急車で運ばれた。

丸一日、眠っていた。

発見が十分遅れていたら、助からなかっただろうと医師は言った。心肺停止直後の発見で、命を救われた。

しかしそれ以上に驚いたのは、千原が犯人だということだった。

岩田から聞いた話では、

「千原が？」

「はい、冷凍室の棚に細工をしたそうです。先輩、左利きじゃないですか。だから左腕を使って、段ボールを右端に寄せる。千原さんはその癖を知っていて、右端に重量がかかったときに棚が崩れるように、ビスをゆるめていたそうです」

「でも、なんで？」

「動機は分かりません。でも、殺すつもりはなかったようです」

浜本が心肺停止で搬送されたと聞いて、冷静な千原がパニックを起こした。浜本が死んだと思ったようだ。千原の上司が落ち着かせて話を聞いたところ、棚に細工をしたと進んで自白したらしい。翌日、上司に付き添われて、警察署に出頭した。

黙っていたら、事故として処理された可能性が高い。だが千原が自首したことで、傷害の容疑が持ちあがり、冷凍室に警察の現場検証が入った。まだ逮捕されていないが、自宅待機になっている。

退院後、浜本も警察から話を聞きたいと言われている。

しかし、なぜ千原が？

千原に恨まれる理由が、まったく思い当たらない。

すべてにおいて千原のほうが優れている。妬みもありえない。あえて言えば、エリアマネージャーとして、使えないダメ社員を会社から追い出すためか。

でも、だとしても、千原がそんなことをする人間とは思えなかった。


一ヵ月が過ぎた。

退院から一週間の休養を経て、職場に復帰した。群馬から駆けつけていた両親も、安心して実家に帰った。

その後、警察から事情聴取を受けた。だが、被害届は出さなかった。

幸い、事情を知る者は限られている。鹿子木、天野、岩田、そして千原の上司、あとは社長だけだ。浜本は社長に直談判《じかだんぱん》して、穏便な処置を求めた。社長も理解を示し、このメンバーだけで箝口令《かんこうれい》を敷いた。

千原は辞表を提出したが、鹿子木が説得して取り下げさせた。浜本の不注意による事故ということで内々におさめ、千原は病気療養という名目で、一ヵ月の自宅謹慎処分に落ち着いた。

これにて一件落着。市川営業所は元の光景を取り戻している。

「先輩、先輩」岩田が駆け込んでくる。

「なに？」

「お昼のサンドイッチ、発売から一週間連続で完売です」

「あ、ホント」

「全国的に発売することも決まりました。先輩に社長賞が出るって話です。十万」

「わお」

「その金で、『一条』で祝勝会をやりましょう」

「そうだね。いつも、みんなにはお世話になってるから」

浜本が開発した、ランチ用のサンドイッチだった。

休養中の一週間、身体は元気なのに、することがない。なぜかサンドイッチを食べたくなり、鶏肉とレタスを食パンで挟んで食べた。

なにか、ちがう。

自分が食べたいサンドイッチはこんなんじゃない、と思った。

サンドイッチの研究がはじまった。

自分でも不思議なのだが、なぜか頭の中に、食べたいサンドイッチの鮮烈なイメージがあった。パンは、いろいろ試した結果、天然酵母のパンを採用した。脂の旨みが強い鶏肉を蒸して、皮にはパリパリ感を出すために、バーナーで火を入れる。サラダはレタスとトマト、食物繊維が豊富なオクラとインゲン豆。たくさんの野菜を挟んでも食べにくくならないように、薄いライスペーパーで包む。

そしてナチュラルチーズ。

鶏肉、野菜、チーズの三つが渾然一体《こんぜんいったい》となる割合は、2：3：1に決まった。試食を重ねて、食べやすい形を追求した。

悩んだのは、タレだ。昼食用なので、さっぱり系。生醬油《きじょうゆ》をベースに、レモン、はちみつ、オリーブオイル。香ばしさを出すために複数のナッツ、隠し味で味噌《みそ》と豆板醬《トウバンジャン》を少し入れる。砂糖は使わない。

なぜか頭の中に、味の最終理想形があった。一週間かけて試行錯誤し、その味に近づけていった。試作品を作っては、いやちがう、こんな味じゃなかったと、食べたことのない味の記憶を頼りに、研究を重ねた。

そして完成した。

完璧ではない。しかし頭の中にある、あの味の八割には到達した気がする。

それ以上の追求はあきらめた。妥協ではない。これ以上は神の領域になる。そんな気がしたのだ。

一週間、夢中になってサンドイッチを作った。

その試作品を、市川営業所のメンバーに食べてもらった。すると、みなが絶賛。食物繊維たっぷりでお腹に優しく、低カロリー。でも旨みは強い。食材はありきたりなのに、新感覚だと、全員が驚きの声をあげた。

さっそく商品化が検討された。ここで天野にバトンタッチ。

センスのいい天野が中心になり、値段とのバランスを考えながら、食材を厳選していった。本店から商品開発部のスタッフが派遣され、とりあえず直営店の店先で、ランチタイムに百個、試験販売した。

たちまち完売。翌日、二百個に増産するも、やはり完売。口コミで広まり、行列ができるほどで、一週間連続の完売となった。

ランチタイムという、これまで空白だった時間帯に、有力商品が生まれた。店先で販売している焼き鳥も同時に売れた。関西系チェーン店に押されていた直営店の業績に、回復の兆《きざ》しが見えてきた。

そんなふうに、あの事件から一ヵ月、めまぐるしく過ぎていった。

千原の謹慎も解けるころ、本人から電話がかかってきた。

「本当にすまない」と千原は言った。苦しそうな声だった。

「いいよ」

浜本は、千原に責任を感じさせないように、明るく返した。

「なぜあんなことをしたのか、自分でも信じられない。本当にすまなかった」

「やめよう。俺のほうこそ、今まで千原に散々かばってもらったからさ。ヘマばかりして、千原をいらつかせた俺も悪いし」

「理由は、聞かないのか？」

「いいよ。言いたくないだろ。俺も聞きたくない」

浜本は笑ってごまかした。

「あれはさ、事故みたいなもので、運が悪かったんだよ。でも、この程度で済んだんだから、ラッキーだったな、ハハハ」

事故、という言葉を強調した。

「それにさ、あの事故で、なぜか不思議なんだけど、俺、自信がついたんだよね。ふっきれたというか、それが仕事でもいい方向に転がっている。だから、むしろ感謝しているくらいなんだ」

千原は何も言ってこない。言葉が出ないのだろう。

「俺もみんなに迷惑をかけないように努力する。でもまあ、俺のことだから、またやらかしたときは、助けてください。頼りにしてるからさ」

「……ああ」

「もう謝らなくていいよ。お互い、言いっこなし。お終《しま》い」

それだけ伝えて、電話を切った。

理由は聞かなかった。それでかまわない。

千原は、浜本を解雇したかったのだ。無理もない。浜本のミスは、最終的にエリアマネージャーが負う。「一条」の件で、堪忍袋の緒が切れた。こんなダメ社員を抱《かか》えていたら、会社が危ない、と。危機管理の立場にある千原が、そう考えたとしても無理はない。だから、あんなことをした。

千原もそんなことを本人には言いづらいだろう。だから聞かなくていい。

今回のことは水に流すとして、浜本としても精進していく所存である。ランチのサンドイッチで、少しは会社に貢献できた。足手まといにならないように、心機一転、頑張っていくつもりだ。

助けてもらってばかりではいけない。助けてくれる仲間がいるのはありがたいが、これからは自分が助ける側の人間になろう。それが今の目標。

最初に会うときは、お互いに緊張するだろう。こちらから話しかけに行って、わだかまりがないことをアピールしたほうがいい。

これですべてが丸くおさまった。

しかし、謎が一つ。それは一本の電話。

あの日、浜本が冷凍室で倒れていたときのことだ。

天野は外出していて、営業所には鹿子木と岩田がいた。二人は、冷凍室の棚が崩れた音には気づかなかった。

浜本が意識を失って、一時間以上が経過したとき、電話が鳴った。

電話を取ったのは岩田だった。相手は、若い女だった。

電話の内容は、なんと爆破予告。女は、市川営業所に爆弾をしかけたと言った。

いたずら電話だと思ったが、念のため岩田が営業所を回って、不審物を探した。冷凍室に入って、浜本を発見した。

医師によれば、発見が十分遅れていたら、危なかったということだ。そのいたずら電話がなければ、浜本は死んでいた。

偶然だろうか。しかし、あまりにもできすぎている。

電話の相手は不明である。初めて聞く声だったと岩田は言う。おそらく十代で、生意気っぽいしゃべり方だったそうだ。

得意のものまねで、そのときのやりとりを再現してもらった。

——もしもし、「鶏心」市川営業所の岩田です。

——ああ、君が岩田くんね。

——はい、岩田です。毎度お世話になっております。どちら様でしょうか。

——サラです。

——はい？　ええと、どちらの？

——祇園精舎の鐘の声、諸行無常の響きあり、沙羅双樹の花の色、盛者必衰の理をあらわす、の沙羅です。

——なんですか、それは？

——分からなければ、平家物語を読みなさい。

——ああ、はい。それで、ご用件は？

——市川営業所に爆弾をしかけました。

——は？

——五分後に爆発します。

——あの、冗談はやめてもらえませんか。

——冗談ではありません。

それで電話は切られた。

あれ？

岩田のものまねを見て、脳の奥をくすぐるような感覚があった。

不思議なのだが、その女の子の顔が浮かんだ。

会ったこともない少女の顔が、岩田の口真似《くちまね》だけで鮮明に浮かぶ。顔だけでなく、服装や仕草《しぐさ》まで。

とてもかわいくて、でも怖くて、まるで崇拝の対象のように神秘的で。イメージカラーは赤だったような……。

でも、どこで会ったのかは思い出せない。

デジャヴ、というのだろうか。ずっとずっと遠いところにある記憶。前世とか、あるいはDNAにプリントされている太古の記憶。そんな無意識の奥の奥、手の届かないところに安置されている深層記憶だ。

最近、こういうことが多い。どこかで見聞きしたはずなのに、自分で体験したはずなのに、思い出せない。記憶のある場所はなんとなく分かるのに、引き出しの奥のほうに入ってしまって、たどり着けない。

心肺停止して三途《さんず》の川《かわ》を渡ったときに、幻覚でも見たのだろうか。

女の子にまた会いたい。

不思議な気持ちだった。会ったこともない少女なのに、また会いたい。

電話はそれ一回のみで、以降はかかっていない。

ひそかに、その子からのいたずら電話がまたかかってくるのを待っている。市川営業所の電話機が鳴るたびに、ちょっと期待する。

「あーあ、疲れた」

営業から帰ってきた岩田が、鹿子木がいないのをいいことに、だらけている。革靴を脱いで、デスクに足を放り出している。

「あれ、先輩。なに飲んでるんですか?」

その清爽な香りに、岩田が鼻をひくつかせる。

「ハーブティー」

浜本は、魔法瓶《まほうびん》のフタを閉じた。毎朝、ハーブティーを魔法瓶に入れて、いつも持ち歩いている。心肺停止してからの習慣だった。

たまたま入った喫茶店で、隣のテーブルの女性がハーブティーを飲んでいた。その香りに、なぜだか懐かしい気がした。同じものを注文して飲んでみると、気分がすっと落ち着いた。かなり高価だったが、その喫茶店で売っていた袋詰めの茶葉を購入して、毎日飲むようにしている。

特に、慌てるようなことが起きたときは、ひとまずハーブティーを口にする。精神安定剤のような役割を果たしている。

「最近、はまってるんだよ。なんか、心が落ち着くんだよね。落ち着いて仕事をすれば、ちゃんとできる」

「そういえば最近、ヘマしないですね」

「だから、これのおかげ」

岩田が、つまらなそうな顔でぼやいた。

「だから最近、つまんないんだな。先輩がヘマしないから、俺の出番がないじゃないですか。所長の『バッカモン！』が見られないし」

「ハハハ」

「俺は、ヘマして落ち込んでいる先輩のほうが好きだったなあ」

「おいおい」

岩田は、すっかりサボりモードだ。鹿子木がいないと、いつもこうだ。

「先輩、これあげます」

岩田は財布を開き、ペアチケットを取り出した。

「なにこれ？　あ、嵐《あらし》のライブチケットだ。どうしたの？」

「彼女の誕生日にプレゼントするつもりだったんですけど、友だちの結婚式で行けなくなったんです。先輩にあげます」

岩田には、四つ年上の彼女がいる。塾の講師をしている、きれいな女性だ。

「いいの？　激レアチケットなのに」

「いいっす」

「でも俺、一緒に行く相手いないよ」

「これを機に、好きな人に告白したらどうですか。嵐のチケットを餌《えさ》にしたら、食いついてくる可能性高いですよ」

「そうかな」

「よっしゃー。じゃあ、俺、営業行ってきます」

「行ってらっしゃい」

岩田は、つかの間のサボりを終えて、靴を履き、頬を叩いて気合を入れ、営業に向かった。最近、大口の契約を取ってきて、大忙しだ。

二枚のチケットを手にしたまま、岩田を見送った。

「好きな人に告白か。まさかね」

独《ひと》りごとをつぶやく。ハーブティーを一口飲んだ。

「ただいま」

岩田と入れ替わりで、天野が営業から戻ってきた。

「あ、おかえりなさい」

「ん、なにそれ？」

天野は、浜本が手にしているチケットを見ている。

「ああ、これ、岩田くんにもらったんだ。嵐のチケット」

「えー、本物？」

「彼女と行くつもりだったんだけど、用事で行けなくなったんだって」

ハーブティーのおかげかもしれない。肩の力が抜けていた。

「天野さん。よかったら、一緒に行かない？」

「えっ」天野が、戸惑ったような表情を浮かべる。

「なんてね。俺と一緒に行っても、しょうがないよね。よかったら、これ、あげるよ。誰か友だちと一緒に――」

「いいよ」

「ん？」

「一緒に行こう」

「えっ……、ああ、ホント？」

「うん」

天野は微笑みを浮かべ、うなずいた。浜本の心臓が、久しぶりに高鳴りはじめる。

【第3話】

門井聡子　82歳
無職

死因　老衰

To a man who says "Who killed me,"
she plays a game betting on life and death

1

門井聡子《かどいさとこ》は明日、八十二歳の誕生日をむかえる。

老人の勘で、死期が近いのは察している。動揺はない。老いて、生に執着するのは見苦しい。この世における自分の役目は終わっている。そのときが来たら、じたばたせず旅立つつもりである。

遺書は残していない。財産は、法律に基づいて処理されればいい。それがもっとも公平で、無難《ぶなん》だ。

死を目前にして、無念無想の境地に達している。

ただ一つ、この世に未練があるとすれば、息子、誠司《せいじ》のこと。その心残りが、胸をきりきりと痛めている。

せめて消息を知りたい。

門井聡子は、一九三四年生まれ。十一歳で終戦。二十歳で老舗呉服屋「門井」の長男と結婚した。親の取り決めで婚姻が決まり、初めて夫に会ったのが見合いの席で、次に会ったときは結納《ゆいのう》だった。

権威主義の舅《しゅうと》、意地の悪い姑《しゅうとめ》、そして二人の悪いところをそのまま受け継いだ頑固者の夫。時代錯誤の因習がこびりつく一家に、聡子は嫁いだ。夫は、老舗呉服屋の長男として生まれた自分の血は、そこいらの庶民より高潔なのだと、本気で信じているような尻の穴の小さい男だった。

自宅は、大正五年に建てられた古民家で、今年で築百年になる。外観は武家屋敷《やしき》のように重厚だ。頑丈な造りで、今も軋《きし》み一つなく、百年前とほぼ同じ形で残っている。この百年の風雪、戦火、震災のすべてに耐えてきた。壮年のように勇ましい大黒柱が、屹然《きつぜん》と屋台骨を支えている。

聡子は、毎日掃除を欠かさない。この家に嫁いで六十年、聡子が磨きあげた家は、老練の艶を出している。

舅も死に、姑も死に、夫も死んだ。

今は高円寺《こうえんじ》にあるこの家に一人、静かに年金生活を送っている。

居間では、小山重太郎《こやまじゅうたろう》があぐらをかいて、スマートフォンを見ている。

重太郎は、夫の妹の孫にあたる。学生時代はサッカーをやっていて、東京にある名門高校に入学した。実家は福島にあるため、高校三年間、聡子の家にホームステイして通学した。だから、実の孫のようなものだ。

そのころは大変だった。朝練があるので、重太郎は五時半起き。聡子は四時半に起きて、通常の三倍はある弁当を毎朝作った。努力の甲斐《かい》あって、三年の冬の選手権ではベスト4に入った。その準決勝、坊主《ぼうず》頭の右サイドバックが、何度も駆けあがってクロスボールを入れるのを、聡子は自宅のテレビで見た。

大学でもサッカーを続けた。今は新聞社に勤めて、スポーツ記事を書いている。二十六歳になり、結婚もし、子供もいる。

重太郎に、息子・誠司のことを調べてもらっていた。

誠司は、およそ三十年前、家業を継ぐつもりはないと言って、家を飛び出した。今も消息は分かっていない。

この三十年、親としてひと通りの感情は通過した。ちゃんとやれているのだろうかという心配も、親をなんだと思っているのかという怒りも、もう放っておこうという諦観《ていかん》も、きっとどこかで幸せに暮らしているだろうという期待も、あんな子ははじめからいなかったのだという自棄《やけ》も。

でも、死がいよいよ迫ってきて、心は正直になっていく。

ひと目会いたい。せめて、どこで何をしているのかだけでも知りたい。

幸せに暮らしているなら、それでいい。そうでないなら、最後に親としてできることはしてあげたい。

重太郎に相談したら、気前よく調査を引き受けてくれた。

居間に戻り、お茶と菓子を出した。重太郎は、かつて高校三年間を暮らした家なので、気兼ねなくくつろいでいる。

重太郎は言った。「結論を言っちゃうと、誠司さんの行方は分からなかった」

「そう」

予想した結果である。

「聡子おばさんが言っていた通り、誠司さんは二十二歳で家を出たあと、『未来志向』っていう劇団に入っていた。役者名は『扉順平《とびらじゅんぺい》』。でも二十七歳のとき、その劇団は解散している。その後も芸能事務所に登録しながら、舞台とか、映画にも少し出ている。でも、その事務所も今はなくなっていた」

重太郎は、聡子の顔色をうかがいつつ、話を進めている。

「『未来志向』の劇団長だった田丸《たまる》さんとは、連絡が取れたけど、誠司さんの行方は知らなかった。田丸さんから、誠司さんを知っていそうな人を聞いて、たどっていったけど、三十四歳のとき、厚木《あつぎ》に住んでいたという情報が最後だね。清掃会社でバイトしながら、役者をやっていたらしい。でもその会社が倒産して、それ以降は分からない」

重太郎に相談したのは、つい一ヵ月前だ。休日を使って調査してくれたようだ。

「ネットで門井誠司を調べても、何も出てこない。扉順平で検索しても、古い映画の出演者でヒットするくらい。最後に確認できたのは、三十四歳のときに出演した映画で、それ以降はまったくない。戸籍、パスポート関連も調べたけど、結婚も海外渡航もしてない。逮捕歴も不動産取得歴もない。三十四歳を境に、ぷっつり消息が途絶えている。ただ、ネットに情報がないとなると、もう役者はやってないと思うよ」

「そうかい」

「これ以上の調査は難しいな。俺は新聞記者といっても、人探しは専門じゃないから。探偵事務所に依頼してみようか。別のアプローチがあるのかもしれないし」

「いや、いいよ。あんたも忙しいだろうに、休日を使わせて悪かったねえ」

「それはいいけど」

「探偵事務所なんて、雇うお金もないしね」

「お金なら、俺が」

「いいって。そんなお金があるなら、家族のために使いなさいな。私ももう、先が長くないからね。息子がどこで何をしているのかだけでも、知っておきたかっただけさ。まあ、人様の迷惑になっているんじゃないなら、いいんだ。きっとどこかで元気に暮らしているんだろうさ。重太郎、わざわざありがとね」

重太郎は、ためらいがちにうなずく。おもむろにバッグを開け、一本のビデオテープを取り出した。

「これ、誠司さんが出演していた映画。中古ビデオ屋で見つけた」

任俠《にんきょう》映画だ。「殺しの極意《ごくい》」という物騒《ぶっそう》なタイトルがついている。聡子は、そのビデオテープを受け取った。

「ああ、そうだ。さっき言った劇団長の田丸さんから聞いた話だけど、一年ほどまえに電話がかかってきて、『扉順平という人を知りませんか』って聞かれたんだって。借金取りだと思って、何も教えなかったらしいけど」

「借金取り？」

「電話の相手は男で、名前も素性も名乗らなかったから、それも分からないけど。聡子おばさんのところに、そういう人は来てない？　たとえば『誠司さんに金を貸したから返してくれ』みたいな人」

「来てないねえ」

「もしそういうのが来たら、自分で判断しないで、俺に相談してよ。最近はそういう詐欺《さぎ》が多いからさ」

もう夜の十時を過ぎていた。

「いろいろありがとね、重太郎。それじゃあ、もうお帰り。お嫁さんが心配するから。仕事帰りにわざわざ寄ってくれて、ありがとね」

「うん」

「これ、おこづかい」聡子は、財布から一万円札を取り出した。

いう表情を浮かべる。

「いいよ。俺、もう大人だよ」

「いいから、ほら。こんなオババがお金持ってたって、使うことないんだから。ビデオのお金だってあるし」

聡子は、重太郎のスーツのポケットに一万円札をねじこんだ。重太郎は、やれやれ、という表情を浮かべる。

「じゃあ、また来るよ。うちの子供も連れて」

「うん、いつでもおいで」

「身体に気をつけてよ、おばさん。それから、これ」

リボンのついた、小さいプレゼント箱だった。

「ああ、覚えていてくれたのかい」

「一日早いけど、誕生日おめでとう」

「ありがとね。こんなオババのために」

「あとで開けてよ。じゃあ、またね。バイバイ」

「ありがとう、重太郎」

重太郎は照れ笑いを浮かべて、玄関から出ていった。聡子は手を振って見送った。

最近、「ありがとう」という言葉をよく使うようになった。死を意識すると、これが今生の別れになるかもしれないという可能性が頭をよぎる。聡子が死んだとき、残された人たちは、あれが最後の言葉だったと思い出すだろう。

居間に戻り、プレゼントの箱を開けた。ピンクの口紅が入っていた。

ふと、微笑んでしまう。重太郎っぽいプレゼントだ。ロマンチックな性格で、嫁へのプロポーズは手品だったらしい。嫁に風船を渡して、それを突然、針で割る。パンと風船がはじけて嫁が驚いていると、いつのまにか、左手薬指に婚約指輪がおさまっているというトリックだ。何度も練習したと聞いた。

重太郎は、年寄りの聡子に対しても、レディーのように接してくる。この口紅も高級ブランドのものだろう。

化粧など、もう何年もしていない。そうはいっても女である。高価な化粧品を手にすれば、胸がときめく。

重太郎が帰宅し、聡子は息をついた。

家に、古いビデオデッキがある。世間ではＤＶＤとかいうものに移り変わっているが、今でもこれを使っている。さっそく重太郎がくれたビデオテープを入れた。

二十年以上前に公開された映画だ。すでに鬼籍に入っている、かつての銀幕スターが主役だった。組同士の抗争、舎弟の裏切り、警察との密約、ありがちなストーリーで、最後はドンパチで終わる。

そのラストシーンに、誠司がいた。

やはり息子である。すぐに目が留まる。役柄は、敵のヤクザの一味だ。端っこだが、前列にいるので分かりやすい。

役者になると言って、呉服屋の跡取りの地位を放棄し、家を飛び出した息子。夫と姑が勘当し、二度と帰らなかった。

もう三十代なのに、ずいぶん子供っぽい顔だ。力持ちで体格はいいのに、いつまでも大人になれない甘ったれた顔。サングラスと髭《ひげ》、オールバックで決めているが、ヤクザにしては顔が優しすぎる。

ドンパチになり、まっさきに撃たれて死んだ。悲鳴をあげて、地に落ちる。

役名もセリフもない端役《はやく》だった。映画は終わり、エンドロールが流れる。ものすごく小さな文字で、扉順平という名前があった。


翌朝、聡子は七時に目を覚ます。

布団をたたみ、朝食を食べる。茶碗《ちゃわん》半分の白米、わかめの味噌汁《みそしる》、ひじき、梅干し、ゆでたまご。それから、日課の掃除をした。

少し化粧をする。プレゼントされた口紅をさっそく引いてみた。

午前十時になり、玄関の戸が開く。

「バアバー、誕生日、おめでとー」

男の子が二人、駆けこんでくる。十歳の剣聖《けんせい》と、八歳の利樹《とし き》だ。兄が大きな花束を持っている。聡子は花束を受け取った。

「あらー、きれいなお花だねー。真っ赤なバラに、カスミ草。ありがとう」

孫二人のあとから、息子夫婦の亮《りょう》と秋穂《あき ほ》が入ってきた。秋穂の手には、ケーキの箱と食材の入った買い物袋。亮は大きな箱を持っている。

亮が言った。「お母さん、誕生日おめでとう」

「なんだい、その大きな箱は」

「座椅子だよ。腰が悪くて、座ったり立ったりするのが大変だって言ってたでしょ」

亮は箱を開けて、座椅子を取り出し、組み立てはじめた。秋穂も手伝った。こういう場合、秋穂のほうが手際がいい。手間取っている亮から主導権を奪い、ドライバーでネジをはめこんでいく。

亮より四歳年上の、姉さん女房だ。夫を尻に敷いている。

万事控《ひか》えめな亮は、座椅子の組み立ては秋穂にまかせて、花束を花瓶《かびん》に生け、部屋の目立つところに飾った。

「はい、できた。お義母《かあ》さん、座ってみて」

秋穂は、座椅子に座布団を敷いて、聡子に勧めた。聡子は言われた通り、座椅子に腰かけた。腰がすっとおさまる。腰にかかる負担が軽いように感じた。手すりがあるので、座りやすく立ちやすい。これなら楽だ。

「あら、これはいいわねえ。ありがとね」

「よかったあ」

「でも、高かったろう。こんなオババのために、いいのに。そんなお金があるなら、自分たちのために使いなさいな」

「いいんですよ。いつもお世話になっているんですから」

秋穂は、今どきの嫁だ。姑に対しても遠慮や気後れがない。子供二人を聡子に預けて、友だちと遊びに行ったりもする。聡子の時代には考えられないが、さっぱりしていて、気持ちのいい娘だ。

「あれ、お義母さん。口紅してます？」

「分かるかい。重太郎がプレゼントしてくれたんだよ」

秋穂に、その口紅を見せた。イヴ・サンローランという高級ブランドの口紅だと教えてくれた。

昼に誕生日パーティーをやってくれることになっていた。秋穂は台所に立ち、料理をはじめる。亮がそれを手伝う。亮もすっかり大人になった。気弱で、頼りないところがあるが、しっかり者の秋穂との相性はいい。

息子といっても血はつながっていない。養子の子だ。

「バアバー、野球の試合、見よー」

兄の剣聖が、ビデオカメラをテレビに接続している。剣聖は野球をやっている。前の日曜日、地区優勝したと聞いていた。そのときの試合らしい。亮がハンディカメラで撮影したようだ。

画面にユニホームを着た剣聖が映った。ピッチャーだ。誠司も野球をやっていた。やはりピッチャーだった。力自慢で、球が速かった。マウンドに立つ剣聖に、幼いころの誠司の姿が重なった。

試合を見ながら、聡子は八十二年間の人生を振りかえる。

出身は、宮城県石巻市《いしのまきし》。父は漁業を営んでいたが、赤紙が来て、戦争に行った。硫黄島で玉砕したとの風の噂だが、実際は分からない。

母は聡子を連れて、親戚《しんせき》を頼りながら、土地を転々とした。裁縫などの仕事で身を立てた。聡子は学校へは行かず、丁稚奉公《でっちぼうこう》に出された。

二十歳のとき、器量よしの美人と見初《みそ》められ、老舗呉服屋の長男と結婚。聡子の意志は尊重されず、良縁ということで母に押し切られた。舅と姑と夫との四人暮らし。一番偉いのは姑で、事実上の経営者であり、独裁者だった。

門井家では仕来《しきた》りが重視された。伝統や格式に凝り固《こ》《かた》まっていて、聡子が老舗呉服屋の人間としてふさわしくない行動を取ると、姑に竹の定規で叩かれた。仕事の覚えが悪くても、ぴしゃり。皮膚の薄いところを狙ってくるので、骨に直接響く。今でもあちこちにアザが残っている。

舅が早逝し、夫が若くして十三代店主になった。それによって、ますます姑が強権をふるうようになる。ささいなことであれ（お米をとぐときは右回りか左回りかといったことまで）、姑の指示をあおぐ必要があった。

姑は、呉服屋の女将としては有能だったが、尊敬できる人ではなかった。基本的に自分に甘く、他人に厳しい。聡子にはわずかなゆるみも許さないが、自分はお酒に飲まれるタイプで、なにかと雑だし、ケアレスミスも多かった。しかし自分の非を認めることは絶対になかった。いつも帯に差している竹の定規は、陰悪でサディスティックな姑の気性そのものだった。本来の用途で使われることはなく、聡子や若い従業員を躾《しつ》けるための鞭としてのみ使用されていた。

夫は、家父長制下の権威を振りかざし、「女のくせに」が口癖だったが、自分の母親には逆らえないという情けない男だった。したがって聡子がいびられていても、助けようともせず、母とうまくやってくれと言うだけ。無能で、お酒が好きで、若い女の子がいる店に飲みに行くのが唯一の趣味だった。

聡子に自由はなかった。休日さえない。朝起きてから寝るまで、家と呉服屋の仕事でみっちり詰まっている。姑がいないときだけ羽を伸ばせるが、姑が外出するときは必ずたっぷりの言い付けを残していく。それだけ働いても、聡子にはおこづかいもなかった。とはいえ、当時の平均的な暮らし向きよりは裕福だったかもしれない。

時代が時代である。それが普通だった。女性が「家」から離れて自立するには、高い教養と能力が必要だったが、聡子の最終学歴は小学校である。他に選択肢はなく、ここでやっていくしかなかった。

なかなか妊娠せず、子作りのレクチャーまで姑から受けた。月経の周期を姑に報告させられ、妊娠しやすい日を割りだし、今日やりなさいと言われる。そして夫婦ともども、スッポンなどの精力のつくものを食べさせられる。そうして生まれたのが誠司だった。跡取り息子の誕生に、姑は狂喜乱舞した。

誠司は、いい子に育った。野球が好きで、活発な子だった。育児に対する姑の干渉から誠司を守りながら、自由度の高い教育を与えた。いずれは十四代店主になってくれるものと、聡子も思っていた。

しかし大学四年の秋、誠司は言った。

「俺、役者やるから、呉服屋は継がないよ」

青天《せいてん》の霹靂《へきれき》だった。姑や夫にとってはなおさらだろう。

劇団サークルに入っているのは知っていた。田丸という先輩がいて、「未来志向」という劇団を主宰していた。そこに入って、役者を目指すという。

姑と夫は猛反対した。姑は「何のためにここまで育ててきたと思っているんだ」と罵声を浴びせた。「俺の人生は俺が決める」と誠司は言った。誠司の世代になれば、親の言うことに無条件で服従するような精神性は持ちあわせていない。姑や夫の言葉を、誠司はただあざ笑うだけだった。

そして家を出ていった。「二度とうちの敷居《しきい》はまたぐな」と夫に勘当されたが、誠司はどこ吹く風で、意気揚々と出ていった。

聡子は何も言わなかった。やりたいことをやればいい、そう思った。

そして誠司のその姿に、自分自身を重ねあわせた。

聡子は、もし人生を初めからやり直せるなら、この家を出ていって、もっと自由に暮らしたかった。だが、そのための手段がなかった。聡子の時代の「女」とは、そういうものだった。親が取り決めた結婚で、嫁いだ先の呉服屋に二十四時間拘束される毎日。自由に使える時間もお金もない。姑に支配されたこの世界に、仕来りと因習に凝り固まったこの家に、誠司は嫌気がさしたのだろう。

誠司は、夫と姑を軽蔑《けいべつ》していた。軽蔑している人間の言葉に、耳を傾けるわけがない。姑の手前、聡子は声を大にしては言えなかったが、心の中で誠司を応援した。好きなように生きなさい、頑張れ、と。

誠司は劇団「未来志向」に所属し、扉順平という芸名で舞台に立っていた。聡子は、新作公演は必ず見に行っていた。劇場といっても二百席ほどで、その五分の一も埋まらないようなちっぽけな劇団だったが、舞台にあがって躍動する誠司を、聡子は誇らしげに、そして少し羨《うらや》ましく眺《なが》めていた。

役者として身を立てていけるなら、それがいい。役者がダメでも、そのときは戻ってきて呉服屋を継いでくれるなら、それでもいい。誠司はまっすぐな子だ。夢を持ったら、挑戦せずにはいられない。やるだけやってみなければ、あきらめもつかない。

そう思って、陰ながら応援していた。姑や夫には内緒で、顔をマスクで隠して、なるべく端の席を取り、劇場に足を運んでいた。

しかし、突然だった。「未来志向」の公演が長く行われないので気になり、劇場の管理人に聞いてみた。

「あの、『未来志向』の次の公演は、いつやるんですか?」

「『未来志向』? ああ、『未来志向』の公演はもうないよ」

「どうしてです?」

「だって、解散したから」

「解散? 『未来志向』はなくなったんですか?」

「そうだよ」

「劇団長さんはどうしているんですか。田丸さんと言ったはずですけど」

「さあ、役者はやめたって聞いたけど……」

劇場支配人にも聞いたが、誰も行方は知らなかった。当時はインターネットも携帯電話もない時代。それ以上、調べる手立てはなかった。

「未来志向」の解散と前後して、姑が男の子を連れてきた。

それが亮だった。当時、七歳。

この子を跡取り息子として育てなさい、と姑は言った。聡子の意見は聞かれなかった。養子縁組に関する手続きは、姑がおこなったので、聡子は亮の本当の両親を知らない。父は不明で、母は経済的理由から育てられず、児童養護施設にいたとだけ聞いた。聡子が知らなくてもいいと姑が思うことは、何一つ教えてくれない。姑が決めたことに無条件で従うのが当然だと思っている。

要するに、姑にとって大事なのは、呉服屋「門井」のことだけなのである。聡子はもう五十歳を過ぎていた。跡取り息子として期待していた誠司が出ていった以上、代わりを連れてくるしかない。誠司が出ていった直後から、「門井」の跡取りとしてふさわしい容姿と資質を持った子を探していたらしい。何人もふるいにかけた中から、亮を連れてきたというわけだ。

聡子は気乗りしなかった。養子など取ったら、誠司が戻ってこられなくなる。しかし姑の命令には逆らえなかった。夫もしかり。亮を引き取るとき、夫は「誠司は死んだと思え」とだけ言った。

子育てがはじまった。養子といえど、育てていれば情も移る。再び姑の激しい干渉から亮を守りながら、親の言いなりではなく、自発的な子供になるように大切に育てた。その甲斐あって、亮は賢く、優しく、親孝行な息子に育った。大学卒業後、すんなりと家業を継いでくれた。

その年、跡取りが決まって安心したのか、姑が死去した。九十八歳の大往生だった。最後の五年間は寝たきりになって、聡子が介護した。手足は不自由になっても、最後の最後まで威張りたおして死んだ。

姑が亡くなったその年、夫も肝臓を悪くして、あとを追うように死んだ。

姑と夫が去ったあとは、安息の日々だった。亮は結婚し、家を出ていって、聡子一人で暮らすようになった。呉服屋のことは完全に亮と秋穂にまかせ、聡子はのんびりと毎日を過ごした。とはいえ、重太郎がホームステイしたり、亮に子供ができたりと、何かと忙《せわ》しないのはあいかわらずだ。

そうして八十二歳の誕生日をむかえた。

いい人生だったかは分からない。自分で選べたことは少なかった。親の命令に従った結婚であり、嫁いでからは姑の支配下に置かれた。姑や夫より早く起き、食事を作り、家を掃除し、それから呉服屋に出かけて、主に接客と経理を担当し、仕事を終えたら家に帰って食事を作り、後片づけをし、みなの布団を敷いて、一番最後にぬるい風呂に入り、一番最後に眠る。その他、すべての雑用は聡子に押しつけられた。これが年中無休で、毎日続く。何かの修行のようだった。徹底的にこき使われた人生といえる。

姑と夫が死んで、ようやく手に入れた自由だが、二十歳からの習慣はおいそれとは変えられない。結局、二人が生きていたころと大差ない生活を送っている。ここ数年は、この住み慣れた家で、ただ死を待つだけの身だ。

ただ、その時代に生まれた女性として、与えられた宿命を受け入れ、しっかり生きてきたとは思う。結局、これが聡子の人生だったのだし、他の人生があったのではないかと今さら空想しても仕方ない。今、人生を振りかえり、自分自身のことに関していえば、思い残すことはない。

思うのは、誠司のこと。あの子は、今どこで何をやっているのだろう。

親として何をしてあげられただろう。

何不自由なく育てたつもりである。でも、あの子の気持ちなど考えたことはなかった。呉服屋の跡取りになることを自明のこととして育て、確かにそれに関しては、誠司の考えを聞いたことはなかった。

役者になるという夢も、あのとき初めて聞いた。劇団サークルに入っていたのは知っていたが、そこまで強い思い入れがあるとは知らなかった。

母として、誠司の何を知っていただろう。今となっては、それも分からない。

誕生日会のあと、秋穂は息子二人を連れて、公園に遊びに行った。

フライドチキンとケーキで、お腹いっぱいだった。聡子は、プレゼントされた座椅子に腰かけていた。床にはクラッカーの紙吹雪がまだ落ちている。

「お母さん、ごめんなさい」亮が、顔を下に向けて言った。

百八十年続いた呉服屋の暖簾《のれん》を下ろすことになった。「門井」は十四代店主、門井亮の代をもって終焉《しゅうえん》する。

姑が、命をかけて守ってきた呉服屋である。聡子も人生の大半を過ごした場所だ。しかし終わってみれば、あっけない。バブル崩壊のあと、ITの時代が来て、聡子にはついていけない時代になった。これでも延命したほうだ。バブル崩壊を境に、同業者は次々潰れていった。

和服をいちいち寸法を取って、手作りする時代ではない。人間がデザインを描き、図面をコンピューターに入力すると、自動的に機械が織りあげてくれる。生産拠点は、中国か東南アジア。いまや一万円を切る和服もあり、「門井」のような古い商売のやり方では競争できなくなった。

亮の責任ではない。姑がバブル期に欲を出してはじめた多角経営がそもそもの原因である。その失敗で残った負債が、経営を圧迫し続けた。負債は完済したが、その金を投資に回せていたら、ちがった結果になったかもしれない。しかし、遅かれ早かれという気もする。「門井」は来月をもって閉店すると、亮は言った。

涙ぐむ息子に、聡子は微笑みを向けた。

「そうかい。残念だけど、仕方ないねえ。これも時代の流れだ。あんたはよくやってくれた。ありがとう」

呉服屋での日々がよみがえる。嫌なこと、つらいことばかりだった。でも、たまには嬉しいこともあった。振りかえれば、すべてが愛おしい。

「形あるものはいつかは滅びる。私が生きているうちに見届けられてよかったよ」

姑の死後でよかった、というのが本音だ。

呉服屋が姑の人生のすべてだった。憎らしい人だったが、そこだけは純粋だった。あの世で会ったら、ありとあらゆる罵詈雑言《ばりぞうごん》をぶつけられ、手に取るものはすべて投げつけられる覚悟をしておかなければならない。

「ほら、亮、顔をあげて」

亮は、責任を感じてか、しょげている。瞳から涙がこぼれ落ちた。

呉服屋を嫌々継いだわけではない。親のためにも続けたかった。しかし、亮にも守るべき家族がいる。避けられない決断だった。

「うちの店を継いでくれて、ありがとう。お疲れさまでした。十四代店主として恥ずかしくないように、最後のお勤めをしっかり果たしてください」

「うん」

「立つ鳥、跡をにごさず。お客さまや取引先のご迷惑にならないように、後始末だけはきちんとやらなければならないよ。今までうちを支えてくださったみなさまに、きちんとごあいさつして、感謝の気持ちを伝えるんだよ」

亮は静かにうなずいた。

亮の再就職先は決まっている。以前、着物の展示会で知り合った社長に気に入られ、誘ってもらえたのだ。「門井」の残務処理が済み次第、その会社に移ることになっている。家族の糊口《ここう》だけが心配だったが、その点は安心だ。

「いいご縁があってよかったね。いいご縁ってのはね、日頃の行いが引き寄せるんだよ。感謝、親切、礼儀を忘れずにね。自分一人で生きているのではなく、みなさまに生かされているのだから」

「うん」

「呉服屋が潰れたって、どうってことはないんだよ。あんたたち家族が、元気で明るく暮らしてさえいければ、それで充分なんだ」

「ねえ、お母さん」

亮は

「前にも言ったけど、一緒に暮らさないか？」

「ん？」

亮が結婚するときにも、一緒に暮らさないかと言われた。

高円寺にあるこの家は、築百年の古民家だ。狭くて、隣の部屋の物音も筒抜けだ。プライバシーは保《たも》ちにくい。現代っ子の秋穂がこの家に住むのは嫌だろうということで、亮は手ごろなマンションを借りた。

しかし老人の一人暮らしには危険もある。折に触れて、一緒に住まないかと誘われている。だが、聡子は長年住み慣れたこの家を離れる気がせず、息子夫婦の世話になるのも気がとがめ、一人この家に留まっている。

聡子はこの家が気に入っている。二十歳で嫁ぎ、誠司と亮を育て、姑と夫を見送ったこの家。毎日掃除して、手入れしてきた家だ。もはや自分の身体の一部と言っていい。生きているかぎりはここにいたい。

「いや、気持ちはありがたいけどね。私はここでの暮らしが合ってるよ。まだまだ身体も丈夫だし、もうしばらくここにいさせておくれ」

夕方になり、亮たちは帰っていった。

日が暮れて、聡子はテレビドラマの再放送を見る。夜七時、夕食を食べる。お昼にご馳《ち》走《そう》を食べたので、軽くお茶漬けにした。

風呂に入ろうかと思ったところで、来訪者があった。

青山清澄《あおやまきよと》が玄関から入ってくる。

「おばあちゃん、誕生日おめでとうございます」

この春に、新卒で働きはじめたばかりの青年だ。髪も切りたて、新品のスーツが初々しい。ギンガムチェックのプレゼント箱を持っていた。

「清澄くん、いらっしゃい。仕事帰り？」

「うん。どうぞ、これ」

「あれあれ、すまないねえ。こんなオババの誕生日なんて、忘れてくれていいのに」

「開けて、開けて」

プレゼントの箱を開けると、スカーフが入っていた。シルクのようだ。肌触りがなめらかで、赤、ピンク、紫が境目なく鮮やかに染められている。

「あらー、きれいだねえ。高かったろう」

「値段はいいから、巻いてみて」

清澄は、聡子の手からスカーフを取り、聡子の首に巻いた。似合う似合う、と愛嬌《あいきょう》を振りまきながら、清澄は笑った。

「年寄りには派手だねえ」

「これくらいのほうが、聡子おばあちゃんには似合いますよ。明るいものを身に着けていると、気持ちも明るくなるし」

聡子は三面鏡の前に立ち、首に巻いたスカーフを調整した。年を取ると、オシャレに気を使わなくなる。重太郎がくれた口紅に、清澄がくれたスカーフ。鏡のまえで容姿をチェックするなんて、久しぶりだ。

「ありがとね、清澄くん」

清澄はIT企業に勤めている。血縁関係はない。あることがきっかけで、偶然的に知り合った。

半年前のある日のこと。聡子の自宅に電話がかかってきた。

「あ、俺、誠司だけど……」

その声を聞いて、聡子はパニックになった。

「えっ……、誠司？　誠司かい？」

「うん。今までごめん。お母さん」

「本当に誠司なのかい？　今、どこにいるの？」

「あのさ、急なことなんだけど、お母さんに頼みがあるんだ」

聞けば、交通事故を起こしたという。飲酒運転で、歩行者の女性に大怪我をさせてしまった。治療費は保険金で支払われたが、示談にするのにお金がかかる。示談が成立しなければ、刑務所に行くことになるかもしれない。

「それで、示談にいくらかかるんだい？」

「とりあえず、五百万」

「すぐに必要なのかい？」

「うん、今すぐ」

今から考えれば、単純明快なオレオレ詐欺だ。そういうものが流行っていることは知っていた。だが「誠司」と聞いて、完全に理性を失った。犯人側は、門井家の情報をある程度は知っていたようだ。誠司という息子がいて、消息不明であること。聡子が一人暮らしであることは、最低限知っていたと思われる。だから作り話にも信憑性《しんぴょうせい》があった。詐欺という可能性はまったく疑わなかった。

聡子は急いで銀行に行って、五百万円を下ろした。誠司の後輩の男が、自宅まで金を取りに来るという。

一時間後、バイクに乗った若い男が自宅に来た。

「こんにちは。松本《まつもと》と言います。いつも誠司さんにお世話になっています。誠司さんに頼まれて、お金を取りに来ました」

年は二十代後半くらい。まじめそうな男で、犯罪者には見えなかった。

「誠司は、今どこにいるんだい？」

「あ、それは誠司さんに言うなと言われているので」

「ああ、そう……」

「でも元気ですから、安心してください。それで、お金は？」

「はい、これ」

五百万円の入った封筒を男に手渡した。男は、封筒の中身をちらっと確認し、クラッチバッグにしまった。

「預かりました。必ず誠司さんに届けます。それでは」

「ちょっと待っておくれ。これだけ誠司に伝えて。お父さんもおばあさんも、もう亡くなった。今は私一人だけだから、どんな形でもいい。電話でも手紙でも、なんでもかまわないから、連絡をおくれ、と」

「分かりました。そう伝えます」

男はそそくさと出ていった。外に停《と》めていたバイクにまたがり、エンジンをかけたところで、

「なんだ、おまえ。離せ！」

男の怒声が聞こえ、バイクが倒れる音が聞こえた。慌てて外に出てみると、バイクがエンジンをふかしたまま、ひっくり返っていた。そしてさっきの男が、別の若い男と取っ組み合いをしている。

それが清澄だった。清澄は叫んだ。

「おまえ、詐欺だろ。金返せ」

「離せ、コラ。ぶっ殺すぞ」

「金返せ」

「死にてぇのか、コラ」

松本と名乗った男は、先ほどとは形相が変わっていて、怖かった。清澄はその男にタックルして、腰にしがみついている。男は力ずくで振り払おうとして、清澄の頭を何度も殴った。聡子は立ちつくし、悲鳴をあげた。

清澄は、殴られつつも、必死に叫んでいた。

「誰か！　こいつ、詐欺の犯人です。警察を呼んでください！」

騒ぎを聞きつけて、近所の人が出てきた。空手師範の近所の老人が、犯人を叩きのめした。警察が駆けつけて、犯人は逮捕された。後日、被害総額六千万の詐欺グループが検挙されることにつながり、清澄は警察から感謝状をもらった。

あとで聞いた話では、清澄は中央大学の四年生で、就職活動で内定をもらい、春からこの辺りに住もうかと、空き家を探しながら散歩していたらしい。ちょうど聡子の家のまえを通りかかり、二人の会話を耳にして、詐欺ではないかと疑った。犯人がバイクにまたがったところで声をかけると、男が逃げる素振りをしたため、詐欺だと確信してタックルしたという。喧嘩をしたことがないので、犯人にしがみつくことしかできなかった。犯人が武器を持っていなくて幸いだった。清澄は、犯人に殴られて頭から流血し、救急車で運ばれた。十針を縫うほどだったが、大事にはいたらなかった。

その後、清澄は高円寺駅の近く、聡子の家から徒歩十分のところに部屋を借りた。それ以来の縁で、たまに聡子の家を訪ねてきて、話し相手になってくれる。亮や重太郎とも仲良くなり（特に重太郎は、身内に起こったオレオレ詐欺事件で特ダネをつかんだ）、今では家族の一員だ。

「夕飯は、もう食べたのかい？」

「まだです」

「しょうが焼《や》きでも作ろうかね」

「おばあちゃんが作った鱒寿司《ますずし》が食べたいな」

「鱒寿司？　なんで、そんなもの知ってるの？」

「おばあちゃんがまえに言ってたじゃないですか。得意料理だって」

「言ったかしらね、そんなこと。やだねえ。年を取ると、自分が話したことも忘れちゃうよ。鱒寿司なんて、最後に作ったのはいつだったかねえ。それじゃあ、今度来るときに用意しておくかね」

一合炊《だ》きできる炊飯器に、米をセットした。冷凍豚肉を解凍し、しょうがをする。わかめの味噌汁とサラダ、梅干し。

聡子が料理しているあいだ、清澄は我が家のようにくつろぎ、テレビを見ていた。

しょうが焼き定食を作って、居間へと運んだ。

「いただきまーす」

清澄は、若者らしく大口を開けてご飯をほおばった。聡子は座椅子に腰かける。

「もうすぐゴールデンウィークだねぇ。清澄くんは、なにか予定あるの？」

「ありません。家でゴロゴロしているだけです」

「そういえば、清澄くんの出身ってどこなの？」

「宮……、宮崎です」

「宮崎県？　へえ、九州男児なんだ。見えないねぇ」

清澄は、女性的な顔立ちだ。骨太な九州男児のイメージはまったくない。今どきの男の子っぽく、競争心はなく、汗臭くもなく、草原のような爽《さわ》やかさがある。

清澄には両親がいない。

オレオレ詐欺の事件で、流血して病院に運ばれたとき、警察が清澄の両親と連絡を取ろうとしたが、すでに他界していることが判明した。交通事故らしい。清澄が高校二年生のときだったそうだ。その後、大学に合格して上京。大学四年間はシェアハウスに入っていたらしい。社会人になり、今は一人暮らししている。

高円寺に部屋を借りるとき、両親がいないため、保証人がいなかった。その場合、家賃は割高になるので、亮が保証人になった経緯がある。

「おばあちゃんの出身はどこですか？」

「生まれは、宮城県の石巻市だね。漁港の町で、ほら、五年前の東日本大震災で津波で流されたところ」

「ああ、はい」

「でも石巻にいたのは、十一歳までだね。父が戦死して、そのあとは親戚の家を転々としたから。親から離れて奉公に出されていた時期もあったし。正直、どんな町だったのかも覚えてないよ。なにせ、殺伐《さつばつ》とした時代だったからねえ。戦争していて、みんな荒《すさ》んでいたし、男たちは兵隊に取られて、いつもお腹をすかせていて、連戦連勝って言われていたけど、町も人も疲弊していったね」

「空襲とか、あったんですか？」

「少しはね。でも大きいのはないよ。あんな田舎町《いなかまち》に爆弾落としても、しょうがないからね。戦争といっても、遠くで起こっていることにすぎなかったよ。覚えているのは、愛国組合とかいうのがいてね、人の家に押し入ってきて、お国に供出するとか言って、金目のものを奪っていくんだよ。食べ物も服も、鍋《なべ》も包丁も、全部持っていっちゃう。今となってはバカバカしい連中で、日の丸の名を借りた盗賊だよ」

「そのころの写真はないんですか？」

「ないない。うちはそんなに裕福じゃなかったから。でも、今でもはっきり覚えているのは、家から見渡せた朝日だね。私たちの家は高台にあってね、太平洋を一望できた。東の海に太陽が昇っていって、みんな自然と太陽に向かって手を合わせてね。その光景だけはしっかり目に焼きついているよ。故郷といっても、すっかり様変わりしただろうけど、でもきっと、あの石巻の朝日の美しさだけは変わらないんだろうね」

清澄は夕食を食べ終え、自分で皿を洗っていた。

突然、ぐらっと建物が揺れた。

「地震だ！」

台所に立っていた清澄が、水道を止めて、居間に戻ってくる。

かなり大きい。古民家がぎしぎしと音を立てて軋んだ。聡子の身体も大きく揺れる。

「おばあちゃん、避難して」

「えっ」

「早く！」

清澄は、聡子の手首をつかんで、起きあがらせた。力まかせに引っぱられた腕に、痛みが走った。揺れはまだ続いている。

「早く、急いで」

清澄は聡子の手を引いて、玄関まで移動した。玄関の戸を開け、裸足《はだし》のまま、外に飛び出した。倒壊の恐れのある建物から離れた。

庭に立ち、しばらくして、地震はおさまった。

「ああ、止まった」清澄は、安堵のため息をついた。「おばあちゃん、大丈夫？」

「ええ、平気よ」

地震よりも、引っぱられた腕のほうが痛かった。

震度4くらいか。大きくゆっくり揺れる感じで、かなり長かった。しかし東日本大震災のときほどではない。

だが、清澄はかなり焦ったようだ。確かに築百年の古民家で、いつ倒壊してもおかしくないように見える。この家を知り尽くしている聡子は、この家が古くても頑丈なことを知っているが、普通は焦るのだろう。

こんなに慌てた清澄の顔を見るのは、あのオレオレ詐欺以来だ。

「大丈夫よ、清澄くん。ボロ屋だけど、柱は太いし、意外と頑丈なのよ。東日本大震災のときも、びくともしなかったし」

「また来るね」と言って、清澄は帰っていった。

聡子の誕生日が終わった。騒がしい一日だった。少し疲れた。ぬるめのお風呂にゆっくり浸かり、歯を磨き、布団を敷いた。戸締まりを確認して、そのまま布団に入った。

重太郎、亮、清澄。みんないい子たちだ。血のつながりはないけれど、それぞれにご縁があって、自分の家族と思っている。誕生日になれば、プレゼントを持って訪ねてきてくれる。旅行にも誘ってくれる。困ったことがあれば、すぐに駆けつけてくれる。だから一人暮らしでも寂しくないし、不自由もない。

老いて孤独死する人も多いと聞く。その点、私は恵まれている。

私にできることは、みなの迷惑にならないように、静かに穏やかに死んでいくこと。それだけだ。

それにしても、唯一血のつながった息子は、どこで何をしているやら。

生きているうちに、もう会うことはなさそうだ。これも宿命と受け入れよう。誠司には罪なことをした。どこかで幸せに暮らしているなら、それでいい。でも、もしそうでないなら……。

誠司、戻っておいで。

姑も夫も、もういない。お母さん一人でここにいる。だから戻っておいで。

聡子は目を閉じる。誠司の顔が思い浮かぶ。二十二歳の、まだ青臭い顔。夢だけがきらきら輝いていて、でも現実のことは何も分かっていない少年の顔。

今は、もう五十五歳。どんな顔になっただろう。

家を出てから、どんな人生を歩んだのかい？　どんな楽しいことがあって、どんなつらいことがあった？

戻ってきて、聞かせておくれ。

聡子は、布団に横たわったまま、目を閉じた。疲れた身体から力が抜けていく。そのまま深い眠りについた——

2

聡子は目を開けると、硬い椅子に座らされている。

椅子の背もたれに沿って背筋がぴんと張り、両手をひざの上に載せて、両足をそろえている。年を取って猫背になっていたが、身体が若返ったようだ。昔、姿勢が悪いと、姑に竹の定規で叩かれたのを思い出した。

身体が軽い。というより、重さがない。年寄りにまとわりつくだるさが消えている。腰痛や肩こりからも解放されている。身体が新品になったような感じだった。だが、なぜか手足が動かない。動くのは首から上だけだ。

ここはどこ？

窓もドアもない、真っ白な部屋。無音無臭で、優しい明るさに包まれている。死者を祭《まつ》る霊廟《れいびょう》のような、どこか現実離れした空間だ。

目の前に、女の子がいる。

年のころは、十代後半。ショートヘアの黒髪は、椿油《つばきあぶら》を塗ったようにつやつやしている。デスクに座り、聡子に背を向けて、何かを書き込んでいる。それから万年筆を置き、紙にスタンプを押して、「済」と書かれたファイルボックスに放った。

女の子は腕時計を見て、小さく息をついた。

「よし、次で最後だな」子猫が鳴くような、耳に残る声だった。

左手で髪の毛をくしゃくしゃっとかき、回転椅子を回して振り向いた。はっと息を飲むような、愛らしい顔が現れた。

「あら、かわいらしいお嬢さん」聡子は思わずつぶやく。

鋭い光芒《こうぼう》を放つ知性的な瞳に、我の強そうなとんがったアヒル口。カラーコンタクトを入れているのだろうか。瞳が青く、サファイアのような輝きがある。戦前にはまずいなかった女の子だ。異国ないし異世界から来た帰国子女という感じで、メルヘンの世界から飛んできたような、ともかく比類なき女の子だ。

もこもこした肌触りの白のニットワンピース。この子にはぶかぶかで、男物のセーターを着ているように見える。スカートの丈は短く、細長い生足の先に、茶色のブーツを履いている。バナナのペンダントがついたネックレス。左手の小指に、一粒ダイヤがきらりと輝くピンキーリング。

聡子は、最近の若い女の子のファッションには感心しないが、この子はさりげなく着こなしているので見とれてしまう。

なにより目立つのは、少女がはおっている真っ赤なマントだった。血を連想させる濃い赤。巨人サイズなので、この子にはあまりにも大きすぎる。マントというより、毛布をはおっている感じだ。

女の子は言った。「閻魔堂へようこそ。門井聡子さんですね」

「ええ、そうです」

女の子は、大きいスマートフォンを持っている。亮や重太郎が持っているものより、かなり大きい。インターネットを見ているのかもしれない。

「あなたは宮城県石巻市出身、父・大堀成光《おおほりしげみつ》、母・富久子《ときこ》のもとに生まれた。三歳で日中戦争がはじまり、やがて第二次世界大戦に突入する。社会全体がファシズムに傾斜し、学校教育にも軍国主義が入り込み、国威発揚で戦争熱が高まっていくなか、あなたはそれを冷ややかな目で見ていた少女だった」

「まあ、そうですね。別に日本が負けると予感していたわけではありませんよ。ただ『お国のために』と大声で騒いでいる人たちが、粗暴で、頭が悪そうで、信用できなかっただけです。人並みに米英は悪魔だと思っていたし、日本の兵隊さんは悪魔退治に行ったのだと思っていました」

「父は戦死。終戦後は、親戚筋を頼りながら、各地を転々とした。満足な教育は受けられなかったが、独学で読書とそろばんは続けた。頭脳は、かなり優秀。二十歳のとき、門井哲久《てつひさ》と見合い結婚。門井家は老舗呉服屋で、すべてを姑が掌握していた。あなたは奴隷のようにこき使われ、年中無休の十五時間労働を、姑が亡くなるまで半世紀続けた。とはいえ、それが普通の時代だったから、さほど不満もなかった。つらかったけど、あたりまえのものとして受け止めていた」

「昔は今とちがって、人生は選べるものではなかったからねえ。仕事も結婚も、基本的に与えられるもので、拒否権はありませんでした。だから、逆に悩む必要もなかった。そういう意味では、楽だったかもしれませんよ。今の人は大変だねえ。全部自分で選ばなければならないわけだから」

「二十七歳で、誠司を出産。あなたから息子を取りあげ、門井家の跡取り息子として厳格に育てようとする姑の干渉をうまくかわしながら、戦後民主主義の理念に沿って、息子の意志と個性を尊重して育てた。誠司は野球が好きで、自由闊達《かったつ》な子供に育った。そして家父長制が強く残る門井家と、呉服屋を継ぐことが本人の意志に関わりなく決められていることに強く反発した」

「あの子にとっては息苦しい家だったと思います。うちは何をするにも、姑の許可が必要でしたから。自由な恋愛も許されませんでした。いずれは門井家の嫁になる人ですから、姑が認めた女性でなければならない、とか」

「誠司は大学で劇団サークルに入り、役者を目指すようになる。そして呉服屋の跡取りの地位を蹴り、姑と夫に離反を突きつけて、劇団『未来志向』に加入した。あなたは陰ながら応援していたものの、『未来志向』解散後、母には何も告げずに息子が消息を絶ったことに、少なからずショックを受けている」

「まあ、そうですね。ひと言あってもよかったんじゃないかとは思いました。少しは援助もできたはずだし」

「その後、姑が連れてきた亮を、養子として迎えいれた。再び姑の過干渉に悩まされながらも、亮の個性を尊重して育てた。亮は従順な子に育ち、呉服屋を継いでくれた。姑は九十八歳の大往生。その直後、夫も死ぬ。あなたを縛っていたすべてのものから解放され、それからは亮、遠戚《えんせき》の重太郎、ひょんなことから知り合いになった青山清澄に囲まれて、寂しくない余生を送っている」

「ありがたいことです」

「総じて、時代や体制に逆らわず、かといって染まらず、適当に受け流しながら、ごまかしごまかし生きてきた門井聡子さんでよろしいですね」

「はい。争いごとは好きではありません。それに、姑のことをとても悪く言われていますけど、あれはあれで、いいところもある人ですよ」

「ふむ、なるほど」

女の子は、大きいスマートフォンを見つめている。

不思議な女の子だ。はるか年下なのに、恐れ多い気持ちになる。歴史上の人物や皇室といった、どこか頂上人の気品があり、自然と頭が下がってしまう。

「あの、ところで、あなたは?」

「私は沙羅です」

「サラちゃんね。漢字で書くと?」

「沙羅双樹の、沙羅です」

「ああ、はい、分かります。お釈迦様《しゃかさま》が涅槃《ねはん》に入ったときに、四つ角に立っていたという二つ並びの木ね」

「そうです」

「それで沙羅ちゃん。なんで、こんなオババの人生をそんなに詳しく知っているの?」

「それは、私が閻魔大王の娘だからです」

「閻魔? ああ、あの閻魔大王の娘さんでしたか」

「あなたぐらいの世代だと、死後の世界を当然のように信じていて、すんなり受け入れてくれるので助かります。では、ここ霊界のシステムを簡潔に説明させていただきます。閻魔というのは、人間の空想上のものではなく――」

沙羅による解説が続いた。

それによると、ここは霊界の入り口にあたる。人間は死によって肉体から魂が切り離されて、魂のみ霊界にやってくる。ここで閻魔大王によって生前の行いを審査され、天国行きか地獄行きかに振り分けられる。

本来であれば、ここには閻魔大王がいるのだが、今日は「地獄における拷問技術推進委員会」に出席しているため、娘の沙羅が代理を務めている。

「沙羅ちゃんがお父上のお仕事をお手伝いしているわけね。偉いわねえ」

「どうも」

「ええと、ということは、私は死んだわけね。でも、なぜ？」

「老衰と言っていいでしょうね。つまり寿命です。誕生日の夜、電池が切れるように、眠りながら息を引き取りました」

聡子は思い出していた。

誕生日の夜、疲れもあって、布団に入るなり眠りに落ちた。久しぶりに深く寝入った気がする。そのまま心臓が止まったということだ。痛みも苦しみもなかった。

「そうなの」

「驚かれないんですね」

「まあね。いつ死んでもおかしくないと思っていたし、いま思えば予感もあった」

「だいぶ内臓が弱っていましたね。心臓年齢も血管年齢も、百歳を超えています。長いあいだの過労の蓄積です。あなたの場合、精神的にタフで、疲れや痛みに強いため、かえって病状の進行に気づかないというケースです」

「無理したからねえ。二十歳で嫁いでから、一日も休みなく働いたから。昔はそれがあたりまえだったのよ」

沙羅は大きなスマートフォンを見ながら、しばらく考え込んだ。

「天国行きです。おめでとうございます」

「ありがとう、沙羅ちゃん」

「あなたの人生にはマイナスポイントがありません。人様に迷惑をかけることをよしとせず、むしろ人様のために生きた人生と言っていい。毎日、自宅と呉服屋を、その周辺まで掃除し、ゴミを拾い、枯れ葉を集め、雪が降れば雪かきし、世の中をきれいにしました。ぜいたくせず、地球のことを考えて節電し、不平不満を言わず、自分の能力の範囲内で精一杯生きた人生でした。好きではなかった姑を、どやされながらも介護し、死ねばお墓参りにも行ってあげる。なんという善人でしょう」

「いえ、それくらいはあたりまえです」

「子供も二人育てています。出産、育児はそれだけでも大きなプラスポイントです。あなたは誠司と亮、二人を立派に育てあげました」

沙羅は、スマートフォンの画面を指で操作している。おそらく電子版の閻魔帳で、聡子の生前の行いが克明に記されているのだろう。

「というわけで、天国行きです。さらに、ブロンズカードを進呈《しんてい》します」

「なんですか、それは？」

「人生の銅メダルです。人類に地球規模の多大な貢献をすると、ゴールドカード。政治経済、文化芸術その他の分野で、社会の発展に寄与すると、シルバーカード。そして、そこまではないけれど、一小市民として、庶民なりにこつこつ立派に生きて、世の中の役に立った人に贈られるのがブロンズカードです」

「へえ、そんなものがあるの」

「ちなみに、野口英世《のぐちひでよ》はゴールドカード、手塚治虫《てづかおさむ》はシルバーカードです」

「あれま。私はそんなお偉い人と肩を並べるような人間ではありませんよ」

「ブロンズカードは、主に誰の目にも届かない場所で社会に奉仕した人、したがって誰にも評価されずに人生を終えた人に与えられるものです。あなたは、並の人間には耐えられないタフな人生を生き抜きました。それ自体が一つの偉業です」

「そんなふうに言ってもらえると、うれしいわ」

「カード保有者は天国に行って、さまざまな優遇を受けられます。生まれ変わりの条件もよくなります。たとえば、姑や夫とまた来世でめぐり会いたいなら、申請しておくといいでしょう」

「いえ、それは結構」

「では、天国行きの階段を昇っていただいて――」

「あの、沙羅ちゃん。一つお願いがあるんだけど、いいかしら?」

「なんですか。言うだけは言っていいです」

「誠司は今、どこで何をやっているのかしら?」

「あー、やっぱりね。言うと思った。でも、それを教えるわけにはいきません」

「どうして?」

「霊界の掟で、当人が生前知らなかったことは教えてはいけない決まりなんです」

「せめて、生きているかどうかだけでも」

「無理です。私が罰せられます」

「そうなの?」

「言っておきますが、誠司さんが家を出ていったのは、聡子さんの責任ではありません。

彼は自分の意志で、家を出たのです。子供が自分の力でお金を稼いで生活していけるようになる。そこまで育てるのが親の責任です。年齢は関係ありません。二十歳を過ぎても、ニートでいるうちは、子育てを終えたことにはならないんです。しかし誠司さんは、その時点で自活能力を有していますから、あなたは親としての責任を果たしました」

「………」

「そのあと、誠司さんがどのような人生を歩むかは、彼の自由意志です。誠司さんが役者として成功しようが失敗しようが、すべて彼の責任であって、親が干渉することではありませんし、責任を感じる必要もありません」

「そうはいってもね、沙羅ちゃん」

「動物とは、本来そういうものです。子供が自分で餌を取って生きていけるようになった時点で、親は子供を捨てて立ち去る。あとは赤の他人として生きていく。それが自然の摂理であって、人間も例外ではありません」

沙羅は、話を打ち切った。

「そういうわけですから、どうぞ天国へ。そこのドアを開ければ、天国へ続く階段があります。その先に天使が待っているので、ブロンズカードの保持者であることを申告してください。あとは天使の案内に従ってください」

動かなかった手足に、力が入ることに気づいた。そして右側の壁に、先ほどまでなかったドアができていた。

しかし聡子は動かなかった。

「あの、聡子さん?」

「はい」

「もう動けますよね。どうぞ天国へ」

聡子は動かなかった。立ちあがる気力が起きなかった。

「聡子さん、聞こえてますよね。誠司さんを心配する気持ちは分かります。しかし聡子さんは死んだんです。息子さんを援助することも、抱擁《ほうよう》することも、もうできないんです。すぱっと忘れて、天国に行ってください」

聡子はうつむいたまま、動かなかった。

沙羅はむっとしたように、頰をふくらませる。

「あー、まいったな。今日はこれが最後だっていうのに、聡子さんが天国に行ってくれないと、私の仕事が終わらないじゃないですか」

聡子は動かない。

「お願いしますよ。天国での暮らしをエンジョイしてください。生まれ変わりの順番が来るまで退屈しないように、娯楽施設も充実していますから」

聡子は、固まって動かない。誠司のことを考えていた。

誠司のことはあきらめていた。でも心の片隅に、生きてさえいれば、また会うこともあると、一縷《いちる》の望みがあった。こうして死んだ今、その望みは絶たれた。そう思うと、誠司のことしか考えられなかった。

「たまにいるんだよなあ、こうやって居座っちゃう人。地獄に落としちゃえば話は早いけど、ブロンズカード保持者をむやみに地獄行きにするわけにはいかないし」

沙羅はいらだって、足の裏を床にトントン踏みつけている。

「もういいじゃないですか。生き別れて三十年になるっていうのに、何を今さら。だいたい目の前にたくさんヒントが転がっていたのに、気づかなかったんだから――」

「えっ」

「あ、言っちゃった」沙羅は、口に手を当てる。

「ええと、どういうこと？　目の前にヒントが転がっていた？」

「いや、なんというか」

「誠司の消息を知る手がかりが、私の目の前に転がっていたということ？」

「まあ、そうなんだけど」

聡子の頭は混乱した。誠司の消息を知る手がかりが、目の前に転がっていた？　そんなふうに考えたことはなかった。

沙羅は、じれたように腕時計に目をやる。

「あー、もう、しょうがない。じゃあ、こうしましょう。先ほども言った通り、霊界のルール上、私が教えるわけにはいきません。しかしあなた自身が推理して、自分で言い当てる分にはかまわない」

「ああ、はい」

「私も暇じゃないので、制限時間は十分とします。あらためて確認しますが、誠司さんの消息を知る手がかりは出そろっています。つまり、今あなたの頭の中にある情報だけで、答えを導き出せます。十分考えて、答えが出なかったら、大人しく天国に行ってもらいます。それでも居座るというなら、仕方ない。私の権限でブロンズカードを剝奪《はくだつ》し、地獄へ落とす。いいですね」

「…………」

「いいも悪いもない。そもそも閻魔様が、人間ごときに譲歩してやる必要なんてないんだから。私の温情で、十分の時間を与えるだけです。自力で答えを出せたら、それが正解なのかどうか、答えあわせくらいはしてあげましょう」

「スタート」

沙羅は言うなり、机の上を整理して、終業の準備をはじめた。

ネックレスとピンキーリングを外し、アクセサリーボックスに入れる。真っ赤なマントを脱いで、丸めて雑に放り投げる。冷蔵庫を開け、アセロラドリンクを取り出し、立ったまま腰に手を当てて、飲みほした。それから椅子に戻る。手鏡を見ながら、ブラシで髪をとかしている。聡子には、もはや注意を払っていない。

制限時間は十分。

今、聡子の頭の中にある情報だけで、推理できるという。情報の各パーツを正しく組み合わせれば、一枚の絵が浮かびあがるということだ。それができなければ、誠司のことは何も分からないまま、天国に行くことになる。

やるしかない。

幸いなことに、推理小説はかなり読んでいた。年を取って目が悪くなってからは読まなくなったけれど、昔は隠れてよく読んだ。

姑が元気なうちは、門井家に娯楽はなかった。夫は外に飲みに行ったり、姑は婦人会に参加したりと、遊興の場があったが、聡子にはそれも許されなかった。

嫁に教養はいらない。それが姑の絶対的な考えだった。嫁が本などを読むと、主義主張を持つようになって、勤労精神が失われる。「民は愚かに保て」の方針で、聡子は門井家に従属する召し使いと位置づけられていた。

家と呉服屋に縛りつけられる毎日。家にテレビさえなかった。ましてや姑は、探偵小説を退廃文化とみなしていて、ポルノと同列だった。ご法度《はっと》と言ってよく、隠れて読んでいることが分かったら、定規で叩かれる程度では済まされない。

なので、聡子は図書館でこっそり文庫を借りてきて、姑がいないとき、仕事を手早く片づけて時間を作り、隠れて読んだ。小卒なのにもかかわらず、聡子が明晰《めいせき》な頭脳を持っているのは、この隠れ読書の賜物《たまもの》である。

推理力に自信はない。とはいえ、誠司は息子である。誠司の考えそうなこと、誠司がこういう状況に置かれたらこうするだろう、というのはなんとなく分かる。

とにかくやるしかない。

しかし誠司の消息を知る手がかりが、どこにあったのだろう。

最初に思い浮かんだのは、重太郎の調査報告だ。新聞社に勤めている重太郎が、誠司について調べてくれたあの報告。

誠司は二十二歳で家を飛び出し、劇団「未来志向」に加入した。しかし二十七歳で、その劇団が解散する。そこまでは聡子も知っている。

重太郎によれば、誠司はその後も夢を追い続け、映画などにもわずかながら出演している。最後に分かっているのは、三十四歳のとき、厚木に住んでいたということだ。清掃会社でバイトをしていたが、その会社が倒産し、以降の消息は分かっていない。役者としての出演記録も、三十四歳を境に途絶えている。

生きていれば五十五歳。およそ二十年分の人生が不明のままだ。

あらためて考えてみる。

母として、なんとなく分かることもある。

三十四歳の時点で、誠司はフリーターだった。役者だけでは食べていけず、バイトで食いつないでいたのだろう。しかしその会社が倒産したことで、誠司なりに思うところがあったのだと思う。おそらく役者をあきらめたのだ。

家を飛び出して十二年、多くの挫折《ざせつ》があったと思う。無職になり、ここが人生の転換点だと感じた。誠司のことだから、努力はしたはずだ。それで成功しなかったのだから、才能がなかったということだ。そして夢に区切りをつけた。

誠司は、風来坊気質である。そんなとき、ふっと住んでいる土地を変えたくなる気がする。つまり厚木からは離れた。

問題は、役者をあきらめた誠司が、そのあとどこに行き、何の仕事に就いたのかだ。他に住みたい町があったか、あるいは役者の次にやりたい仕事があったか。そこはちょっと分からない。

いずれにせよ、誠司が門井家に戻ってくることはなかった。誠司の性格からいって、夫や姑に勘当されて、啖呵《たんか》を切って出ていった以上、意地でも戻らないだろう。門井家にはすでに亮がいる。今さら戻る場所はない、と誠司は考えた。

「二分経過、残り八分です」

沙羅は棒付きキャンディーをなめながら、ファッション誌を読んでいた。

聡子は推理に集中する。

重太郎の調査では、ここまでのことしか分からなかった。この調査のどこに、誠司の消息につながる手がかりがあるのだろう。

いや、よく考えたら、重太郎が調べたことをすべて聡子に話したとはかぎらない。調査の結果、たとえば殺害されていたとか、刑務所に入っていたとか、聡子には聞かせたくない事実が判明したとする。ガンの告知と同じで、聡子がショックを受けるから、話さないほうがいいと判断した可能性はある。

それだけではない。利害関係もはらんでくる。

たとえば調査の結果、誠司の居場所が分かったとする。聡子は当然、会いたくなる。すると、どうなるか。

聡子には少なくない遺産がある。預貯金と高円寺の土地を合わせれば、一億円くらいになるかもしれない。誠司と亮は、会ったことはなくても、法律上の兄弟だ。亮の取り分は半分になる。

重太郎と亮は仲がいい。重太郎としては、誠司の所在が分かったとしても、聡子には内緒にしておくかもしれない。また、亮にそのように頼まれた可能性もある。

ふと、ある可能性に思い当たった。いかにも推理小説的発想だが、そのように考えてみると、亮には誠司を殺害する動機さえあることになる。

遺産の問題にしても、聡子が養子の亮より、実子の誠司を大事に思い、遺産を全額誠司に譲るという遺書を書くのではないか、と亮は思ったかもしれない。もちろん、そんなことをするつもりはない。誠司も亮も、等しく自分の子供だと思っている。でも、亮がそのように考えた可能性はある。

亮は、門井家における自分の地位を守るために、誠司を殺した？　まさか、考えすぎだとは思うが……。

亮が誠司を殺す。そんな光景を生々しく想像して、頭が真っ白になった。あくまでも机上の推理だが、そんな可能性までありえるのだ。

寒気がして、思考が凍りついた。無為に時間が過ぎた。

「四分経過、残り六分です」沙羅が、無情に時を告げる。

その声で我に返った。凍りついている場合じゃない。

いくらなんでも考えすぎだ。亮が誠司を殺すなんて、絶対にありえない。誠司の所在が分かったとしても母には教えないで、と重太郎に頼むくらいはするかもしれない。だが、殺すなんてありえない。

もっと現実的に考える。沙羅によれば、いま頭の中にある情報だけで、真相にたどり着けるのだ。答えが分からないのは、大事なことを見落としているからだ。重太郎の話を具体的に思い出してみる。あの報告の中に、手がかりはなかったか。

いったい何を見落としている？

ふいに思い出す。重太郎は、「未来志向」の元劇団長、田丸に会ったとき、こんな話を聞いたと言っていた。一年ほどまえ、田丸のもとに電話がかかってきた。相手は男で、「扉順平という人を知りませんか？」と聞かれたという。田丸は借金取りだと思って、何も教えなかったというが。

本当に借金取りなのだろうか。いずれにせよ、扉順平を探している人物がいたことは確かだ。誰なのか。目的はなにか。

その人物をXとする。

Xは、扉順平の本名は知らないと考えられる。つまり扉順平としての誠司だけを知っている。とすると、演劇関係者だと考えられるが。

Xは、その後も扉順平を探したのだろうか。もしXが借金取りで、扉順平が門井誠司だと分かったのなら、聡子か亮のところに何らかの連絡が来るはずだ。だが、聡子のところには来ていないし、亮からもそんな話は聞いていない。Xは、扉順平が門井誠司だとは分からずに、あきらめたのだろうか。

聡子は最近、家からほとんど出ない。散歩と買い物、あとは亮たちから誘われたときに外出するだけだ。家を訪ねてくる人も、昔からよく知っている人だけ。この一年で新たに知り合ったのは、青山清澄だけだ。

青山清澄。あらためて考えると、聡子はあの青年のことを何も知らない。宮崎県出身。中央大学に合格し、上京した。春からIT企業に勤めている。人なつこい子だが、頭がよく、聡明《そうめい》な印象を受ける。

不思議な縁だ。清澄は就職の内定をもらい、高円寺付近に空き家を探していた。たまたま聡子の家の前を通りかかり、オレオレ詐欺の現場に遭遇した。そのときは深く考えずに信じたが、偶然にしてはできすぎの感もある。

偶然ではないとしたら。

詐欺グループは摘発されて、現在服役中である。だから、あれが清澄の一味であったはずはない。しかし、オレオレ詐欺の現場に出くわしたのは偶然だとしても、聡子の家を訪ねてきたのは偶然ではないとしたら。

清澄と誠司には、つながりがある？　突拍子もない思いつきだが、なくはない。

「六分経過、残り四分です」

沙羅は、読んでいた雑誌を放り投げ、やすりで爪を整えている。

もう時間がない。この線で考えていくしかない。

清澄と誠司には、何らかの関係があった。そう仮定してみよう。

たとえば清澄が誠司に頼まれて、聡子の様子を見にきたとは考えられないか。そうしたら、ちょうどオレオレ詐欺の現場に出くわした。

そういえば、あの事件の捜査のとき、担当刑事も言っていた。玄関先での聡子と犯人の会話を聞いただけで、よく詐欺だと見抜けたな、と。確かに察しがよすぎる。だが清澄と誠司が知り合いなら、それも不思議ではない。誠司があのような形でお金を取りにくることはないと、清澄には分かるからだ。

そう、清澄はたまたま聡子の家の前を通りかかったのではない。聡子の家を訪ねてきたのだ。

そして清澄は、誠司との関係を隠したまま、聡子との関わりを続けている。目的は不明だが、だとすると清澄から誠司に、聡子が今どういう状況にあるのか、伝わっていることになる。

そうだ。清澄は、聡子の得意料理が鱒寿司だと知っていた。しかし、清澄に鱒寿司の話をした覚えはない。年を取ると、自分がした話も忘れてしまうことはよくある。だが、鱒寿司については話していないと思う。なぜなら聡子自身、もう二十年以上作っていないからだ。得意料理だとも思っていなかった。単に、昔たまに作っていた料理で、誠司の好物だったというにすぎない。

なぜ話していない鱒寿司について、清澄が知っていたのか。それは誠司から聞いたからだ。母が昔作ってくれた料理を、母の得意料理として誠司が話したのだ。二人のあいだに関わりがあることは、もう確実に思える。

しかし、どういう関係なのか。

父子？　清澄は三十二歳、誠司は五十五歳。親子だとしたら、誠司が三十三歳のときの子供だ。しかし重太郎の話に、厚木に住んでいたときに子供がいた、という情報はなかった。戸籍《こせき》にも記載はない。なにより母の直観で、父子ではない気がした。顔立ちがちがうし、直感的に血のつながりを感じない。

しかし何らかの関係があったのは確かだ。だとしたら、清澄が聡子のもとを訪ねてきた目的はなにか。誠司になにか頼まれたのか。それは遺産に関することか。清澄が誠司の息子で、誠司が死んでいるなら、清澄も遺産相続人ということになるが。

ひとまず、それは置いておこう。

話を戻す。清澄と誠司が知り合いなら、田丸に電話をかけたXは清澄ではないことになる。「扉順平＝門井誠司」だと当然分かっているはずなので、田丸のところにそんな電話をかける必要はないからだ。

Xは誰で、何の目的で扉順平を探しているのか、という疑問は解けないままだ。

ここまで疑問がふくらむばかりで、まともに推理が進んでいない。頭の中で疑問点を整理してみる。

①三十四歳で役者をあきらめた誠司は、そのあとどこに行き、何の職業に就いたのか。

②扉順平を探していたXは誰か。
③誠司と清澄は知り合いだとして、どこで知り合ったのか。どういう関係なのか。そして清澄が聡子のもとを訪ねてきた目的はなにか。
おおまかに言えば、この三点だ。しかし、その先が分からない。

沙羅が言うには、聡子の頭の中にある情報だけで、答えを導き出せるという。本当だろうか。面倒なので、適当に嘘をついて、煙《けむ》に巻《ま》いているだけではないのか。大人しく天国に行かせるための口実ではないか。

沙羅に騙《だま》されているだけ、という気がしてきた。いま頭の中にある情報の何をどう組み合わせたら、この三つの疑問に答えを導き出せるというのだろう。

「八分経過、残り二分です」沙羅が時を告げる。その声に慈悲はない。

聡子は、沙羅をじっと見つめた。沙羅はその視線に気づいて言う。

「なんですか？」

「いえ」

聡子は目の前の娘を凝視した。見れば見るほど、この世のものとは思えない。人間ではないのだから当然だが、人間離れしている。

フォルムはかわいらしいのに、どこか悪辣《あくらつ》としている。

あくまで比喩的《ひゆてき》にだが、ちょっと宙に浮いている感じなのだ。地べたに張りついた人間とは、生き物としての次元が異なる。すべてを超越した奇跡のような存在だ。

そんな子があざとい嘘はつかない。

嘘は、自分を守るための防衛本能であり、基本的に人間的な行為なのだと思う。しかしこの子は、人間に対して自分を守る必要がない。彼女にとって、たかが人間一匹。ブロンズカードを持っていようがおかまいなく、地獄に落としてしまえばいい。

この子は嘘をつかない。そんな姑息《こそく》なことはしない。

この子を信じよう。というか、信じなければ、どうにもならない。

もう時間がない。

疑問点①②は、見当もつかない。③から考えよう。誠司と清澄はどういう関係なのか。親子でないとしたら、いつどこで知り合ったのだろう。

清澄の出身は宮崎県である。大学入学前に知り合ったのだとすれば、誠司とは宮崎で知り合ったことになる。しかし宮崎は、誠司にとって（聡子にとっても）縁もゆかりもない土地である。清澄が上京してから知り合ったと考えたほうが普通だ。

とすると、誠司も東京にいることになる。清澄は、中央大学の近くにあるシェアハウスに四年間住んでいた。そのあたりで知り合ったのだろうか。しかし聡子は、中央大学がどこにあるのか知らない。

いや、誠司と清澄が直接知り合ったとはかぎらない。誠司と清澄の両親が知り合いで、その関係で清澄と関わったとも考えられる。そのほうが可能性は高い。誠司と清澄の両親は、おそらく同世代だからだ。

清澄の両親は、交通事故で亡くなったと聞いた。清澄が高校二年生のときだ。しかし、知っているのはそれだけだ。

これまでの清澄との会話を思い返してみる。だが、たいしたことは話していない。清澄が聡子に質問する形が多く、清澄が自分のことを話すことは少なかった。分かっているのは、いい子ということだけだ。

あえて言えば、少し神経質で臆病《おくびょう》なところがある。震度4の地震で慌てて、聡子の手を取って外に飛び出したように。

あらためて疑問①に戻る。三十四歳で夢をあきらめた誠司は、その時点で無職である。そのあと、どこに行ったのか。普通であれば、仕事を探したはずだ。さもなければ、以前から住みたいと思っていた町に引っ越した。

それが宮崎県だったということか。

……地震？

頭の中で、何かがつながった。八十二年間の人生で初めての感覚だった。これが名探偵のひらめきというやつか。

そうか。そこで誠司と清澄は知り合ったのだ。

そうすると、田丸に電話をかけたXは……。

清澄は、高校二年生のとき、両親を交通事故で亡くしている。

なるほど、だから清澄は聡子のもとを訪ねてきたのだ。

そう考えれば、すべて一本の線でつながる。確証はないけれど。

沙羅によるカウントダウンがはじまった。

「十、九、八、七、六」

聡子はラストスパートをかけて、推理を固めた。三つの疑問点に、それぞれ論理的な解答がつく。直感的にも、これで正しいはずだという確信がある。しかし、だとすると、その結論は聡子にとって望ましいものではない。信じたくない結末である。

沙羅は、容赦なく時を刻んでいく。

「五、四、三、二、一、ゼロ。終了です。聡子さん、真相は分かりましたか？」

「ええ」

聡子は一息つき、目を閉じた。

「誠司はもう、生きてはいないのね」

3

「では、答えあわせをしましょうか」

沙羅は、あらためて真っ赤なマントをはおった。椅子にのけぞって座り、悩殺するような攻撃的な足の組み方をした。

聡子は言った。

「分からないことも多いけど、誠司が亡くなっているのは確かだと思うわ」

「おおよそでいいです」

「重太郎が調べたところでは、誠司は『未来志向』が解散したあとも、三十四歳までは役者を目指していたようね。でも、バイト先の会社が倒産した。そのとき、あの子なりに思うところがあったのだと思う。役者の夢はあきらめた」

「それで?」

「無職になり、心機一転、生活を変えたくなったのかもしれない。もう三十代半ば。そのときは姑も夫も健在だし、養子の亮もいる。門井家に戻ってくる気はなかった。そこで誠司は、私の生まれ故郷、宮城県石巻市に行ったのだと思う」

「五年前、東日本大震災で津波にあった場所ですね」

「ええ、私は終戦をむかえる十一歳まで住んでいました。とても暗い時代だったけど、覚えているのは、石巻の高台から見渡せた朝日ね。だだっ広い太平洋の水平線から、太陽がゆっくり昇っていく。それはまるで芸術作品のようだった。誠司が幼いころ、そんな話を聞かせた覚えがあるわ。母の生まれ故郷として、心のどこかに残っていたのね。そして役者をあきらめた誠司は、石巻市に向かった。

そこで清澄くんと出会った。清澄くんというより、清澄くんの両親と知り合いだったのかもしれない。どういう関係なのかは分からないけど、母の得意料理が鱒寿司であることを話すくらいには親密だった。

およそ二十年、誠司は石巻でどんな仕事をして、どんな人と出会ったのでしょうね。それは分からないけど、確かなのは、五年前の震災で亡くなったこと。清澄くんの両親も、本当はその震災で亡くなったのかもしれない」

震災のニュースは、聡子もよく見ていた。

石巻は、聡子が住んでいた一九四五年当時とは様変わりしていたけれど、故郷であることに変わりはない。報道によると、面積の半分が津波に襲われ、三千人を超える死者が出た。聡子も心を痛めていた。

「清澄くんは両親を亡くし、一人になった。それでも困難に負けず、刻苦勉励したのでしょうね。大学に合格して、上京した。四年生になり、就職の内定ももらった。それで時間ができたのだと思う。誠司の実家を探した。亡くなったことを家族に伝えるためかもしれない。でも、なぜかは分からないけど、誠司は清澄くんに、扉順平と名乗っていたんじゃないかな。つまり清澄くんは、誠司の本名を知らなかった。

今はインターネットがあるから、その点は調べやすい。でも重太郎の話では、扉順平で検索しても、三十四歳までの出演作品がいくつか出てくるだけ。とはいえ、『未来志向』に所属していたことは突きとめた。そして元劇団長の田丸さんの住所を調べて、電話をかけた。『扉順平という人を知っていますか』と。

そうやって清澄くんは、少ない手がかりを頼りに、扉順平を調べていった。その結果、本名が門井誠司だと分かり、実家である高円寺の自宅まで訪ねてきた。ちょうどそこで、オレオレ詐欺の現場に遭遇した。私と犯人との会話を聞けば、清澄くんには詐欺だと分かる。清澄くんのおかげで、犯人グループは捕まった。

それが縁で、私のところを訪ねてくるようになったけど、かえって誠司のことは言い出しにくくなっちゃったのかな。息子はきっとどこかで元気に暮らしていると信じている私に、亡くなったとは言い出せなかった。

出身は宮崎県ではなく、宮城県だったのね。そういえば出身を聞いたとき、一瞬、答えが途切れた気がする。誠司のことは隠していたから、とっさに宮城県を宮崎県に言い換えたのでしょう。それから、地震をとても怖がっていたけど、それは清澄くん自身があの震災を体験しているから」

聡子は解答を終えて、一息ついた。

「どうかしら。そんなところだと思うけど」

「ほぼ正解です」

沙羅は一つうなずいて、クールな微笑を浮かべた。

「真相は分かってしまったので、少し補足説明をしてあげましょう。あなたがおっしゃったように、誠司さんは三十四歳まで役者を続けました。役者だけでは食べていけず、清掃会社でバイトをしていました。その会社の社長はとても理解のある人で、誠司さんに住まいを提供し、夢の応援をしながら働けるようにしてくれていました。しかしその会社が倒産してしまいます。

付き合っていた恋人とも、愛想《あいそう》を尽かされて別れたところでした。誠司さん自身、役者としての才能に限界を感じていた。ここが人生の転換点だと悟ったのでしょう。役者をあきらめる決心がつきました。

貯金はいくらかありました。門井家に戻るつもりはなかった。すでに跡取り息子として養子を取っていることを知っていましたからね。恋人も去り、仕事も失い、夢も捨てた。何もかもなくなって、急に都会から離れたくなりました。そういう風来坊的な気質が、誠司さんにはありました」

「気ままな性格でしたね。さすらい癖があります。だから門井家の、がんじがらめの家風が嫌で仕方なかったのでしょう」

「誠司さんは旅に出ました。持ち物は売り払い、ボヘミアンスタイルで。移動手段は自転車です。目指す先は、あなたの故郷、石巻市。幼いころに母から聞いた話を覚えていたのでしょう。テントを張って野宿しながら、石巻にたどり着き、高台から太平洋に浮かぶ朝日を見ました。そして、とても感動した。旅行のつもりでしたが、そこに居ついてしまいました。結局、そこが終《つい》の棲家《すみか》となりました。

石巻にアパートを借り、仕事も見つかりました。漁港の雑用として、魚を運んだり、掃除したりする仕事です。正規雇用ではなく、日雇いでした。お金が貯《た》まったら、ふらっと旅に出て、また戻ってくる。彼は力自慢で、根が働き者なので、重宝《ちょうほう》されました。石巻の人々にすんなり溶け込んでいきました。

彼は、そこでは扉順平と名乗っていました。役者気取りというか、映画の主人公になったつもりだったのでしょう。あるときには、東京を捨てて放浪する『寅《とら》さん』風の設定だったり、あるときには、本名を隠して逃亡中の指名手配犯の設定だったり、石巻を舞台にして扉順平という役を演じていたのですね。だから、まわりの人は彼の本名を知りませんでした。田舎なので、それで通っていました」

「あの子には、そういうロマンチックなところがありました。子供のころ、よく仮面ライダーごっこをしていたわね。空想の中で変身して、それを演じるのが好きでした。ずっと変わらなかったのね」

「石巻の人々は寛容で、鷹揚《おうよう》としていて、彼にとって居心地がよかったのでしょう。そうして六年が過ぎたとき、一人の女性とめぐり会います。青山弘美《ひろみ》という女性です。彼女には当時七歳になる息子、清澄くんがいました。昼間は漁港近くの食堂で働き、夜はバーで働いて、一人で清澄くんを育てていました。元は新潟に住んでいたのですが、夫のDVから逃れて、石巻に隠れて住んでいたのです。

やがて交際がはじまり、同居するようになりました。弘美さんには複雑な事情があり、結婚という形は取りませんでしたが、事実上の夫婦として暮らしました。弘美さんは夜のバーを辞め、生活にもいくらか余裕ができました。誠司さんは我が子同然に清澄くんをかわいがり、清澄くんも父親として慕いました。そんな生活が十年続きました。しかし二〇一一年三月十一日、あの日が来てしまう。

東日本大震災です。清澄くんは、海岸から離れた高校にいたので安全でした。しかし誠司さんと弘美さんは、それぞれ漁港近くで働いていました。津波警報が鳴り、誠司さんはいったん避難しました。しかし弘美さんが避難所に来ていないことを知り、慌てて彼女が働いていた食堂に向かいました。そのとき弘美さんは、倒壊した建物の下敷きになっていました。誠司さんは瓦礫《がれき》をよけながら、必死で彼女を助け出そうとしました。そこに津波が来て、二人とも帰らぬ人となりました。

清澄くんは一人残されました。誠司さんが母を助けに行って亡くなったことも、人づてに聞きました。母の遺体は見つかったのですが、誠司さんの遺体は見つかっていません。

しかし、いつまでも悲しんではいられません。幸い、貯金はありました。誠司さんと弘美さんは、頭のいい清澄くんが大学に行けるように、学資積み立てをしていました。彼は避難所でも受験勉強を続けて、大学に合格しました。そして大学四年間を過ごし、就職も決まった。そこでふと、時間ができました。震災から時間が経ち、彼も大人になっていました。そして父、扉順平のことを想った。

清澄くんは、扉順平が本名だと思っていました。誠司さんはおしゃべりな人でしたが、話のほとんどは冗談でした。たとえば過去の職業について、教師、刑事、弁護士、はたまたヤクザなどと清澄くんに話していました。自分が過去に演じた職業を、実際にやっていたかのように面白おかしく話したわけです。そんなわけで清澄くんは、順平おじさんと呼んでいた同居人が本当は何者なのか、よく知りませんでした。住んでいたアパートごと津波で流されたため、手がかりも残っていません。

扉順平をネットで調べると、役者だったことが分かりました。本名ではないらしいことも分かった。かつて所属していた『未来志向』は解散していました。でも劇団長だった田丸さんの所在が分かり、電話をかけました。そこでは情報は得られませんでしたが、その後も扉順平を探して、『未来志向』がよく公演していた劇場の支配人にたどり着き、本名が門井誠司であること、高円寺に実家があることを突きとめました。そしてあの日、家を訪ねていったのです。

家の外観を見て、確信しました。順平おじさんから聞いていた話とぴったり一致したからです。武家屋敷のような家、広い庭のわりに建物は狭くて、庭には小さな社がある。ここで初めて、扉順平が門井誠司だと確信しました。

しかし訪問するかは迷いました。表札に『門井』とあるので、誠司さんの親類だとは分かるのですが、いま誰が住んでいるかは分からない。誠司さんは、実家に勘当されたようなことを言っていたので、自分が訪ねていっても、どういう扱いを受けるか分からない。迷っていたところに、オレオレ詐欺の犯人がやってきました。

玄関から出てきた聡子さんを見て、年齢的に誠司さんの母親だろうと思った。隠れて話を聞いていたら、誠司さんに頼まれたと言ってお金を渡している。おかしい、絶対に詐欺だと思い、勇気を出して犯人に食らいついたのですね。

流血して病院に運ばれ、警察の事情聴取を受けました。急な展開で、頭の中が整理できずにいたため、とっさに嘘をつきました。高円寺付近に空き家を探していて、あたりを散策していたと。逆に、そこで不必要な嘘をついたため、あとで本当のことを言い出せなくなってしまった。息子はどこかで幸せに暮らしていると信じているあなたに、死んだとは言い出しづらかったですし、それに自分が誠司さんの息子として名乗り出るのもはばかれました。遺産目当てだと疑われても困ります。

でも、清澄くんにとっては、それでよかったんです。それがきっかけで縁ができて、あなたの家の近くに住みました。父だと思っていた人の母、彼にとっては祖母です。たまに訪ねて夕飯をごちそうになったり、亮さんや重太郎さんとも仲良くなって、家族の一員みたいになりました。彼は天涯孤独の身です。家族ができた気がして、甘えていたというわけです。いつか誠司さんが死んだことは話すつもりでした。でもまさか、あなたがこんなに早く亡くなるとは思わなかったのでね」

「そうだったの。はっきり言ってくれればよかったのに」

「ま、そういうことです。では、真相が分かったところで、さっさと天国に行ってもらえますか」

「あの、沙羅ちゃん。もう一つだけ、お願いがあるのだけど」

「嫌な予感がするなあ。いちおう聞くだけは聞きます。なんです？」

「いま一度、生き返らせてもらえないかしら」

「出た！　また」

「どうかお願い」

「無理です」

「無理を承知で、お願いします。おばあさんの最後の頼みだと思って」

「あのね、聡子さんの場合、寿命で死んだんです。生き返ったところで、すぐに死ぬだけですよ」

「それでいいの。清澄くんに、わざわざ訪ねてきてくれて、ありがとうって、それだけ言いたいだけだから」

「まあ、できないことはないですけど。生き返らせるというか、死の直前まで時間を巻き戻すことはできます。でも、本当にすぐ死ぬだけですよ。寿命を延ばせて、せいぜい一時間ほどです」

「それで充分です」

「分かりました。あなたはブロンズカード保持者なので、多少は便宜を図ってあげられます。最後に清澄くんに会えればいいのですね」

「ありがとう、沙羅ちゃん」

「では、あなたを死の直前に戻します。心臓発作が起きる少し前です。そして、約一時間後に死亡します。本来、現世に戻すときは、ここに来た記憶は消去するのですが、どうせすぐに死ぬので、そのままにしておきます。ただし、私のことも霊界のことも、すべてが極秘事項です。絶対に現世の人に話してはいけません。それを破ったら、あなたも重罪になります。くれぐれも気をつけてください」

「分かりました。絶対にしゃべらないから安心して」

「最後に清澄くんに会えるように、こちらで手配しておきます。そして死んだら、自動的に天国に行けるようにプログラムしておきます」

「なにからなにまで、ありがとう」

「今日が私の担当でラッキーでしたね。父だったら取りつく島なし。それもまあ、日頃の行いがもたらした幸運というものでしょう」

沙羅はくるりと背を向けて、デスクに向かった。大きいスマートフォンをキーボードにセットする。打ち込む作業に、一分ほどかかった。

「じゃあ、行きます。時空のひずみに魂を無理やり押し込むので、めっちゃ痛いですけど、我慢してください」

「はい、遠慮なくどうぞ」

「ちちんぷいぷい、門井聡子、地上に還れ」

沙羅は、エンターキーを押した。

4

——ドン、ドン、ドン、ドン。

激しく戸を叩く音で、聡子は目覚める。

「おばあちゃん、開けて！　おばあちゃん」

戸を叩いて叫ぶ声は、清澄のものだった。聡子は目を覚まし、壁時計に目をやる。深夜二時過ぎ。

昏睡《こんすい》するように眠っていた。頭がくらくらする。身体が熱い。

不思議な夢を見た。さっきまで霊界にいた。閻魔堂という沙羅の部屋にいて、それから時空の切れ目に押し込まれて、この世界に戻ってきた。すごく変な体験だった。あれは現実なのだろうか。夢にしてはあまりにも鮮烈すぎる。

あっちの世界では、身体が軽かった。こっちに戻ってきて、年寄り特有のだるさが戻っている。偏頭痛もすごい。体温が異常に高くて、血が煮えたぎっている。年を取ると汗腺《かんせん》が死んで、汗をかけなくなる。そのため体内に熱がこもる。

呼吸を整えて、ゆっくりと起き出した。壁に手を当てて、身体を支えた。玄関まで歩いた。外では清澄が戸を叩き、叫んでいる。

「おばあちゃん、開けて！」

「はいはい、いま開けますよ」

聡子は玄関の鍵を開けて、戸を開いた。清澄が、血相を変えて立っていた。

「おばあちゃん、大丈夫ですか？」

「大丈夫よ。どうしたの？」

「さっき電話があって、おばあちゃんが危ないから、すぐに駆けつけてくれって」

「誰から？」

「サラって名乗っていました。それだけ言って、切っちゃって。いたずら電話かと思ったけど、心配で来てみたんです」

清澄はその電話を受けて、自転車で慌てて駆けつけてきたようだ。

沙羅だ。夢ではなかったらしい。

要するに、聡子は生き返ったのだ。死の直前に。あのまま寝ていたら、心臓発作が起きて、息を引き取ったのだろう。

目が覚めて、少しだけ寿命が延びた。しかし、それも一時間ほど。

沙羅の言った通り、記憶はしっかり残っている。

「おばあちゃん、本当に大丈夫？　顔、真っ赤だけど」

清澄が玄関から入ってきて、聡子の額に手を当てた。

「すごい熱がある。救急車を呼んだほうがいい」

「大丈夫よ。年を取るとね、あっちこっちおかしくなるのよ。いつものことだから、放っておけば大丈夫よ」

清澄の手を借りて、居間に戻った。亮からプレゼントされた座椅子に腰かけた。

「亮さんや重太郎さんにも連絡しました。すぐに来ると思います」

「あらあら。こんな夜更けに、大騒ぎになっちゃうわねえ」

「本当に大丈夫ですか。やっぱり救急車を呼んだほうが」

「本当に大丈夫よ。お水を一杯だけくれる？」

「あ、はい」

清澄は台所に行って、冷茶をコップに注いで持ってきた。聡子は一気に飲みほした。身体が少しだけ冷えた。

目はすっかり覚めていた。頭はしっかり働く。

あと一時間の命。

八十二年間の人生。あっという間だった。死ぬならこの家で、と決めていた。二十歳で嫁いでから、六十二年。合縁奇縁、さまざまあったが、すべては過去でしかない。終戦、高度成長、バブル崩壊、ＩＴ革命と、世の中はめまぐるしく変わったけれど、過ぎてみればささいなことだ。

「ねえ、清澄くん。誠司のこと、聞かせて」

「えっ」

「誠司は、石巻でどんな暮らしをしていたの？」

「知っていたんですか？」清澄は、目を丸くしていた。

「さっき地震が来たとき、清澄くん、慌てたでしょ。あれを見て、大きい震災を経験したんじゃないかと思ったの。清澄くんの出身は宮崎ではなく、宮城だったのね。それに、鱒寿司のことは話していないし。誠司から聞いたんでしょ」

「あ、はい……。隠していて、ごめんなさい」

「いいのよ、そんなことは。誠司は、もうこの世にいないのね。あの子の石巻での暮らしがどんなものだったのか聞かせて」

「はい」

清澄は、あぐらをかいて座った。慌てて家を出てきたのだろう。ジャージ姿で、髪はぼさぼさだった。

「おじさんは、石巻では扉順平と名乗っていました。漁港一の働き者で、町に溶け込んでいました。人の役に立つことが好きで、悪く言うと、お節介《せっかい》でした。宮沢賢治《みやざわけんじ》に『雨ニモマケズ』っていう詩があるじゃないですか。小学生のときに授業で読んで、おじさんみたいだなって思ったんです。『東ニ病気ノコドモアレバ、行ッテ看病シテヤリ、西ニツカレタ母アレバ、行ッテソノ稲ノ束ヲ負イ、南ニ死ニソウナ人アレバ、行ッテコワガラナクテモイイトイイ、北ニケンカヤソショウガアレバ、ツマラナイカラヤメロトイイ』。そんなふうに、困っている人がいたら放っておけない人でした」

「うふふ」と聡子は嬉しくなって笑った。子供のころから変わらない。見て見ぬフリはできない子だった。

「僕の母は、シングルマザーでした。漁港近くの食堂で働いていて、おじさんが客として来ていたみたいです。交際するようになって、事情があって結婚はしませんでしたけど、三人で暮らすようになりました。

おじさんから、いろいろな話を聞きました。元は東京にいたことも。聡子おばあちゃんのことも聞きました。そもそもおじさんが石巻に来たのは、聡子おばあちゃんの故郷だったからです。太平洋に浮かぶ朝日を見に来たって言っていました。東京から宮城まで、自転車で来たらしいですよ。三日かかったって言っていました。魚を釣ったり、山菜や木の実を採ったりしながら野宿して。おじさんって、バッタも生で食べられるんです。泥水を濾過《ろか》する方法も教わりました。

でも、もう家には帰らないと言っていました。たぶん亮さんがいたからだと思います。自分が門井家に戻ると、たとえば遺産相続とかでトラブルになる。家を出た以上は戻らないと、決めていたんだと思います。一緒に暮らしたのは、十年くらいかな。僕には父親がいないので、いろんな意味で楽しかったし、家計も助かったと思います。おじさんには本当に感謝しています。

あ、おじさんは石巻でも野球をやっていました。頼まれると断れない性格だから、人数が足りない他のチームの助っ人《すけと》に駆り出されたり。時にはサッカーのゴールキーパーもやっていました。午前は野球の試合、午後はサッカーの試合をやって、へとへとになって帰ってきたこともありましたね。力持ちで愛想がいいから、みんなに頼られて、引っ越しの手伝いとかもよく行っていました。僕も登山とかキャンプとか、夏休みに自転車で東北を回ったり、一緒にあちこち行って、いろんなことを教わりました。でも、勉強を教わったことはないかな。勉強は僕のほうができましたから」

「そうね。勉強は得意じゃなかったかな、あの子は」

聡子が笑うと、清澄も笑った。だが、突然何かを思い出したように、顔が暗くなる。

「でも、あの津波が来て……。おじさんは、いったんは避難したそうです。でも母が避難所に来ていないことを知って、母が働いていた食堂に向かいました。結局、二人とも帰ってきませんでした。母を助けに行かなければ、おじさんが死ぬことはなかったのに。僕たちが住んでいたアパートも流されたので、形見のようなものは残っていません。唯一、この写真だけです」

清澄は、財布から折りたたんだ一枚の写真を取り出した。よれよれで、色褪《いろあ》せた写真。東京ドームの前だろうか。笑顔を浮かべる誠司、その隣に大人しそうな女性、そして中学生くらいの清澄が写っている。

「実は一度、家族で東京に来たことがあるんです。そのときの写真です。でもその旅行中に、おじさんは一時間だけ別行動を取りました。神楽坂《かぐらざか》にある呉服屋を見に行ったのかもしれません。店の外から、聡子おばあちゃんの顔を見たのかも。家に帰れないと思いながらも、気にかけていたんだと思います。

その写真は、自宅に飾ってありました。津波で流されたけど、自衛隊の人が見つけてくれて、僕のところに戻ってきました。

震災のあと、僕は避難所生活をしていました。おじさんと母は、僕が大学に行けるように、貯金を残しておいてくれました。それで大学に合格して、東京に出てきたんです。おじさんのことは、ずっと頭に引っかかっていました。亡くなったことを家族に伝えたほうがいいか。でも勘当されたとも聞いていました。その時点では、僕もいろんな事情が分かっていませんでした。

おじさんの遺体は見つかっていません。行政の人に聞いても、扉順平という名前での住民登録はないということでした。だから死亡届も出ておらず、戸籍上は死んだことになっていないはずです。

四年生になって就職も決まったので、調べるだけは調べてみようと思いました。扉順平をネットで検索したら、役者をやっていたみたいで、その名前も芸名らしいと分かりました。うちの母は本名を知っていたのかな。でも石巻では、扉順平で通っていました。偽名で、どうやっていろいろな手続きをしていたのかは謎です。すべて津波で流されてしまいましたからね。

そのうち本名が門井誠司だと分かり、高円寺に実家があることも突きとめました。この家の前まで来て、確信しました。おじさんから聞いていた通りの家だったからです。映画のセットみたいな古い屋敷で、小さな社もある。でも、訪ねるかは迷いました。そこに、あの詐欺犯が来たんです。そのあとの警察の取り調べで、怪しまれたくないと思って、変に嘘をついてしまったので、なんとなく言いそびれてしまいました。いつか話さないといけないとは思っていたんですけど。本当にごめんなさい」

「いいのよ」聡子は首を振った。「そうだったの。清澄くん、わざわざ私のところに訪ねてきてくれて、ありがとね。よかった。死ぬまえに、ちゃんと謎が解けて」

あらためて誠司の写真を見る。

誠司は清澄の肩に手を置いている。誇らしげな顔だ。日に焼けていて、あいかわらず腕っぷしは強そうだ。顔つきがたくましくなった。立派な男になった。

「そうかい。あの子は石巻にいたんだね。そこで仕事をして、家族を持って、幸せに暮らしたんだね。清澄くんのお母さんを助けに行って、一緒に流されて死んだのかい。それもなんだか、あの子らしいね」

清澄の母は、控えめそうな女性である。色白で、食が細そうだ。世話焼きの誠司が愛した女性という感じがした。

「誠司が亡くなったのは悲しいけど、でも見知らぬ土地で、一人寂しく死んでいったんじゃないなら、よかったよ」

清澄に写真を返した。すると、なんだか急に気が抜けて、力が入らなくなった。身体を起こしていることもつらくなった。

「おばあちゃん、顔色がすごく悪いよ。やっぱり救急車を呼ぼう」

「いいんだよ、このままで。どうやら、お迎えが来たらしい」

「えっ」

「このまま、この家で死なせて」

「でも」

「なんだか、身体がつらくなってきた。悪いけど、布団の上に寝かせてくれるかい」

「う、うん」

清澄の手を借りて、布団に横たわった。身体が異常に熱い。

聡子は、清澄の頰に手を当てた。

「ようく見たら、誠司に似てるね。目がそっくり。誠司は、こんな立派な息子を、この世に残したんだね。役者にはなれなかったけど、人を愛して、こんな素敵な子を残したんだから、立派な人生だった」

誠司は清澄のために、清澄もいつか誰かを愛して、その人のために。そうやって命はつむがれていく。

清澄は、目に涙を浮かべていた。

「ほら、泣かないで。清澄くんの夢はなに?」

「いつか、石巻に帰るつもりです」

「そう。それなら、私の故郷も安心だね。津波でなにもかも流されたけど、その土地を愛する人がいるなら大丈夫。必ず復興できる」

外で、車のエンジン音が聞こえる。亮たちが来たようだ。玄関が開き、ドタドタと人が駆けこんでくる。

「みんなも来たみたいだね」

亮、秋穂、剣聖に利樹、重太郎もいる。

こんな夜中に、着の身着のまま、駆けつけてくれた。

「お母さん」

亮がそばに寄り、聡子の手を握った。

「亮。仕事が変わっても、しっかり働いて、家族のために頑張りなさい。秋穂さん、どうか、うちの亮をよろしくお願いします。剣聖、利樹、兄弟仲良くね。重太郎は大丈夫ね。君はしっかりしているから。でも、お酒を飲みすぎないように」

目がかすんでいく。何も見えなくなっていく。

でも、みんながそばにいるのは分かる。

「みんな、ありがとう。私は先に逝くね。みんなはどうか長生きして。身体には気をつけてね。忙しくても、健康診断はサボっちゃダメよ」

沙羅ちゃん。人生の最後に、こんな素敵な一時間をプレゼントしてくれて、本当にありがとう。

「みんなに囲まれて、見守られて死ねるなんて、私はなんて果報者だろう。すばらしい子供たちをこの世に残せた。我が人生に悔いなし。どうか、みなさん、お元気で。人様に迷惑をかけてはいけませんよ。誰も見ていないからって、そこらにゴミなんか捨てたりしたらダメですよ。誰も見ていなくても、地獄の閻魔大王は怖い顔をして見ています。そしていつか、特大の罰《ばち》が当たりますからね。気をつけなさい。地獄の閻魔様は、本当に恐ろしいんだから――」

【第4話】

君嶋世志輝　20歳
フリーター

死因　撲殺

To a man who says "Who killed me"
she plays a game betting on life and death.

1

練馬区《ねりま》石神井《しゃくじい》公園《こうえん》。

藻色でにじんだ石神井池《しゃくじい》に、麦わら帽子が浮かんでいる。

「押すなよ、世志輝《よしき》。絶対に押すなよ」

兄の光暉《こうき》が水際にひざをつけ、前かがみになり、拾った木の枝を持つ腕をめいっぱい伸ばしている。枝を帽子に引っかけて、引き寄せようと試みる。しかしわずか数センチ、枝は帽子に届かない。

君嶋《きみしま》世志輝は、兄の背中を、帽子の持ち主である少女と並んで見つめている。

「あと少し」

兄はさらに身体を倒す。顔が水面に近づく。背筋を張り、限界まで腕を伸ばす。枝の先端が帽子に届きかけたそのとき、
世志輝の悪戯心《いたずらごころ》がうずいた。

押すな、押すなと言われれば、押したくなる。世志輝はにやりと笑った。

衝動で、兄の尻をつま先で蹴った。

「あっ」兄の声が漏れる。

そこからスローモーション。限界まで前傾していた兄は、尻を軽く押されただけでバランスを崩し、前のめりに水面に落ちていく。てめえ、やりやがったな、という兄の恨めしげな横顔。だが、時すでに遅し。

ざっぶーん、と大きな音を立てて、兄は池に沈んだ。派手に水しぶきが上がり、世志輝と少女の顔にまで飛んできた。


「なんで押すんだよ、バカ」

「いや、押すなって言われたから」

「押すなって言われたのに、なんで押すんだよ」

「押せっていうフリかと思って」

「それはダチョウ倶楽部《くらぶ》だけだ。コントじゃねえんだからよ、まったく」

兄と二人、昼にラーメンを食べに行った。帰りに石神井公園を通ったら、悲しげな顔を浮かべて池のほうを向いている少女とすれちがった。見ると、水面に麦わら帽子が浮かんでいる。風に飛ばされたらしい。困っている人を見過ごせない兄は、木の枝を拾い、帽子を岸に引き寄せようと試みた。

帽子は無事、少女の手に戻った。兄はずぶ濡《ぬ》れのまま自宅に帰り、シャワーを浴びた。今はジャージに着替えている。

「あ痛《い》たた。腰を痛めた。最悪だ」

腰に手を当てながら、兄はソファーに寝転んだ。

十歳年の離れた兄は、現在三十歳。仲のいい兄弟と言われる。仲良くせざるをえない事情もある。二人には両親がいない。肉親は、この世に二人だけ。

「で、おまえ、今日はバイトだろ。行かなくていいのか？」

「ああ、バイトはクビになったんだ」

「なんで？」

「実はよ——」

先日のことだ。世志輝は居酒屋でバイトしていた。その居酒屋で、若いヤンキー風の男三人が、酔っ払って騒ぎ出した。女性店員の尻を触ったり、他の客にからんだり、さらには上半身を脱いで、タトゥーを見せびらかしたり。

本来であれば、店長が対処すべき事柄だ。だが店長は大卒二十六歳、元書道部、店長歴一年なうえに、チビでビビリだ。そこで世志輝が呼ばれた。

「君嶋くん、ちょっといい？」

「なんすか？」

「悪いんだけど、あの人たち、追っ払ってきてくれないかな」

「ああ、いいっすよ」

「手荒な真似はしないでね。丁重《ていちょう》にお引き取りいただくんだよ」

「丁重にっすね。了解っす」

世志輝はバイト中にかぎり、前髪を下ろし、髭をそり、笑顔を心がけている。元暴走族総長の血気を、仮面の下に隠している。ヤンキー三人の席に向かった。

「あの、お客さん。他のお客に迷惑なんで、帰ってくんないすか」

「あん。なんだ、おまえは」

「店の店員すよ。見りゃ分かるでしょ」

「俺たちは客だぞ。なんだ、その口の利き方は！」

「すいませんね。俺、バカだから、敬語分かんないんすよ」

世志輝は、ウドの大木を演じた。三人は完全に酔っ払っている。多勢に無勢、三対一の状況に寄りかかって、いきり立っている。

「てめえ、でかい図体《ずうたい》しやがって。やんのか、この野郎」

「勘弁してくださいよ、お客さん」

「なめてんじゃねえぞ。表出ろ」

世志輝は男三人に胸ぐらをつかまれて、店の外に連れ出された。客や店員が血の気の引いた顔で見ている。世志輝は抵抗しなかった。

兄は言った。「それで、どうしたんだよ」

「丁重にお引き取り願ったよ」

「丁重にって？」

店の外に出たところで、世志輝は自分の胸ぐらをつかんでいる男の人差し指と中指を握り、ためらいなく手の甲の側にひねった。ガリッ、と骨が割れる音が鳴った。男が奇声をあげたタイミングで、右側にいた男のあごに裏拳《うらけん》を放つ。あごが砕《くだ》ける感触があり、口から血が噴《ふ》きだした。二人が阿鼻叫喚《あびきょうかん》の悲鳴をあげて、地面にのたうちまわる。三人目の男は一瞬で酔いがさめたようで、走って逃げていった。

「えっと、お客さん。飲み代が六千円。店の迷惑料を合わせて、二万円になります」

指を折られて泣いている男の尻から、財布を抜き取った。五千円しかなかった。あご粉砕男の財布には一万円が入っていた。

「一万五千円しかねえじゃねえか。まあ、いいや。五千円はサービスだ」

店の前に倒れられると迷惑なので、二人の襟首をつかみ、引きずって路地まで運んで捨ててきた。世志輝は店に戻った。英雄の帰還に、客から拍手がわいた。

しかし話はそれで済まなかった。

三人は警察に駆け込んだらしい。特に一万五千円を奪ったことが強盗とみなされ、警察の捜査が入った。店側が訴訟になるのを恐れて、三人に慰謝料を払ったこと、そして三人も、世志輝が悪名高い練馬紅蓮《ぐれん》隊の元総長と知って怖気《おじけ》づいたことで、被害届を取り下げた。結果、丸くおさまったものの、本社は世志輝を危険人物として、解雇するように店長に申しつけた。

「——というわけで、クビになったんだ」

「やれやれ、またか」兄は、あきれ顔を浮かべている。

「っていうか、なんで俺がクビなんだよ、くそっ」

「クビだよ、普通。なんら不思議じゃねえよ」

「店長が丁重にお引き取り願えって言ったんだぞ」

「ぜんぜん丁重じゃないだろ」

「丁重にって言ったら、死なない程度に痛い目にあわせろって意味だろ」

「それはヤクザの世界だ。丁重にと言われたら、文字通り、丁重にお引き取りいただくんだよ。なんで逆をやるんだよ」

「じゃあ、どうすりゃよかったんだよ」

「お代は結構ですから、とか言って、平謝りでお帰りいただくんだよ」

「なんで俺があいつらに謝らなきゃならねえんだ」

「だから、おまえには客商売は無理だと言ったんだ」

「あの店長、絞め殺してやろうかな」

「やめろ。これ以上、俺に迷惑をかけるな」

「そういうわけで、俺、今月金ないから、生活費入れらんねえわ」

「あっそ」

「俺の携帯代もよろしく」

「ああ、やだやだ」

「兄貴、なんか割りのいいバイトねえか？」

「おまえに紹介できる仕事なんかねえよ。プロレスラーになれ」

かくいう兄も、昔は不良だった。今はフリージャーナリスト。戦場や闇社会など、危険地帯での取材を得意としている。捨て身の突撃取材で、テロ組織の幹部にインタビューしたり、硝煙弾雨《しょうえんだんう》の中をカメラ一つで駆け抜けたり。希少な情報を入手してくる兄は、メディアから引く手あまたで、それなりに羽振《はぶ》りのいい生活をしている。

命知らずなのは血筋だ。

父は有名なスタントマンだった。だが世志輝が十三歳のとき、バイクで高速道路の高架から飛び下りる撮影で、死亡した。多額の生命保険に入っていたため、金には苦労しないが、それ以降は父が遺《のこ》したこの一軒家に、兄と暮らしている。

両親は早くに離婚し、父が息子二人を引き取った。母の行方は知らない。瞼《まぶた》の母さえ、世志輝には存在しない。

父と兄は、良《よ》し悪《あ》しはともかく、おのれの性分に合った天職を見つけた。しかし世志輝はまだ何も見つけられずにいる。学生時代は喧嘩に明け暮れた。高校は卒業したが、その後はバイト暮らし。そのバイトさえ長続きしない。プロレスラー並みの体軀《たいく》、喧嘩でも腕《うで》相撲《ずもう》でも負けなしの体力を持てあましている。

いちおう、月に二万円、生活費を入れているが、基本的に兄の収入で生活している。兄は海外取材が多いため、一年のうち三分の二は不在だ。少し前まで、中国とタイの国境付近の麻薬製造工場に潜入取材していた。

「まあ、いいや。バイトないなら、ちょっとマッサージして」

「いいよ」

兄は痛めた腰をかばいながら、ソファーにうつぶせになる。

「そっとだぞ。おまえ、バカ力なんだから、軽くやれ」

「分かってるよ」

兄は仕事柄、長距離移動が多い。途上国のでこぼこ道、がたがた揺れるバスの中を、ただの板切れといっていい椅子に座って、二十時間も平気で移動する。そのため身体はぼろぼろ、特に腰痛がひどい。

世志輝は兄のため、本を読んで独学でマッサージを覚えた。腰痛は腰の炎症である。炎症を起こしている箇所に刺激を与えると、かえって悪化する。腰の周辺や、尻や背中や骨盤の側面を、ツボを押さえながら、ゆっくりとほぐしていく。

「そっとだぞ。痛めている箇所には触れるな」

兄は念押しで言いつつ、身体の力を抜く。

「ああ、気持ちいい」

はじめは丁寧にマッサージする。だが、次第に世志輝の悪戯心がうずいてくる。相手の弱点が目の前にあって、やめろやめろと言われれば、やらずにはいられない。立ち入り禁止の看板があったら、侵入せずにはいられないように。そこに肛門《こうもん》があったら、浣腸《かんちょう》せずにはいられないように。

世志輝はにやりと笑い、兄の痛めている箇所に親指をねじこんだ。

「ぐわあ、痛え。なぜそこを押す？」

「いや、押すなって言われたから」

「だから、押すなって言われたのに、なんで押すんだよ」

「そういうフリかと思って」

「フリじゃねえ。押すなよ、押すなよと言って、押していいのはダチョウ倶楽部の上島《うえしま》さんだけだ。なんで逆をやるんだよ、おまえは」

翌日、兄は朝から仕事に出ていった。

今、何の取材をしているのかは知らない。兄は秘密主義で、仕事に関することは弟には話さない。ジャーナリストとしての守秘義務があるからだ。仕事の資料は、兄の部屋にある巨大な金庫に厳重に保管されている。

無職である。庭に出て、日光を浴びながら筋トレした。腕立て伏せ五百回、腹筋千回をこなしたところで、隣の家から女が出てくる。

西里由宇《にしざとゆう》。同い年の幼馴染《おさななじ》みだ。小中と同じ公立学校に通った。今は大学生。自転車を出してきたので、大学に行くようだ。

子供のころは仲がよかった。しかし世志輝が中学に入って非行化するとともに、距離ができた。というより、一方的に避けられていた。中学卒業後、由宇は進学校に進み、今は大学生である。世志輝は底辺校に進み、フリーター。たどっている人生は真逆だが、なにせ隣同士なので、付き合いは長い。

「おう、由宇」

由宇は死角から声をかけられて、びくっと身体を震わせた。世志輝を見て、しかめ面を浮かべる。煙たがられているのを感じる。

「なんだ、世志輝か。何してんの。汗びっしょりで」

「筋トレだよ。見ろ、この鍛え抜かれた肉体を」

Tシャツを脱ぎ、ボディビルディングのポーズを取った。由宇は鼻で笑った。

「バイトは行かなくていいの？」

「ああ、バイトはクビになった」

世志輝は、バイトをクビになった経緯を話した。

「また喧嘩？　二十歳も過ぎたっていうのに」

「喧嘩じゃねぇよ。店長が追い出せっていうから、やってやったのに。だったら自分でやれってんだよ。あの店長、一発殴ってこようかな」

「お気楽で結構なこと」

「いや、俺だって将来のこととか、いろいろ考えてんだぜ。この鍛え抜かれた肉体を生かす仕事はねえもんかと」

「プロレスでもやったら」

由宇は、気の強い女だ。キツネ目だが、色白美形の顔立ち。生徒会長タイプで、ルールを守らない男子が嫌い。女流棋士のような鋭い目つきで、笑顔をあまり見せない。特に世志輝に対しては、いつもあきれ顔だ。

なんとなくだが、元気がない気がした。少し痩《や》せたかもしれない。

「どうした？　元気ないな。何かあったのか……、あっ」

思い出した。二ヵ月前、由宇の親友、井熊千郷《いくまちさと》が自殺した。

由宇と千郷は、小学校から高校まで同じバスケ部だった。つまり小中は、世志輝とも同じ学校である。世志輝個人としての接点はなかったが、由宇の親友として知っていた。千郷は神奈川の大学に進学して、地元を離れた。

その千郷が、突然自殺した。世志輝が知るかぎりでは、千郷は自殺するような女ではなかった。お嬢さま育ちで、大人しい。両親ともにバイオリン奏者。裕福な家庭に育ち、コンプレックスなどなさそうだった。

遺書はなく、自殺の動機は不明のままだ。由宇によれば、電話で話したかぎりでは、変わった様子はなかったという。

「結局、千郷はなんで自殺したんだ？　何か分かったのか？」

由宇は無言だった。突然、目つきが鋭くなる。殺気を感じた。

「うちの兄貴に相談してやろうか。兄貴なら、調べれば何か分かるかもしれないし。俺、いま暇だから、なんなら俺が——」

「やめてよ。世志輝が首を突っ込むことじゃないでしょ。バイトもちゃんとできないくせに、他人の心配をしている場合なの？」

「まあ、そうだけどよ。なんだよ、怒んなよ。俺だって手助けになればと思って、言ってみただけだよ」

「余計なお世話」

「分かったよ。何もしねぇよ。俺は千郷とは関係ねぇしな」

由宇は無視して通り過ぎ、自転車に乗って走り出す。そのまま去っていった。疎外された気がして、おもしろくない。

「なんだよ、あいつ」

集会場を訪れると、練馬紅蓮隊の後輩たちが、ちーす、とあいさつしてくる。

「おう。おまえら、元気か？」

「世志輝じゃねえか。珍しいな、おまえが顔を出すなんて」

振り向くと、蓮司《れんじ》がいた。

村瀬《むらせ》蓮司。世志輝の相棒であり、練馬紅蓮隊の元副総長。世志輝とは小学校から高校まで一緒だった。ともに中学から非行に走り、幾度も死線をくぐり抜けてきた。喧嘩は世志輝に次いで強く、世志輝の暴走を止めるお目付け役でもあった。

世志輝は暴走族から足を洗ったが、蓮司は今も後輩たちとつるんでいる。

集会場は、荒川の河川敷《かせんしき》。一時間ほどだべってから、夜の街にくりだす。危険なので、ノーヘルは禁止。走るルートも考えて、交通ルールをなるべく逸脱しないように走る。スピードは出しても、事故は起こさない。蓮司は、荒くれ者の後輩たちが反社会的な方向に過度に傾かないように、今も面倒を見つつ、指導している。

蓮司は、男のくせに長髪で、髪を後ろで束ねている。美男子のモテ男。つねに二人以上の女がいるが、女よりも男の友情を優先する。

「おまえが顔を出すなんて、どんな風の吹き回しだ。バイトは行かなくていいのか？」

「バイトはクビになったんだよ」

三度《みたび》、同じ話をした。

「ハハハ、おまえらしいな。これで何度目だ？」

「五度目」

「だから、おまえには無理なんだよ。プロレスラーになれ」

「みんな同じこと言うな」

「じゃあ、今日は一緒に走るか？」

「いや、そうじゃなくて、蓮司に聞きたいことがあるんだよ。千郷っていただろ。由宇の親友の」

「ああ、自殺した奴だ」

「そう。でよ、由宇の様子がちょっとおかしいんだよ。やっぱり千郷のこと引きずってんのかと思って」

「だろうな。死んで、まだ二ヵ月だ」

「そもそも千郷の自殺の理由ってなんなんだ？　蓮司なら知ってるかと思ってよ」

蓮司の父親は、セキュリティーシステムを作る会社を経営している。蓮司もそこで働いていて、日々コンピューターウイルスと戦っている。元不良のくせに頭がよく、父親の影響で機械に強い。パソコン歴は三歳からだ。

蓮司は地元の不良の取締役みたいなもので、顔が広い。さらにイケメンを生かして、地元の女性たちと幅広く交流がある。そのため情報通で、昔の友だちの情報にも詳しい。

蓮司は、渋面を作って言った。

「俺も直接、千郷と付き合いがあったわけじゃないから、あくまでも噂だけどな。千郷が売春していたっていう話がある」

「売春？　あの千郷が？　千郷はお嬢さまだぞ」

「逆だよ。むしろお嬢さまのほうが、そういう道に走ったりする。何不自由なく育った女子高生とか、夫が大企業に勤めている専業主婦とかな」

「まあ、確かにそういう話はよく聞くな」

「これも噂だけど、クスリをやっていたという噂もある。売春にクスリときたら、地獄行きの片道切符だ。ただ、自殺なのは間違いない。マンションのベランダから、千郷が飛び下りるのを見ていた人がいる」

「そうなのか」

世志輝の記憶には、中学のバスケ部で由宇と一緒に汗を流している千郷のイメージが強く残っている。千郷は闘争心に欠け、補欠だった。とはいえ、よく笑っていたから、バスケは好きだったと思う。世志輝は不良で、よく体育館に行って、まじめに練習している由宇をひやかしたものだ。

売春、クスリ、自殺。いずれも当時の千郷とはかけ離れている。

「世志輝。おまえ、由宇と付き合ってんの?」

「いや。隣同士だから、よく顔は合わすけど」

蓮司は、しばらく考え込んだ。

「実はおまえに話すかどうか、迷っていたんだ。千郷が売春していたという噂を聞いて、俺なりに情報を集めてみた。そしたら、そこは巷《ちまた》の風俗店や出会い系サイトじゃなくて、暴力団が運営している非合法の高級売春クラブだと分かった」

「へえ」

「客は、会社社長とか、芸能人とか、要するに、すげえ金持ち。売春クラブに所属している女も、バカで淫乱《いんらん》で性病持ちの女じゃなくて、元グラドルとか、現役女子大生とか、それなりの知性と容姿を持った女だ。当然、ガードが固い。会員制で、暴力団が身元調査して、警察のスパイじゃないと裏を取れた者だけが会員になれる。入会金だけで三百万。その代わり暴力団の武力でもって、秘密は守られる」

「上流階級ご用達《ようたし》ってわけだ」

「ただし売春クラブといっても、実体はない。いわゆるデリヘルで、客は売春クラブのサイトにアクセスして、女をホテルの部屋に呼び出す。サイトにアクセスするには複数のパスワードが必要で、しかも閉鎖と開設をくりかえす。神出鬼没で、簡単には足がつかない仕組みになっている。まあ、闇サイトの一種だと思ってくれ」

「要するに、警察に捕まらねえようにしているってことだろ」

「で、俺はそのパスワードを手に入れて、そのサイトに入ってみた」

「よく手に入ったな」

「俺のハッキングの技術をなめんなよ。論より証拠だ。これを見ろ」

蓮司はノートパソコンを取り出し、しばらく操作して、画面を世志輝に向けた。

女の写真が並んでいる。胸より上が写っていて、目線が黒塗りになっている。写真の下に、源氏名と年齢、身分、スリーサイズなどのプロフィール。つまり売春婦のリストだ。客は好みの女性を選んでクリックするというわけだ。

「当然だが、千郷の写真は削除されていた。なぜ千郷がこんな売春クラブで働いていたのかは分からないが、美人だったし、現役女子大生だしな。バイト感覚だったとしても、月数十万はもらっていたかもしれない」

「たくさんいるなあ」

百人近くが登録されている。目線は黒塗りだが、どれも美女と分かる。十八歳から四十代まで、学生、主婦、ＯＬ、より取り見取りだ。

「これを見ろ」

蓮司が一枚の写真を指差す。写真の女は、薄手のストライプのシャツを着ている。目線は隠れているが、明らかに見覚えのある顔だった。

「由宇じゃねえか」

年齢は二十歳、源氏名はリアン。大学生とある。

「な、なんで由宇の写真がこんなところにあるんだよ！」

「俺に怒鳴るなよ。でも、ここに写真があるってことは、そういうことだろ」

「由宇が売春？　まさか……」

昨日、蓮司から聞いた話が頭から離れなかった。

世志輝は考え込んでしまい、眠れぬまま朝をむかえた。兄は朝から出ていった。腹は減るので、カップラーメンを食べた。

しかし、どうしても信じられない。あのプライドの高い由宇が、信号無視さえ躊躇《ちゅうちょ》する女が、売春なんてありえない。由宇の実家は、平均並みの暮らしをしている。父はサラリーマン、母はパート。由宇は外語大学に通って、将来は旅行会社に勤めることを志望している意欲的な大学生だ。

生活費や学費のためではない。こづかい稼ぎ？　しかし由宇は価値観もファッションもシンプルなので、金のかかる生き方はしていない。

だが、売春クラブに登録していたのは事実だ。目が黒塗りとはいえ、どう見ても由宇だった。そこには千郷も登録していたという。二人がまったく無関係に、偶然に同じ売春クラブに所属していたとは考えにくい。

千郷はクスリをやっていたという。由宇もそうなのだろうか。そう言われれば、由宇は最近痩せた。クスリをやると、食欲がなくなると聞いたことがある。

訳が分からなかった。しかし世志輝が千郷の話題を持ち出したとき、由宇の顔つきが一瞬険《けわ》しくなった。あの感情は、怒り？

二人のあいだに何があったのだろう。千郷の自殺の動機はなにか。

「ああ、分かんねえ」

兄に相談してみるか。兄は仕事柄、闇社会に詳しいが……。

由宇が売春しているなら、ただちにやめさせる必要がある。千郷のごとく、人生の歯車が狂ってしまうまえに。かつて世志輝が非行に走っていたとき、何度となく由宇に人生を見つめ直すように言われた。立場が逆転することになるとは思いもしなかった。

まずは事実確認だ。幸い、時間だけはある。いずれ兄や蓮司に相談するとしても、二人も忙しい。世志輝一人で調べて、証拠固めしておく。

そう思って窓の外を見たら、隣の家から由宇が出てきた。私服だが、由宇にしては攻めたファッション。今日は休日なので、大学の授業はないはずだ。サークル活動か、友だちと買い物か。あるいは……。

尾行しよう。思い立ったら行動は早い。由宇は自転車に乗って出た。世志輝もすぐに支《し》度《たく》して、自転車に乗って後を追った。

由宇は駅に向かっている。駅前の有料自転車置き場に停めて、駅に入っていく。世志輝は自転車を放置して、つかず離れずで尾行した。由宇は定期券で改札を抜けた。世志輝はPASMOを使う。

石神井公園駅から西武池袋《せいぶいけぶくろ》線で池袋まで来た。由宇の大学は文京《ぶんきょう》区にある。大学に行くなら丸ノ内《まるのうち》線に乗るはずだが、切符を買って埼京《さいきょう》線で赤羽《あかばね》方面へと向かった。そのまま付いていく。

世志輝は身体がでかい。人混みのなかでも頭一つ出る。由宇を見失うリスクは低いが、身を隠すのが難しい。由宇が突然、振り向かないことを祈るばかりだ。

由宇は、赤羽駅で下りた。世志輝は初めて来る場所だ。早歩きの由宇は、先を進んでいく。駅前の歓楽街を抜けて、奥まった場所へ。人通りが少なくなる。風俗店やゲイバーなど、いかがわしい感じの店が立ち並ぶエリアに入っていった。女子大生が一人で来るような場所ではない。

由宇はビルに入っていった。看板を確認する。名前と外観からして、おそらくラブホテルだ。こんな昼間から？

あとを追って、ラブホテルに入った。フロントのないホテルで、客はパネルを見て、利用したい部屋のボタンを押す。料金は前払い。店員と顔を合わせて気まずい思いをすることなく、チェックインできる仕組みだ。

ただし防犯カメラがついているため、監視はされている。

由宇は、パネルの前では止まらず、エレベーターに乗った。つまり先に男が部屋に入って待っているということだ。

エレベーターが三階で止まったのを確認して、世志輝は階段を全力で駆けあがった。三階に到着し、廊下に出た。ちょうど由宇が、一番奥の部屋に入っていくのが見えた。呼吸を整えつつ、しばらく立ち尽くした。

後ろから声をかけられる。「あの、お客さま、どうされました?」

若い男だった。従業員だろう。防犯カメラの映像を見ていて、世志輝が怪しい動きをしたので、出てきたものと思われる。

「ああ、悪い。別に怪しいもんじゃねえ」

「当ホテルは、先に部屋をお決めいただいて、料金を先払いしていただくシステムになっているのですが」

「分かってるよ」

従業員とともに、一階のエントランスに戻った。パネルの前に立ち、由宇が入った部屋の隣のボタンを押す。まだ昼間なので、空き部屋が多い。

「二時間で六千円か。痛えな」

料金を入れると、カードキーが出てきた。部屋に入った。

隣の部屋に由宇がいる。そう思うと、胸くそが悪い。ラブホテルに来るのだから、することは決まっている。問題は、その相手だ。彼氏なら、まあいい。しかし売春しているのだとしたら……。

毒を食らわば皿まで。六千円払っただけの収穫は欲しい。

由宇が入った部屋の隣に陣取り、少しだけ入り口のドアを開ける。地べたにあぐらをかいて座り、ドアの隙間から隣の部屋を監視する。こうなれば持久戦も覚悟だ。

監視すること、一時間半。

隣の部屋のドアが開いた。由宇が出てくる。外見上は入ったときと同じだった。由宇はそのままホテルを出ていった。

しかし先に部屋に入っていたはずの男が出てこない。由宇はスルーして、男にターゲットを絞る。男がホテルを出たところで捕まえて、腕力にものを言わせて尋問する。売春しているなら、その証拠をおさえる。そのあとどうするかは、兄や蓮司に相談する。

十分後、再び隣の部屋のドアが開いた。

「えっ」思わず声をあげてしまった。

あまりの驚きで、あぐらをかいて座っていた尻が浮いた。

部屋から出てきたのは、兄の光暉だった。

兄はドアを閉め、ホテルを出ていった。兄を追おうかと思ったが、さすがに無理と判断した。由宇とはちがう。素人の尾行では気づかれるだろう。

混乱したまま二時間が過ぎ、世志輝はホテルを後にした。


家に戻ると、兄は帰宅していた。ピスタチオの殻《から》をむいて食べながら、日本酒を飲んでいた。ラブホテルを出たあと、まっすぐ帰ったようだ。

表情を見るかぎり、普段と変わらない。帰宅した世志輝を見て、

「おまえ、どこに行ってたんだ？」

「ああ、ちょっと……、蓮司のところ……」

「おまえも飲むか？」

「いや、いい」世志輝は首を振った。「……なあ、兄貴」

「ん？」

世志輝は、兄の顔を見つめた。その表情にやましさはない。あのホテルで見たものは幻だったのではないかと疑いたくなる。父が死んでから、兄と二人で生きてきた。面倒見のいい兄であり、道標《みちしるべ》となる父であり、気心の知れたダチでもある。唯一無二の存在であ

る兄を尊敬している。

「いや、なんでもない」

世志輝は自室に戻り、ベッドに寝転んだ。

今日見たものをどう理解したらいいのだろう。隣人なので、兄も小さいころから由宇を知っている。由宇にとってもお兄ちゃんだ。兄が運転免許を取ったとき、最初の運転で世志輝と由宇を遊園地に連れていってくれたことを思い出した。

兄が買春？　それも由宇を？　由宇を問いつめるか、それとも兄を。

たとえ兄でも買春は許されない。世志輝は売春が嫌いだ。身体を売って金をもらうという行為も、金を払って性欲を満たすという行為も、同様にいかがわしい。二人がそんな卑しい行為に手を染めるとは、とうてい思えないのだが。

ラブホテルで会っているのだから、肉体関係はあるのだろう。

売春ではなく、兄と由宇が付き合っている可能性もある。十歳差だが、別におかしなことではない。恋愛なら自由だ。それをなぜ世志輝に隠すのかは分からないが、照れくさくて内緒にしているということはありえる。だが付き合っているとしたら、兄は由宇が売春クラブに登録していることを知っているのだろうか。

翌朝早く、兄は家を出ていった。

フリージャーナリストなので、決まった予定はない。執筆のときは家にこもるが、取材のときは何日も帰ってこないこともある。ここ一ヵ月はずっと家にいて、朝早くに出かけることが多い。

無職の世志輝は、することがない。金はあるだけ使ってしまうので、貯金は少ない。今月までのバイト代は支払われる約束だが、無駄な金は使えない。

窓の外を見る。隣の家から由宇が出てきて、自転車で出かけていく。大学へ行くのか、それとも売春か。売春しているのなら、それなりの稼ぎはあるだろう。しかし何のためにそんなに金が必要なのだろうか。

もう尾行する気はなかった。売春しているならやめさせたいが、所詮《しょせん》は幼馴染み。放っておくか、とも思った。

世志輝は世志輝で、バイト探しが急務だ。だが世志輝は身体がでかく、顔が怖い。頰に喧嘩キズがある。ドスの利いた声、敬語はろくに使えない。顔を見ただけで泣いてしまう子供もいるし、ひどい場合には通報される。接客系はまず無理。前科があるので警備系もダメ。肉体労働か、夜間営業か、さもなければプロレス……。

しかし、いつまでバイトを続けるのだろう。かつての不良仲間も、それぞれ仕事を見つけ、結婚して育児に励んでいる者もいる。蓮司も兄も、目標を持って人生を進んでいる。宙ぶらりんなのは、世志輝だけだ。

「俺に向いている仕事ってなんだ?」世志輝はため息をつく。

楽して儲《もう》かる仕事なら言うことはない。でも、別に楽じゃなくてもいい。きつくて汚い仕事でもいい。その代わり、生き甲斐《がい》を感じられる仕事がいい。自分にしかできない仕事で、誰かの役に立っていると実感できる仕事。

自分の長所と短所を並べてみる。頭は悪い。勉強はできない。九九さえ完璧じゃない。その代わり、喧嘩は強い。知力の不足は、体力と度胸で補う。身体は頑丈。トラックにはねられても死なない自信がある。

ぼんやり考え込むが、結論は出ない。カップラーメンを二個食べて、昼寝した。

午後三時、携帯電話が鳴った。ディスプレイに、兄の表示。電話に出た。

「世志輝か?」兄の声だった。目を覚ます。

「ああ、なに?」

「今、家か?」

「そうだよ」

「今日は暇か?」

「暇だよ。バイトねえし。なに?」

「持ってきてほしいものがあるんだ。とりあえず俺の部屋に入ってくれ」

兄の部屋は二階にある。仕事に関するものが多く、中には守秘義務に含まれるものもあるので、特に大切なものは金庫に保管されている。

そもそも、この家の防犯設備は最高レベルだ。部外者が外側から窓ガラスに触れただけで、通報されるシステムになっている。防犯カメラは死角なく設置され、映像が警備会社に送られて、常時録画されている。

兄は仕事柄、危険と隣り合わせだ。情報管理は徹底している。

携帯を耳に当てたまま、兄の部屋に入った。兄の部屋は片付いていた。書籍が多い。あとはカメラ機器。デスクトップパソコン、プリンター、ミニコンポ、テレビ。海外取材のときに持っていくキャリーバッグもある。

「入ったぞ」

「クローゼットを開けてくれ」

　クローゼットの扉を開けると、中に巨大な金庫があった。

　この金庫は異様に重い。人力では持ちあげられない。搬入したときは業者が来て、専用の重機を使って二階に上げた。鍵ではなく、暗証番号入力方式。最新技術を駆使した金庫で、開けることも持ち運ぶこともできない。

「今から言う通りに番号を入力して、金庫を開けてくれ。操作を間違えると、ただちに警備会社に連絡がいくから、慎重にやれよ」

「分かった」

　この金庫には、兄の仕事にとって重要なものが入っている。これを世志輝に開けさせることは、通常ありえない。よほどの緊急事態で、冗談を言える雰囲気ではなかった。兄の声もどことなく緊張している。

「まず、シャープボタンを押す」

「なんだ、シャープボタンって？」

「井戸の『井』みたいな形のボタンだ」

「ああ、これか」

　金庫には、電話機と同じように0から9までのボタンがついている。♯を押すと、ディスプレイの画面に0が表示される。

「0が表示されたら、8612、次に5590、7164」

　指示通りにボタンを押していくと、カチリ、と錠が開く音が聞こえた。

「どうだ、開いたか？」

「開いた。扉を開けるぞ」

「ああ、上段右にUSBメモリーがあるだろ。赤いテープで巻かれたものだ」

　金庫は二段になっていて、上段にはCD－Rなどの記憶媒体やカード類。下段には書類やファイルが積み重なっている。上段右に、USBメモリーがいくつかあった。赤いテープで巻かれたものを取り出した。

「あった。で、どうすんだ？　パソコンで見ていいのか？」

「待て。見るなよ。絶対に見るなよ。いいな、ＵＳＢの中身は絶対に見るな」

「ああ、そんなに念押ししなくてもいいよ。見ねえから」

「それを今から言う場所に持ってきてくれ。デスクの上にメモ用紙があるから、メモしながら聞いてくれ。場所は――」

兄が言うことをメモしていく。石神井公園駅から乗り継いで、Ｎ駅まで。駅を下りてからのルートも細かく指示された。

「そこに『プルシャ』っていうライブハウスがあるから、そこまで来てくれ」

「分かった」

「急いで来いよ。脇目《わきめ》もふらず、寄り道もせず、ただちに来い」

「分かったよ。しつけえな」

「ここに来ることは誰にも言うなよ。誰にも言ってはいけないし、誰も連れてきてはいけない。もちろん警察もだ。絶対に警察には言うなよ」

「おいおい、物騒だな。大丈夫なのか、そこ」

「大丈夫だ。とても安全だ。警戒する必要はない。いいな、ぜんぜん警戒する必要はないから、無防備で来い。いいな、無防備だぞ」

「何度も言わなくても分かるよ」

「あらためて言うが、ＵＳＢメモリーの中は見るなよ。絶対に見るなよ」

「分かったよ」

電話を切った。金庫を閉じると、再びロックされた。

「変な電話だな。なんなんだよ。まあ、いいや」

どうせ暇だ。急げと言われたので、財布と携帯とＵＳＢメモリーだけ持って外に出た。自転車に乗って駅に向かった。

しかし珍しい。兄が仕事のことで世志輝に頼みごとをするなど、これまで一度もなかった。仕事で急にこのＵＳＢメモリーが必要になったが、取りに帰る暇がなかったということか。兄が今、何を取材対象にしているのかは知らない。どうせ答えないので、あえて聞かなかった。しかし緊急なのは間違いない。

駅に着き、Ｎ駅に向かった。西口を下りて、メモ用紙を見ながら歩いた。着いた先に、小さなビルがあった。案内板に「ＰＵＲＵＳＡ」とある。これでプルシャと読むらしい。確かにライブハウスのようだ。

店の前に立つ。ドアチャイムはない。ノックしたが、返事はなかった。ライブハウスは休業らしく、ひっそりしている。ドアノブを回す。鍵はかかっていない。

ドアを開け、中に入った。正面にチケット売り場、奥にステージがある。百人も入れば満員の、小さなライブハウスだ。店員も客もいない。

「おーい、兄貴。俺だ。持ってきたぞー」

ライトが一つ灯《とも》っているだけなので、薄暗い。床にゴミが散らかっている。

「おーい、誰もいねえのかー」

ステージまで歩いていった。しかし人の気配はない。

「なんだよ、誰もいねえじゃねえか」

空いている椅子に座り、携帯電話を取り出した。兄の携帯にかける。すぐにかかった。女の機械音声が返ってくる。「おかけになった電話は、電源が入っていないか、電波の届かない場所にあるため――」

バチバチ、と火花が散ったような音。

突然、首筋に、尋常でないしびれを感じた。電流？　反射的にそう思った。身体が一瞬で麻痺《まひ》した。握力がなくなり、携帯を床に落とした。

倒れることは、どうにかこらえた。後方を見る。チンピラ風の若い男が立っている。黒シャツ、あご髭。手にスタンガンを持っている。

見知らぬ男だ。状況不明。だが、いきなりスタンガンだ。敵とみなす。思考を放棄し、本能に委ねる。世志輝は戦闘スイッチを入れた。

「どこのもんだ、コラァ」

足腰に力を入れ、立ちあがる。百七十センチほどの敵を見下ろす。相手はスタンガンを放ったのに、効いていないことに驚いたようで、後ずさりした。表情に脅《おび》えが走る。二流のチンピラと判断。先手必勝。

スタンガンが効いていないことをアピールするつもりで、世志輝は笑ってみせた。敵に弱みを見せるな。だが、身体はかなりしびれている。拳を強く握ることができない。それでも拳を固めるだけの力があれば充分。

いきなりしかけた。左足を踏み込む。敵は泡《あわ》を食って、スタンガンを向けてくる。読み通り。狙いすまして左拳で払った。スタンガンが床に落ちる。さらに踏み込み、右ストレート。拳が敵の顔面にめり込む。突起した鼻を粉砕した。飛び散った血が舞う。男は屏《びょう》風倒《ぶだお》しに吹き飛んだ。

殴ったあと、世志輝も足がもつれ、床にひざをついた。

男は一撃で気を失ったようだ。大の字でひっくり返ったまま、ぴくりともしない。世志輝もスタンガンが効いていて、ひざが笑っていた。

「なんだよ、突然。兄貴はどうしたんだ?」

男が落としたスタンガンを拾おうと、腕を伸ばしたとき、

再び、後頭部に衝撃がきた。

物理的な打撃だ。スタンガンではない。背後に目をやると、革ジャンを着たチンピラが

立っている。手に木刀。

「もう一匹いやがったか」

幸い、当たり所がよかったらしい。木刀で殴られた打撲痕《だぼくこん》がずきずき痛むが、意識ははっきりある。世志輝は痛みをこらえて立ちあがった。

「おい、おまえ。兄貴はどこに――」

いや、一人だけではなかった。ぞろぞろとヤクザ風の男が出てくる。四人、五人、六人……。黒スーツが多い。男たちはみな、それぞれ得物《えもの》を持っていた。木刀、鉄パイプ、ゴルフのドライバー。しかし刃物や拳銃《けんじゅう》はない。

「なんだ、こいつら……」

街のチンピラとは温度がちがう。それなりに戦闘訓練を積んでいる。間違いなくヤクザだ。状況が分からない。だが殺気は伝わってくる。世志輝を殺すつもりだ。このライブハウスは、防音設備が整っているだろう。叫んでも、声は外に漏れない。そういう場所に誘い込まれたと考えていい。

世志輝は囲まれていた。戦って切り抜ける以外にない。

スタンガンのダメージがかなり残っている。木刀で殴られた後頭部も、骨にヒビくらい入っているかもしれない。頭痛がひどい。

切り抜けられるか？

床に落ちていたスタンガンは、男たちの一人に拾われていた。

手前の男が、木刀を振りあげる。戦闘開始。落ちてくる木刀をかわして踏み込み、拳を放つ。そのまま突っ込み、もう一人を殴りつける。だが、浅い。イメージ通りに身体が動いてくれない。

背中に打撃。ゴルフのドライバー。突起部分が背中にめり込み、くの字に折れる。

正面から鉄パイプ。こめかみに直撃する。骨が砕ける音。視界が反転し、世志輝は地に崩れ落ちた。倒れたところに、再びゴルフのドライバー。

生温かい液体を顔にかけられた。いや、自分の血だと気づいた。男たちに囲まれ、集団餅《もち》つきのように、得物を振り下ろされる。全身に打撃がくる。袋叩《ふくろだた》き。激痛。男たちは無言で得物を打ちつけてくる。骨が砕ける。

ヤべえ……、これはマジで……、ヤバい……。

頭に強い衝撃がきて、意識がちぎれた――

2

世志輝は目が覚めると、硬い椅子に座らされている。

椅子の背もたれに沿って、背筋をぴんと張り、両足をそろえている。自分らしくない座り方に、自分で驚いた。学生時代、席決めのくじ引き免除で、一番後ろの席に陣取り、足を机の上に放り出すのが世志輝のスタイルだった。股《また》を開き、足を放り出そうとしたが、なぜか身体が動かない。

「なぜだ。なぜ動かない？」

ふん、と力を入れるが、麻酔をかけられたみたいに身体は反応しない。

周囲に目を向ける。真っ白な部屋だ。独特の浮遊感がある。雲の上のような、ふわふわした空間。優しい明るさに包まれている。

目の前に、女の子がいる。

世志輝に背を向け、デスクに向かって何かを書き込んでいる。ペンを置き、その紙にスタンプを押して、「済」と書かれたファイルボックスに放った。

「これで十人連続地獄行きだ。最近の年寄りはけしからんな。ぐだぐだと無駄に長生きするばかりで、社会貢献はゼロ」

少女は、世志輝に振り向いた。世志輝をチラ見して、残念そうにつぶやく。

「ああ、これも地獄行きだな」

「は？」

高校生くらいの女の子だった。黒髪のショートカットは、ふわりと内巻き。顔はピンポン玉のように小さく、目鼻が左右対称にバランスよく配置されている。生まれたてのような透明感のある白肌。ぷるんとした唇に、ピンクの口紅を引いている。

髑髏《どくろ》マークの下に「DEATH」とプリントされた細身のTシャツ。袖《そで》を折ったGジャン。花柄のミニスカート。ブーマのスニーカー。首にバンダナをひと結びし、左耳に雪だるまのイヤリングが揺れている。

統一感のない服装だが、センスでまとめている。ティーン誌のモデルのように見える。とはいえ、ガキだ。洗練されたファッションが生意気に見える。

なにより目を引くのは、真っ赤なマントだった。見ているだけで色覚が麻痺してくるようなきつい赤色は、猛烈に血を連想させる。奇抜なファッションにしてもやりすぎで、意図が分からない。

パッと見は、すごくかわいい。だが、心に毒針を持っている気がする。蝶《ちょう》と蜂の混血というか、キュートさの奥にグロテスクなものを秘めている。ホラー映画が好きそうで、血と悲鳴でわくわくするタイプかもしれない。スッポンの生血を平然と飲めそうな女に見える。背筋の凍るような、強烈な印象を放っている。

世志輝は警戒しつつ、少女を見つめた。もちろん初対面だ。

「閻魔堂へようこそ。君嶋世志輝さんですね」と少女は言った。

「ああ、そうだけど。おまえはどこのガキだ？」

突然、全身に激痛がきた。ぐわあ、と悲鳴をあげる。

どこから来た痛みなのか、分からない。外部から加えられた痛みではない。体内に仕掛けられた爆弾が破裂したような感じだ。

修羅場は幾度も経験した。金属バットで殴られたこともあるし（骨折した）、百キロで走るバイクから転倒したこともある（すり傷で済んだ）。その世志輝ですら、経験したことのない強烈な痛みだった。スタンガンの比ではない。

「てめえ、なにしやがった？」

「うるさい。黙りなさい」

「なんだと。俺のほうが年上だぞ。てめえこそ――、ぐわあ」

再び、激痛がくる。自分が卵になって壁に投げつけられ、皮膚が破れて内臓が飛び散ったような、えぐい痛みだ。

「ううっ、なんだこれは。すげえ痛え。それに、なんで身体が動かねえんだ。てめえ、俺に何かしたのか？」

「口の利き方に気をつけなさい。私を誰だと思っているのですか？」

「知らねえよ。おまえこそ俺を誰だと思ってんだ。泣く子も黙る練馬紅蓮隊の元総長、君嶋世志輝さまだぞ」

「だからなに？」

「なんだと、このガキ――。ぐおおっ」

強烈な痛みだ。しかも今度は頭だけを狙い撃ちしてくる。頭を万力で挟まれて、馬鹿《ばか》力《ぢから》でぐりぐりやられている感じだ。締めつけが増していく。

「ぐおお……、痛え。うう、しゃれになんねえ……。やめろ、ぐああ……」

三十秒ほど続いて、突然痛みがおさまった。しかし後遺症はない。あれだけ痛かったのに、突然無になる。それも不思議だった。

「なんなんだ、これは」

「あと何度痛い目にあったら分かるのですか。分かるまでやりますけど」

「分かった。大人しくする」

この女には逆らわないほうがいいと判断した。身体が動かないので、抵抗のしようがない。なにより状況が分からない。なんとなく分かるのは、この世界は特殊で、常識が通用しないということだ。そしてこの世界のルールを支配しているのは、世志輝ではなく少女のほうだ。

少女は足を組み、タブレット型パソコンを手に取った。

「では、話を進めます。あなたは父・君嶋辰夫《たつお》、母・朝子《あさこ》のもとに生まれた。二歳のときに両親が離婚し、以来、母とは会っていない。父はスタントマンで、映画の撮影で事故死した。以降は兄と暮らしている」

「ああ、よく知ってんな。おまえ、週刊誌の記者か？」

「取り柄は元気と食欲。小六の時点で百七十センチあった。全教科不得意、得意なのは体育と給食だけ」

「おう、小学六年間、給食を残したことは一度もないぞ」

「中学に入って非行に走り、高校卒業までの六年間、喧嘩に明け暮れた。傷害や交通違反で前科六犯。刑務所には入っていないが、何度も保護処分になっている」

「喧嘩では無敗だ。通算八十一戦八十一勝、八十一KOだ。一対十の喧嘩でも負けなかった。敵が武器を使おうが、俺は使わねえのがポリシーだ」

「不良のくせに、無遅刻無欠席」

「学校は好きだったんだよ。勉強は嫌いだったけど」

「高校卒業後、フリーターに。しかしすぐに暴力沙汰《ざた》を起こして、解雇される。現在は無職。兄のすねをかじって生活し、迷惑かけ放題」

「まあ、兄貴には申し訳ねえと思ってるよ。でも暴力沙汰っていうけど、俺から喧嘩を売ったことはねえ。売られた喧嘩を買っただけだ。相手が喧嘩を売ってくるように挑発したことはあるけど」

「喧嘩の相手は、ことごとく病院送りにしている。手加減したつもりでも、馬鹿力だから重傷になってしまう。通算すると、全治十三年分の怪我を負わせている。こりゃあ、極悪人だな。死んでくれてよかった」

「死んでくれて？　……ところで、おまえ、誰なの？」

「私は沙羅です」

「サラか。上の名前は？」

「閻魔」

「エンマ？　変な名字だな。で、ここはどこなんだよ。なんで俺はこんなところに連れてこられたんだ？」

「ここは霊界です。連れてこられたのではなく、死ぬことによって身体から魂が切り離され、魂のみ帰巣本能によって霊界に戻ってきたのです」

「……ということは、俺は死んで、魂になったの？」

「ええ」

「エンマって、もしかして閻魔大王のことか？」

「そうです。私は閻魔大王の娘の沙羅です」

「マジで？　閻魔大王って本当にいるんだ。絵本の話かと思ってた」

「絵本の話ではありません。閻魔大王はフィクションなどではなく、実際に存在するもう一つの現実なのです――」

沙羅の説明が続いた。人間は死によって身体から魂が切り離され、ここ霊界にやってくる。ここは閻魔堂といって、霊界の入り口にあたる場所。ここで閻魔大王の審判を受けて、天国行きか地獄行きかに振り分けられる。

本来であれば、ここには閻魔大王がいるらしい。しかし今日は肺炎を起こして療養中ということで、娘の沙羅が代理を務めている。

「——とまあ、そういうわけです。お分かりいただけましたか？」

「分かんねえよ。でも要するに、俺は死んだってことだろ。で、これから天国行きか地獄行きかに決められるわけだ」

「そういうことです」

「でもよ、なんで俺は死んだの？」

「撲殺です。ライブハウスで、ヤクザ風の男たちに」

「……ライブハウス？　ヤクザ……、あっ」

思い出した。兄に頼まれて、USBメモリーを持っていった。ライブハウスに入った直後、突然スタンガンでやられた。そのあと、出てきたヤクザどもに袋叩きにされた。そのまま殺されたということだ。

世志輝は放心していた。

凄惨《せいさん》なリンチだった。しかし、どこの誰なんだろう。自分を殺した者たちの顔を思い浮かべる。街のチンピラではない。本物の暴力団員だ。

「なんで俺が殺されなきゃならないんだ？　それに、兄貴はどうした？」

「教えられません」

「なんでだよ。閻魔の娘なら、知ってんだろ」

「知ってはいるけど、教えられません。霊界のルール上、当人が生前知らなかったことは教えてはいけない決まりなんです」

「ルールなんか知るか。教えろ、クソガキ――、ぐわあ」

再び、あの激痛がきた。肛門から脳天までを串刺《くしざ》しされたような、信じがたい痛みだ。

「うう、痛え……」

「地獄だな、こいつは。もう地獄行き決定！」

「なんで俺が地獄行きなんだよ。何も悪いことしてねえじゃねえか」

「してるでしょ。のべつ幕なしに人を殴ってるじゃないの」

「喧嘩だろ。言っておくが、俺は、女、子供、年寄り、病人、障害者に手を出したことはねえ。弱い奴は殴らねえんだ」

「私にため口きいている時点で、地獄行き！」

「敬語が使えねえんだよ。教わってねえからな。別に悪気はねえんだ。許してくれよ。ガキんちょ――、ぐわあ」

また、激痛。

「くぅ、マジで心が折れる。電気ショックなのか。超痛え。くそっ、なんで身体が動かねえんだ。動け、コラァ」

全身に力を込めるが、まるで動かない。再び、あの激痛。

「ぐわあ。……くそっ、負けるか。動け、俺の身体——、ぐわあ」

激痛。

「なぜ動かん。まるで金縛りだ。あ、さてはてめえ、催眠術師だな。俺に催眠術をかけただろ——、ぐわあ」

激痛。

「負けるもんか。催眠術と分かれば、こっちのもんだ。自力で解いてやる。身体が動いたら、覚悟しとけよ。女だから顔は殴らねえけど、お尻ぺんぺんして——、ぐわあ」

激痛。

「マジでなんなんだ。やけくそだ。動け、手足——、ぐわあ」

激痛。

「ダメだ。まったく動かない。どうなってんだ」

血管が破裂せんばかりに力を込めているのに、身体が動かない。

沙羅は、そんな世志輝を蔑むように見つめている。

「ゴキブリ並みの生命力だな。普通、二、三発食らったら降参するのに」

「ぐおおお、動けぇ、俺の手、俺の足」

「動きませんよ。あなたは死んでいて、魂だけの身。魂というのはプラズマみたいなもので、実体はないんです。手足があるように見えていますけど、それはあなたの目が作り出した錯覚にすぎません。実体のない、映像だけの身体なんです」

「うるせえ。俺に不可能はねえんだ。動け、コラァ、俺の手足」

「どっちにしても、あなたは地獄行きです。では、さようなら。地獄に落とすので、せいぜい痛い目にあって反省しな――、えっ」

沙羅は驚いた顔で、タブレット型パソコンに目を近づける。

「あれ、どういうこと？　総合点がプラスになってる」

「なんだよ」

「現世で人間がなした行為は、ポイントで換算されるんです。善行をするとプラスポイント、悪行をするとマイナスポイントが加算され、人生通算でプラスなら天国行き、マイナスなら地獄行き、と、おおよそそういうことなのですが、なぜかあなたの総合点がプラスになっているんです」

「ほらみろ。俺、そんなに悪いことしてねえもん」

「あなたのことだから、当然マイナスになっていると思ったのですが」

沙羅は、タブレット型パソコンを指で操作して、ページをめくっている。

「あ、確かにこいつ、人生でかなり人助けしている。たとえば中学生のとき、川で溺れている子供を助けてる」

「ああ、あったな、そんなこと」

「その子の親も、あまりの急流に飛び込むのをためらったくらいなのに、あなたは迷わず飛び込んだ」

「上流でゲリラ豪雨があったらしくて、川の水かさが急に増したんだよ。考えている暇はなかったからな。本能だ。でも実際、ヤバかったぜ。溺れているガキを捕まえたまではよかったけど、そのまま一緒に流された。たまたま岩に引っかかって助かった」

「その子の親はお礼をしようとしたけど、あなたは面倒だからと名前も名乗らずに立ち去った」

「当たり前のことをしただけだ。礼を言われるほどじゃねえ」

「高校生のとき、心臓発作で倒れているサラリーマンを助けている」

「そんなこともあったな。蓮司とバイクで二人乗りしてたら、前を歩いていたサラリーマンが突然倒れたんだ。蓮司が心臓止まっているって言うから、ダメ元で思いきり心臓を叩いてみたら、息を吹き返した。ハハハ」

「小五のとき、コンビニ強盗を捕まえている」

「深夜に漫画の立ち読みをしてたらよ、ヘルメットをかぶった男が入ってきて、女の店員にナイフを突きつけたんだ。女に暴力をふるうような男はクズだ。ムカついたから、半殺しにしてやった」

「ストーカー被害にあっていた女の子を助けてもいる」

「後輩の妹だな。バイト先の客にストーカーされて脅えていたんだ。警察に相談しても、何もしてくれねえって言うから、俺と蓮司でそのストーカーを拉致《らち》って、チェーンソーを使って前髪を切ってやった。次にあの子に近づいたら、命はねえぞって脅したら、ぴたっと止まったよ」

「そんなことして、あなたが逮捕されたら、どうするんですか?」

「そのときはそのときだ。人助けして刑務所に行くなら、しょうがあるめえ」

「小学生のとき、池田《いけだ》くんをいじめから救ってもいる」

「池田か。なつかしいな。いつもいじめられて泣いてたからよ。俺がクラス全員に言ってやったんだ。いじめはやめろ。おまえが池田にしたことを、俺がおまえにしてやるぞと。そしたら、いじめはなくなった。別に池田のためにやったわけじゃねえ。弱い者いじめが嫌いなんだよ。一対一の喧嘩なら止めねえ」

「なるほどね。他にもあちこちで人助けしている。自転車盗むとか、公共物壊すとか、悪事も多いけど、善行も多い。こいつの場合、他の人間がびびってできないことを、勇気と義俠心《ぎきょうしん》でやるから、プラス幅が大きいんだ」

「だから言ったろ。俺は正義の味方だ。悪い奴しか殴らねえ」

「んー、まあ、あまり認めたくないけど、確かに悪人ではないかな。やり方が少々、破天《はてん》荒《こう》なだけで」

「危険をかえりみないのは血筋だ。親父はスタントマンで、危険じゃない仕事は引き受けなかったくらいだ。撮影中の事故で死んだが、死体は笑ってたぜ」

「うーむ」沙羅は唇をとがらせた。「通算でプラスだから天国でもいいけど、そうはいってもマイナスも多いしな。こいつを天国に送ったら、どんな悪さをするか分からないし。やっぱり一度、地獄に落としておくか」

沙羅はタブレット型パソコンをナナメに見ながら、唇に人差し指を置いている。

「なあ、沙羅。俺を生き返らせてくれよ」

「は？」

「まだ死にたくねえ。俺を生き返らせろ」

「やだ」

「なんでだよ。閻魔の娘なんだろ。できるだろ」

「生き返ってどうすんの？」

「報復に決まってんだろ。あのライブハウスを襲撃して、全員ぶち殺しだ」

「やっぱりこいつ、地獄に落としたほうがいいな」

「なあ、この通りだ。生き返らせてくれ」

「やだ」

「だいたい、あいつら、誰なんだよ。なんで俺が殺されなきゃならねえんだ」

「あ、いいこと思いついた」沙羅は顔を上げた。「じゃあ、こうしましょう。私は、あなたという人間をどう評価したらいいのか分かりません。あなたは一般的な人間とは測る物差しがちがうようです。なので天国行きか地獄行きか、とても迷っています。そして、あなたは生き返りたいという」

「おうよ」

「だから、こうしましょう。あなたに生き返りのチャンスを与えます。名づけて、死者復活・謎解き推理ゲーム。先ほども言ったように、霊界のルール上、あなたが生前知らなかったことを教えるわけにはいきません。しかし、あなたが自分で推理して言い当てる分にはかまわない。あなたはなぜ、そして何者に殺されたのか、自分で推理して正解を言い当てられたら、特別に生き返らせてあげましょう」

「いや、無理だろ。まったく知らない連中だったぞ」

「そんなことはありません。今、あなたの頭の中にある情報だけで、真相を言い当てることができます」

「そうなのか」

「偏差値でいったら、六十五くらいの問題です」

「じゃあ、無理だ。俺の自己ベストは三十二だ」

「制限時間は十分です。ゲームに参加するかどうかは、あなたの自由です。参加しないなら、ここで死が確定します。通算でプラスなので、天国行きでいいでしょう。ゲームに参加して、みごとに謎を解いたら、生き返って現世に復活できる。しかし真相にたどり着けなかったら、地獄に落ちてもらいます」

「このまま死ぬなら天国行き。生き返りたいなら、ゲームに参加するしかないが、地獄行きのリスクもあるってことだな」

「すべてはあなた次第」

「やるよ。やってやろうじゃねえか」世志輝は即決した。

「参加でよろしいですね」

「地獄が怖くて、不良やってられっか。こんな訳の分かんねえまま、成仏できるわけもねえしな。でもよ、本当に俺の頭の中にある情報だけで、謎が解けるのか?」

「解けます。神様は嘘つきですが、閻魔は嘘をつきません」

「ようし、やってやる。みごとに復活して、あいつらを地獄に送ってやる」


「スタート」

言うなり、沙羅は席を立った。部屋の隅にある冷蔵庫から、ペットボトルのメロンソーダを取り出す。グラスに注ぎ、さくらんぼを一つ落とす。冷凍庫からバニラアイスの箱を取り出して、スプーンで丸くすくった。クリームソーダの完成。

デスクに戻り、イチゴ味のジャイアントカプリコをかじりながら、足を組んだ。文庫本を手に取り（アガサ・クリスティーの「ナイルに死す」）、挟んでいた栞《しおり》を抜き取って、そこから読みはじめた。

見た目は十代後半だが、威風堂々としている。脅え、戸惑い、恥、躊躇といったブレーキとなる感情が欠落していて、アクセルしかない。そんな生き物に見える。

死んで霊界にいるという状況がいまだに信じられない。しかし逆に、これが現実だと言われても、それも信じがたい。

ともかく推理に集中する。

「で、何から考えたらいいんだ？」

推理小説どころか、本すらまともに読んだことがない。兄が書いた本を読んだことがあるくらいで、普段は不良漫画しか読まない。推理しろと言われても、どこから手をつけていいのか分からない。

自分を殺した男たちの顔を思い出す。まったく見覚えがない。なぜ殺されなければならなかったのかさえ分からない。

「やべぇな。マジでどうしよう。とりあえず、あのライブハウスに行くところまでを思い出してみるか」

兄から電話があり、金庫を開けて、USBメモリーを取り出した。指定のN駅まで行って、ライブハウスに入った。

「あのUSBは何だったんだ？　金庫に入っていたということは、兄貴の仕事に関するものだよな。兄貴は今、何の取材をしてたんだ？」

兄は、仕事に関することは世志輝には話さない。

普段は、世界の紛争地帯や犯罪多発都市に行っている。フリージャーナリストなので、自分の興味だけで動く。しかしここ一ヵ月は、日本にいる。つまり取材対象は日本国内、特に関東圏内にあるものと思われる。

「あー、分かんねぇ。兄貴の奴、何の取材をしてたんだろ。あのUSB、中を見ておけばよかったな。でも見るなって言われたし」

沙羅が、むっとした表情で世志輝をにらんだ。

「ちょっと。本を読んでるんだから、静かにしてよ」

「ああ、悪いな。でも俺は声に出したほうが、考えが進むんだ。我慢してくれ」

ちっ、と沙羅が舌打ちする。

「なあ、沙羅。ヒントくれよ」

「やだ」

「ケチ」

「三分経過、残り八分です」

「マジで？　時間が進むの早くねえか」

沙羅は、カプリコのコーンをリスのように前歯でがりがり食べてから、クリームソーダのストローを口につけた。読書に戻る。

「兄貴の奴、暴力団でも調べてて、命狙われてたのかな」

世志輝も殺されているのだから、兄もどうなっているか分からない。

「沙羅。兄貴はどうなってんだ？　殺されちゃいねえよな」

「教えられません」

「いいだろ、それくらい」

「真相にたどり着くための情報は出そろっています。追加のヒントは必要ありません」

「ケチ」

悪態《あくたい》をつくが、無視される。沙羅は読書に戻る。

兄からの電話を思い出す。今になって考えれば、口調が不自然で、声のトーンも緊張していた。でも、間違いなく兄の声ではあった。

日本に留まるようになって一ヵ月、兄に変わった様子はない。フリージャーナリストなので、基本的には単独で行動し、取材対象に迫る。ある程度のネタをつかんだら、メディアに売り込みをかけたり、自分で執筆して本を出す。ある程度のネタをつかむまでは、堅固な秘密主義を貫く。

いや、一つだけ変なことがあった。兄と由宇がラブホテルで密会していたことだ。ラブホテルで会っていたのだから、当然そういう関係なのだろう。兄と由宇は付き合っているのだろうか。蓮司情報では、由宇は売春クラブに登録している。兄が由宇を相手に買春していた可能性もある。

「いや、待てよ」

世志輝は兄の電話を受けて、あのライブハウスに行った。ある意味、兄におびき出されたとも言える。あのヤクザたちは、兄の手の者で、つまり兄があのヤクザたちに世志輝の殺害を依頼した可能性もある。

場所はライブハウス。防音設備が整っている。殺害には適した場所だ。

だとしたら、兄の動機はなにか？

考えられるのは一つ。世志輝が、兄と由宇の関係を知ったからだ。あのとき世志輝が由宇を尾行していたことに、二人は気づいていたのかもしれない。ラブホテルでの密会を知られたので、世志輝を殺した？

だとすると兄は、由宇との関係を、弟を殺してまで隠しておきたかったことになる。何らかの意味で、違法性を持った関係だと考えていい。売春？　あるいは、それ以上かもしれない。

兄と由宇がそういう関係にあると知ったら、世志輝は黙っていられないだろう。だから厄介なことになるまえに、兄は手を打った。世志輝の殺害を、その筋の連中に依頼した。そして殺害場所に呼び出した。

「まさか……。兄貴が、俺を殺した？」

「四分経過、残り六分です」と沙羅は時を告げる。

「いや、待て。バカか俺は。兄貴が俺を殺すわけないだろ。冷静に考えろ」

世志輝は頭を振った。兄を信じる。これは推理の大前提だ。血を分けた兄弟まで疑ったら、もう推理なんてできない。兄犯人説は却下。理屈ではなく、絶対にそんなわけないからだ。もし兄が、由宇が売春している事実を知ったら、世志輝同様、やめさせようとするだろう。ましてや買春なんてありえない。

余計なことは考えず、憶測は排して、事実だけを抜き出してみる。今の時点で確定している事実は、実のところ、二つだけだ。
①由宇が売春クラブに登録していること（蓮司情報）。
②兄と由宇がラブホテルで密会していたこと（世志輝自身が確認）。
確定情報は、この二つだけ。

しかし世志輝には、そもそも由宇が売春していたという事実が信じがたい。由宇は気が強く、プライドが高い。悪くいえば、高慢ちき。自分を安売りはしない。身体を売ってこづかいを稼ぐような、卑小な女じゃない。

だが、売春クラブに所属していたのは事実だ。だとすると、プライドを捨てなければならないほど、金銭的に切迫した事情があったのかもしれない。それは学費を稼ぐといった日常的な種類のことではないはずだ。

そもそも売春していたのは、親友の千郷だ。蓮司の話では、自殺した千郷に売春の噂があり、蓮司がハッキングで調べたところ、千郷が所属していた売春クラブのサイトが見つかった。そこに由宇の写真もあったのだ。

つまり千郷と由宇は、同じ売春クラブにいた。二人で一緒にはじめたのか、一方が先にはじめて、他方を誘ったのかは分からない。いずれにせよ、二人が同じ売春クラブに所属していたのが偶然とは考えにくい。

なぜ千郷は自殺したのか。売春していたことと関係があるのか。千郷にはクスリをやっていたという噂もある。世志輝には、それも信じられない。とはいえ、世志輝は中学までの千郷しか知らない。

千郷の自殺の原因は何だったのか。由宇は知っているのか。

「なあ、小娘」

沙羅は顔を上げて、むっとした表情で言う。「なんです?」

「千郷はなぜ自殺したんだ? それだけでいいから教えてくれ」

「教えられません」沙羅は読書に戻った。

「あー、ぜんぜん分かんねえ。やっぱり俺、頭悪いんだな」

「六分経過、残り四分です」

「もう半分過ぎたか。マジで地獄行きになっちまうぜ」

分からないことをいくら考えても分からない。分かることから考えよう。

あらためて、兄からの電話を詳しく思い出してみる。

金庫からUSBメモリーを取り出して、ライブハウスまで持ってくるように言われた。兄の口調は焦っていた。世志輝に金庫を開けさせたことから考えても、緊急事態だったのだろう。

それに、なぜかくりかえしが多かった。しつこいくらい念押ししていた。

——待て。見るなよ。絶対に見るなよ。いいな、USBの中身は絶対に見るな。

——急いで来いよ。脇目もふらず、寄り道もせず、ただちに来い。

——ここに来ることは誰にも言うなよ。誰にも言ってはいけないし、誰も連れてきてはいけない。もちろん警察もだ。絶対に警察には言うなよ。

——大丈夫だ。とても安全だ。警戒する必要はない。いいな、ぜんぜん警戒する必要はないから、無防備で来い。いいな、無防備だぞ。

——あらためて言うが、USBメモリーの中は見るなよ。絶対に見るなよ。

なぜ、何度も反復して言ったのか。

「あー、分からん」

沙羅は、バニラアイスを半分食べ、残り半分はソーダに溶かす。クリームソーダをずるずると音を立てて飲みほした。さくらんぼをくわえる。

「なあ、そこのお嬢さん」

「うるさいなあ、もう」

「おまえって、よく見たら、すげえかわいいな」

「よく言われます」

「めっちゃかわいい。今まで見た中で一番かわいいと言っても過言ではない」

「でしょうね。だから、なに?」

「それでよ、頼みがあるんだけど、ヒントくれよ」

「やだ」

「くれよ。いいだろ、ちょっとくらい」

「すでに情報は出そろっています」

「ほめても無駄だったか。ほめただけ損したぜ」

「安直なほめ言葉で浮かれるほど、私は子供ではありません。それに私が奇跡的にかわいいのは、あなたに指摘されるまでもなく分かりきったことです」

「おまえよ、本当に情報出そろっているんだろうな」

「答えが分からないのは、情報が足りないからではなく、あなたの頭が悪いからです」

「腹立つな、このガキ。あーあ、ちゃんと勉強しときゃよかったぜ」

「もうっ。うるさくて、読書に集中できない」

沙羅は、文庫に栞を挟んで、デスクに置いた。それから椅子の背もたれに寄りかかり、そりかえるように天井を見上げる。その体勢で、組んでいる足を組み替えたので、ミニスカートがはらりとまくれた。

「あ、今パンツ見えた。おまえ、ガキのくせに、金色のパンツなんかはきやがって。ガキはパンダのパンツをはけ――、ぐわあ」

激痛が、再び襲った。マンモスに踏みつぶされたような強烈な痛みだ。

「ううっ。てめえ、不意打ちとは卑怯《ひきょう》だぞ」

「私の下着を盗み見した罰だ」

「盗み見じゃねえ。見えちゃったんだよ。くそ、超痛え。ええと、どこまで考えたんだっけ……。おい、ガキ。今ので推理が全部吹き飛んじまっただろうが」

「地獄へ落ちろ」

「くっ、他人事みたいに言いやがって。だいたいだな、パンツ見られたくないなら、ミニスカートをはくんじゃねえ」

「黙れ、変態」

「変態はおまえだ。見るな、見るなと言って、本当は見せたいんだろ。だから、そんなミニスカートをはくんだろうが。この露出狂め――、ぐわあ、ぐわあ、ぐわあ」

再び、激痛。三連発。

しかしそのショックで、頭の中で何かがつながった。

「うう、痛え……、でも、なんだ。見るな見るなと言って、本当は見せたい……、なんか最近、そんなような会話をした気が……」

記憶を探る。石神井公園で、池に落ちた麦わら帽子を拾おうとしたときだ。押すなよ、押すなよと兄が言って、世志輝は兄の尻を押し、池に落とした。

あらためて、兄からの電話を思い出す。

「そうか。あの電話は、俺たち兄弟のあいだだけで通じる、一種の暗号だったんだ」

押すなよ、押すなよと言われれば、押したくなる。そんな世志輝の性分を知っていたから、兄は何度も念押ししたのだ。

「つまり、USBを見るなよ、と言ったのは、見ろ、ということだったんだ。急いで来いと言ったのは、急いで来るなという意味で、誰にも言うなよというのは、警察に通報しろという意味で、無防備で来いというのは、警戒して武装しろという意味だったんだ。すべて逆をやれ、という兄貴からのメッセージだったんだ」

では、なぜそんな回りくどいことをしたのか。

考えるまでもない。兄は仕事上の大事なデータを、金庫に入れて厳重に保管していた。弟に金庫を開けさせて、USBメモリーを取り出させたということは、逆に言えば、自分では自宅に取りに来られない状況だったということだ。家に戻る時間的な余裕がないのかと思っていたが、そうではない。

兄は何者かによって監禁されていたのだ。

「八分経過、残り二分です」

つまり、こういうことだ。兄が何を取材対象にしていたのかは分からない。だが暴力団がらみの何かだった。そして、おそらく何らかのネタ（犯罪事実）をつかんだ。その証拠となるものが、あのUSBメモリーに入っていた。

しかし暴力団側も、兄の存在に気づいた。そして兄を拉致監禁した。だが暴力団にとって、ただ兄を殺すだけでは足りない。兄を殺しただけでは、暴力団にとって命取りとなりかねない証拠が、金庫の中に残る。兄が行方不明になり、世志輝が警察に通報すれば、警察は当然、金庫の中を調べる。すると犯罪の証拠は警察の手に渡り、同時に兄殺害の容疑もその暴力団に向かう。暴力団は壊滅するだろう。

暴力団としては、兄を殺すまえに、犯罪の証拠が入ったあのUSBメモリーを回収しなければならなかったのだ。

だが、兄を自宅に取りに行かせるのはリスクが高い。なぜなら世志輝の自宅には、最高レベルの防犯設備が整っている。家には防犯カメラが死角なく設置され、その映像は常時警備会社に送られて、録画されている。留守中に部外者が侵入すれば、赤外線センサーが反応して通報される。金庫にいたっては、一度でも暗証番号の操作を間違えれば、通報されるシステムになっている。

たとえば世志輝が留守のときに、暴力団員が兄に拳銃を突きつけた状態で、自宅に連れていったとしても、兄がイチかバチか、死を覚悟して、わざと暗証番号入力を間違えるかもしれない。そうしたらただちに通報され、さらに防犯カメラに録画映像が残り、しかも金庫からUSBメモリーを回収できないことになる。そのあとで兄を殺しても、無意味に罪を増やすだけだ。

そう、だから弟にUSBメモリーを持ってこさせることにしたのだ。あのような形で持ってこさせれば、暴力団はリスクなくUSBメモリーを回収できる。そして弟ともども、始末すればいい。実際、世志輝は殺された。

あの電話のとき、兄の背後にはヤクザがいたのだ。おそらく拳銃を突きつけられていたのだろう。そういう状況だったから、兄は兄弟だからこそ分かる暗号を会話の中に忍ばせて、危険を伝えようとしたのだ。

しかし世志輝はそれに気づかず、みすみすUSBメモリーを持って、暴力団のアジトに入っていった。その結果がこれだ。

「バカだ、俺は……。兄貴は必死で危険を伝えようとしていたのに。でも、暴力団ってどこのだ？　兄貴は何の取材をしてたんだ？」

分からない。答えはまだ半分でしかない。

このまま死ぬわけにはいかない。兄の命も危険だ。なにより無敗の男、君嶋世志輝がこんなところで負けるわけにはいかない。

推理はいいところまで来ている。あと一押し。

「あー、もう時間がない」

いや、待てよ。あの兄のことだ。兄は、つねに死の覚悟ができていた。危険と隣り合わせの仕事を、自分で選んだのだ。いつ死んでも、たとえ殺されても、自分が選んだ人生の結果だと、父のように笑って死んだはずだ。

もしヤクザに監禁されても、自分が死ぬのはともかく、弟を巻き込むような真似はしないはずだ。兄だったら、あの電話で「警察に通報しろ。金庫に証拠が入っている」とだけ伝えて、殺される道を選んだはずだ。あんな形でUSBメモリーを持ってこさせれば、弟まで巻き添えになる。そんな判断を兄がするわけがない。

そう考えると、弟を巻き込まざるをえない状況——自分の命以上のなにか——が、そこにあったとも言える。

「時間がない。くそっ、分かりかけてんのに。おい、小娘。時間を延長してくれ」

「あと三十秒です」

「やだ」

「この鬼、悪魔」

「閻魔です。血は流れていますが、赤色ではありません」

「だったら、あの電気ショックみたいなやつ、一発くれ」

「は？」

「脳にショックを与えれば、ひらめくかもしれない。いいから、早くやれ」

「はいはい、ではお望みどおり」

「ぐわあ」

激痛。全身を貫く一発だった。意識が持っていかれそうになる。

「まだまだ。もう一発、来い！」

「サービスで、特大のやつをお見舞いしてあげます」

「ぐわあああああ」

核爆弾のような一発だった。全身が業火に焼かれる。思いきり悲鳴をあげた瞬間、頭の中で何かがつながった。

兄――由宇――千郷。一本につながる。

「ひらめいた！」世志輝は叫んだ。「そういうことだったのか。謎は解けた！」

沙羅のカウントダウンがはじまった。

「十、九、八、七、六」

世志輝はそのカウントダウンを、新年の始まりのように聞いた。いい気分だった。

「五、四、三、二、一、ゼロ。時間終了です。では、解答をどうぞ」

「へっ、このサディスティック娘。俺をなめんじゃねえぞ。バカでも追い込まれれば、意外とできるもんだ」

3

「俺の勝ちだあ！」

「大声を出さなくても聞こえます。さっさと解答をどうぞ」

「よく聞けよ、小娘。そもそもの始まりは、千郷の自殺だったんだ。なぜ千郷は自殺したのか、そこは俺も分からん。ただ、千郷は自殺するまえ、売春クラブに所属していた。自殺するくらいだから、嫌々売春させられていたんだろう。どんなトラブルに巻き込まれていたのかは知らないが、脅迫されていたのかもしれない。

そして由宇にも、千郷の自殺の理由は分からなかったんだ。千郷は神奈川の大学に行っていて、距離的にも離れていたから、無理もない。

もし由宇が、千郷の売春を知っていたら、やめさせるように行動しただろう。由宇は何も知らなかったんだ。しかし自殺後、千郷には売春の噂が立った。クスリをやっていたという噂まであった。噂は本当なのか。千郷はいったい何に巻き込まれていたのか。由宇なりに悩んだにちがいない。しかし一般人の由宇には、それ以上調べようがなかった。だから、うちの兄貴に相談したんだ。

兄貴はジャーナリストとしての興味を持ち、次の取材ターゲットに選んだ。由宇も、千郷の仇討《あだう》ちという思いがあったんだろうな、協力を申し出た。

しかし蓮司の話では、その売春クラブは暴力団が管理しているもので、ガードが堅いらしい。その手の取材はお手のものとはいえ、兄貴も苦戦したのだろう。そこで二人は、かなり危険だが、潜入捜査を試みた。由宇は売春クラブに登録し、サイトにも写真が載っていたが、あれは売春していたのではなく、売春婦として登録することで、クラブ内部に入り込み、つまりスパイとして潜入捜査していたんだ。

兄貴のことだから、あくまで登録させるだけで、実際に売春はさせていないと思う。もちろん危険きわまりない、ギャンブル要素の強いやり方だ。兄貴にしては、かなり思い切った方法だと思う。ただ兄貴にも犯罪組織に潜入してきた実績とノウハウがある。兄貴なりの勝算があって、由宇の安全を確保しながら、進めてきたんだろうな。由宇にとっては千郷の仇討ちだ。鼻っ柱の強い女だから、危険をかえりみず飛び込んだのだろう。虎《とら》のケツの穴に突っ込め、ってやつだ」

「虎穴《こけつ》に入らずんば虎子《こじ》を得ず、です。虎穴は虎の巣穴のことで、肛門ではありません。虎の肛門に突っ込んでも、ウンコしかありませんから」

「ラブホテルで兄貴と由宇が会っていたのは、おそらく打ち合わせだろう。兄貴が客のフリをして売春クラブのサイトに入り、由宇を呼ぶという形を取っていたのかもしれない。客を取っているという体裁を作らなければならなかったはずだからな。そして兄貴のことだから、一ヵ月もあれば、ある程度の証拠はつかんだはずだ。その証拠は、あのUSBメモリーに入っていた。

しかしヘマをやらかした。たぶん由宇だろう。スパイだとバレて、二人とも拉致監禁された。でも暴力団にとって二人を始末しただけではダメだ。犯罪の証拠が入った、あのUSBメモリーを回収しなければならない。しかし取りに行くのは危険だ。自宅は最高レベルの警備態勢を取っている。金庫にいたっては、暗証番号入力を間違えただけで通報されるシステムになっている。

由宇を人質に取っているとはいえ、兄貴が何かを画策する恐れがある。死を覚悟して、わざと暗証番号を間違えるとかな。そうすれば通報され、金庫の中のＵＳＢメモリーは回収できない。兄貴や由宇を殺しても、暴力団にとっては致命的だ。

　そこで暴力団は、弟に持ってこさせろと兄貴に命じた。監禁されているのが兄貴だけだったら、たとえ自分が死んでも、弟を巻き込むような真似はしなかっただろう。しかし由宇もいる。由宇だけでも助け出したかった。

　だからイチかバチか、俺に賭けた。

　兄貴からかかってきたあの電話、あのとき兄貴と由宇は拳銃を突きつけられていたのだろう。だから下手なことは言えなかった。そこで兄弟だけが分かるメッセージを、あの会話の中に紛《まぎ》れ込《こ》ませた。押すなよ、押すなよと言われたら、押したくなる。そんな俺の性分を利用して、あえて念入りに強調したんだ。

　あれは逆の意味だったんだ。ＵＳＢメモリーを見るなよと何度も言っていたのは、見ろってことだったんだ。そして警察に通報して、充分に警戒してこいと、そういう意味だったんだ。しかし俺はバカだから……、くそっ、マジでバカだな、俺は。兄貴は必死で伝えようとしていたのに、俺はまったく気づかず、ＵＳＢを敵のアジトまで持っていった。敵はスタンガンで俺を制圧しようとしたが、思わず反撃されたので撲殺した。そういうことだろ。これが正解だ！」

　沙羅は足を組み直し、首筋をかいた。口をへの字に曲げ、期待外れのような表情を浮かべる。あらたまって二度うなずく。

「まあ、いいでしょう。おおむね正解です」

「よっしゃ！」

「いちいち叫ばないでください。答えは分かってしまったので、少し補足説明をしてあげましょう。事の始まりは、井熊千郷さんです。大学の先輩、爽やかイケメンの舛淵阿利駈《ますぶちありく》と付き合うようになり、去年の夏、その舛淵と友人カップル、計四人で房総《ぼうそう》に別荘を借りて、二泊三日の旅行に行きました。

千郷さんは、あなたも知っての通り、お嬢さまです。高校までは門限も厳しく、服装も制限されていました。しかし大学に入って一人暮らしになり、反動もあって、好きな服を着たり、夜遊びしたり、やや軽薄ながら自由な大学生活を楽しむようになりました。その旅行でも花火やバーベキューを楽しみました。

しかし二日目の夜、舛淵が大麻を持ち出し、みんなでやろうと言い出した。友人カップルも常習犯でした。ごく自然に、大麻パーティーがはじまった。違法薬物であることは彼女も認識していました。しかしアメリカでは合法な州もあるし、濃い煙草《たばこ》くらいに考えていた。一人だけノーとも言えず、舛淵に嫌われたくないという思いもあり、軽い冒険心も手伝って、手を出してしまった。

それが転落の始まり。半年後、彼女は薬物にどっぷり浸かっていました。脱法ハーブ、さらには覚醒剤にまで。

問題はお金です。彼女の実家は裕福ですが、親からの仕送りはそれほど多くありませんでした。薬物は、舛淵が購入し、千郷さんに渡していたのですが、実はこの男、悪党でして、一万円で購入したものを二万円と偽るなどして、そのお金をピンハネしていました。そんなわけで、すぐに経済的に逼迫《ひっぱく》しました。しかし薬物からは抜け出せず、もちろん親にも友人にも相談できない。

舛淵は味をしめ、千郷さんへの金銭的な要求を高めていきました。何倍もの金額を要求することもざらでした。千郷さんは自分で薬物を手に入れるルートがないため、舛淵の言い値で支払うしかありませんでした。ひどい男と付き合ったものです。見た目イケメンなので、騙されてしまったのでしょう。女の不幸の八割は、男を見る目のなさに起因するという霊界のデータがあります。

しかし、やがてお金が底をつきます。そこで舛淵が斡旋《あっせん》したのが、売春でした。薬物の売人は暴力団と通じていたので、そのルートから千郷さんを売春クラブに売り渡したのです。多額のマージンと引き換えに、騙し討ちと言っていい形で。

彼女は売春クラブに引き込まれ、クスリと引き換えに、客を取らされました。そのころには、彼女はまともな判断力を失っていました。クスリと売春、そのくりかえしの日々。もともとタフなメンタルではなく、世間知らずのお嬢さまです。そこから逃れる術はありませんでした。大学は欠席がちになり、やがて大学から千郷さんの両親に、彼女の出席日数が足りないと通知が行きました。両親から電話がかかってきて、強い口調で叱責《しっせき》されました。こうなったら、すべてを知られるのは時間の問題です。彼女は疲れ果てていました。世をはかなみ、生きる気力を失い、自殺したというわけです。

一言でいうと、愚かな女の哀れな末路ってやつですね。薬物使用に売春、そして自殺罪も加わって、重罪です。地獄落ちはまぬがれません」

沙羅は、同情心のかけらもなく言った。

「そうだったのか」

「由宇さんは、千郷さんが神奈川で一人暮らしをはじめたあと、なかなか会う機会はありませんでした。たまに電話はしていましたが、親友の窮状にはまったく気づきませんでした。そして千郷さんの自殺後に、売春やクスリの噂が聞こえてきました」

「ああ、蓮司もそう言ってた」

「そこで由宇さんは、あなたの兄、光暉さんに相談しました。光暉さんは関心を持ち、使命感にもかられ、その売春組織を次の取材ターゲットに選びました」

「それで由宇に潜入捜査をさせたってわけか」

「そこはちがいます。プロフェッショナルな光暉さんが、素人の由宇さんにそんな危険なことをさせるわけがありません。そこは由宇さんの勇み足と言っていいでしょう。光暉さ由宇さんは慎重に調査を進めていましたが、敵は神出鬼没で、なかなか尻尾《しっぽ》をつかませない。由宇さんはじれったくなり、千郷さんの彼氏だった舛淵に勝手に接触をはかり、そのルートから売春クラブに入ってしまったのです。光暉さんは手を引くように言いましたが、由宇さんは引き下がりませんでした。こうなったら仕方がない。由宇さんが危険な目にあわないように注意しながら、潜入捜査を続けていたのです」

「ちっ、由宇のやつ。勝手な真似をしやがって。素人のくせに」

「いささか無謀でしたね。潜入捜査のおかげで、売春組織については調査が進みました。しかし由宇さんの存在に不審を抱いた売春組織は、由宇さんを拉致監禁しました。携帯のデータから光暉さんとの関係も割り出し、結局、二人とも拘束されることになりました。光暉さんとしては、自分の命が危ういだけなら、弟を巻き込みはしなかったでしょう。しかし由宇さんも危険にさらされていた。そこであなたに電話で、兄弟だけに分かるメッセージを込めた。しかしアンポンタンの弟は、愚鈍にも兄のメッセージに気づかず、アホ面でのこのこと敵のアジトに入っていったというわけです」

「うー、なんてバカなんだ、俺は」

「ちなみに、あのライブハウスは、暴力団が管理しているビルです。普段はライブハウスとして運営されていますが、時に違法カジノになったり、時に人を監禁したりするのに使われています」

「それで、兄貴と由宇はどうなったんだよ」

「実は、あなたが殺害されて、丸二日が経過しているのですが、現在も二人はライブハウス二階に監禁されています。暴力団としてはUSBメモリーも回収したし、あなたを殺してしまった以上、二人を生きて帰すわけにはいきません。死体処理の方法が決まり次第、殺されるでしょうね」

「おい、俺を早く生き返らせろ。二人を助けに行く」

「いいでしょう。約束ですからね。神様は約束を破りますが、閻魔は守ります。それに、あなたみたいな人間を生き返らせたらどうなるか、ちょっと興味もあるし」

「ん？」

「ただし、あなたを生き返らせると言いましたが、正確には時間を巻き戻すんです。時間と空間というのは、連動しながら一定の方向に――」

「そんな説明は無駄だ。俺に分かるわけねえだろ」

「そうでしたね。犬に論語でした。結論だけ言います。あなたを死の直前に戻します」

「死の直前というと、どのあたりだ？」

「ライブハウスに入ったあたりです」

「それなら話は早え。あいつらが襲いかかってきたところで、返り討ちだ」

「ただし、霊界に来たという記憶は消去させてもらいます。ここの記憶を持ったまま現世に戻ると、べらべらしゃべってしまうでしょうから」

「そうだな。黙ってらんねえな、確実に」

「霊界のことは極秘事項です。あなたが話そうものなら、霊界から抹殺指令が下り、殺し屋が派遣されます」

「マジか。じゃあ、記憶を消してくれ……。えっ、ちょっと待て。ここに来た記憶をなくすんだったら、生き返っても、また殺されるだけじゃねえのか」

「少しだけ手を貸してあげます。あとは自力で切り抜けてください」

「そうか。よろしく頼む」

「今日が私の担当でラッキーでしたね。父だったら、あなたの顔を見ただけで地獄落ちにしていたでしょう」

「ああ、おまえが担当でラッキーだった。パンツも見れたし――、ぐわあ」

また、あの激痛。

「では、さっそく」

沙羅はデスクに向き直り、タブレット型パソコンにキーボードをセットした。ブラインドタッチで、なにやら打ち込みはじめる。

「では、行きます。時空の隙間に無理やり押し込むので、めっちゃ痛いですけど、我慢してください」

「おう、やれ。遠慮はいらねえ」

「ちちんぷいぷい、君嶋世──」

「ああ、ちょっと待て。沙羅、サンキューな。短い時間だったけど、楽しかったぜ。閻魔大王の娘に無礼な口を利いちゃって、すまなかった。許してくれ」

「意外と素直なんですね。現世に戻っても、あまり悪さをしないように」

「おう、地獄に落とされたくねえからな。いつか俺が死んだら、また頼むな」

「それは選べません。普段はここに恐ろしい父がいます。私が担当になる確率は、数百分の一程度です」

「そうなのか」

「では、さようなら。ちちんぷいぷい、君嶋世志輝、地上に還れ」

沙羅は、キーボードのエンターキーを押した。

4

──ドアを開け、中に入った。正面にチケット売り場、奥にステージがある。百人も入れば満員の、小さなライブハウスだ。店員も客もいない。

「おーい、兄貴。俺だ。持ってきたぞー」

ライトが一つ灯っているだけなので、薄暗い。床にゴミが散らかっている。

「おーい、誰もいねえのかー」

ステージまで歩いていった。しかし人の気配はない。

「なんだよ、誰もいねえじゃねえか」

空いている椅子に座り、携帯電話を取り出した。兄の携帯にかける。すぐにかかった。

「おう、兄貴。今、ライブハウスに着いたけど——」

若い女の声が返ってきた。「危ない、後ろ」

言われて、反射的に振り向いた。バチバチ、と火花が散ったような音を放ちながら、黒い箱型の物体が迫ってくる。

「うおっ」

とっさにかわし、椅子から床に転がり落ちた。携帯を床に落とす。回転レシーブのようにすばやく立ちあがり、相手を見た。

チンピラ風の若い男が立っている。黒シャツ、あご髭、見知らぬ顔。手に持っているのはスタンガンだ。危うく電流を食らうところだった。

「いきなりスタンガンとは、どういうことだ？」

状況不明。兄のことも気になるが、考えている余裕はない。

「よく分かんねえけど、敵だな。ぶっ殺す」

瞬時に敵の力量を測る。敵の身長は百七十センチほど。リーチの長さもパワーも世志輝が数段上。気をつけるのはスタンガンだけだ。

世志輝は悠然と見下ろした。敵の心理を読み解く。不意打ちのスタンガンをかわされて焦っている。そして世志輝の体格と圧力にひるんでいる。

世志輝の喧嘩の流儀は二つしかない。まず、対峙《たいじ》した敵の心理を見抜く。敵がいきっているときは、後《ご》の先《せん》。自分からは動かず、敵が動くのを待つ。その初撃をかわすことに集中して、流れる動作で反撃する。敵がびびっているときは、先手必勝。体格の利を生かして、いきなり突っ込む。敵の感情の向きを見抜いて、戦術を決める。基本、このツーパターンしかない。それだけで勝ってきた。

この敵は後者、すなわち先手必勝。世志輝はいきなり突っ込んだ。

敵は、右手に持ったスタンガンを向けてくる。これは想定内。電流をもらわないように気をつけながら、左拳で狙いすまして、はたき落とした。スタンガンが床に落ちる。虚をつかれた敵の、無防備になった顔面に、右拳を打ち抜く。鼻骨と前歯が砕ける感触が拳に伝わる。男は、鼻や口から血をまき散らしながら吹き飛んだ。

大の字に倒れた敵に近づき、胸ぐらをつかんだ。失神している。

「あ、意識ねえ。手加減するんだったぜ。これじゃあ、何も聞き出せねえじゃねえか。兄貴はどうした？　さっぱり意味分かんねえぞ」

男を床に寝かせ、スタンガンを拾おうと腰をかがめた、そのとき、
後頭部に衝撃がきた。

くらっとなり、視界が暗転した。世志輝は床にひざをついた。

とっさに振り向く。木刀を持った男が立っている。革ジャンを着たチンピラ。

意識が遠のきかけたが、意志の強さで引き戻した。その瞬間、頭の中で何かがつながった。脳に電流が走り、思考回路が開通した。

兄――由宇――千郷。一本につながる。

「そういうことだったのか」

すべてのことが一瞬で分かった。千郷の自殺にはじまり、二人で売春組織に潜入捜査していたのだ。

激しい頭痛が襲ってくる。だが、当たり所がよかったようだ。木刀で殴られたが、頭蓋《ずがい》骨《こつ》にヒビが入った程度で、脳に異常はない。

世志輝は立ちあがった。敵と対峙する。

「もう一匹いやがったか。背後から木刀とは、卑怯な――」

いや、一人ではない。ぞろぞろとヤクザ風の男が出てくる。四人、五人、六人……。男たちはそれぞれ得物を持っている。木刀、鉄パイプ、ゴルフのドライバー。しかし刃物や拳銃はない。ただのチンピラではなかった。暴力団員で、ある程度の戦闘経験もある。本

物の殺気を感じた。世志輝を殺すつもりだ。不良の喧嘩ではなく、殺し合いになる。ここまでの修羅場は世志輝も初めてだった。

ここはライブハウスで、連中のアジトだろう。叫んでも声は外に漏れない。すでに囲まれている。戦って切り抜けるしかない。

「売春組織の連中だな。兄貴と由宇はどこだ？　ただじゃ済まさねえぞ、この野郎」

この状況でも恐怖は感じなかった。怒りしかない。仲間を傷つけた奴は許さない。

六人を見渡す。瞬時に、六人の戦闘力を見極める。一番弱い奴は誰か。そいつに狙いを定めて、まずは得物を奪う。

六人いっぺんにかかってこられたら、勝ち目はない。一対六ではなく、一対一を六回にする。狭いライブハウスの中、動きにくいが、うまく敵を分断することだ。

先には動かない。敵が動くのを待つ。

「来いやぁ！」

世志輝が吠《ほ》えると、一番手前の男がゴルフのドライバーを振りあげた。世志輝は本能のまま動いた。

「痛えよ、蓮司。もっと優しくやれよ」

「うるせえ。おまえが重たすぎるんだよ」

全治三ヵ月の重傷だった。

入院病棟の個室。はじめは八人部屋だったが、世志輝の声が大きくて騒ぐのと、不良仲間が連日見舞いに来て、同室の入院患者を脅えさせるため、特別に個室に移された。女性看護師の力では、世志輝の巨体を車椅子《くるまいす》からベッドに移すだけでも大変なので、蓮司や後輩たちが交代で介護に来ている。

移動は車椅子。蓮司たち仲間三人に抱きあげられて、ベッドに寝かされた。

すさまじい死闘だった。敵は暴力団員で、本気で世志輝を殺しに来ていた。もっとも弱そうな奴に狙いをつけ、何発かもらう覚悟で突っ込み、木刀を奪い取った。あとは乱戦。弁慶の大立ち回りよろしく、木刀を力任せに振り回すだけ。最終的に世志輝のパワーが勝り、全員をなぎ倒した。

とはいえ、代償は大きかった。頭蓋骨二ヵ所にヒビ、左手と右肩、右足も折れている。その他、打撲や裂傷は数えきれないほど。全身を包帯やギプスやコルセットで固定されているので、ろくに動けない。

「腹減った。蓮司、バナナくれ」

蓮司は、後輩が持ってきたバナナの皮をむいて、世志輝に向けてくる。むしゃむしゃと食った。

「ああ、暇だ。誰か、トランプ持ってない？」

「頭蓋骨にヒビが入ってんだから、大人しくしとけ」

「どうってことねえよ。俺にとっちゃ、かすり傷だ」

「死ねばよかったのに」

「これで俺の武勇伝に新たな一ページが加わったな、ハハハ」

実際のところ、勝敗は紙一重だった。全員をなぎ倒し、血まみれのまま外によろめき出て、道行く人に一一〇番通報を頼んだ。警察が来て、事情を説明し終えたところで、世志輝は力尽き、気を失った。

ヤクザ七人は、三人重体、四人重傷。しかし重体だった三人も、一命はとりとめたようだ。木刀で容赦なく殴ったので、死ななかったのが不思議なくらいだ。

敵が拳銃を持っていなくて幸いだった。でかいとはいえ、無防備な若造一人、スタンガンで足りると思い、拳銃は用意しなかったようだ。

もちろん世志輝の正当防衛が成立した。ヤクザ七人は、殺人未遂で現行犯逮捕。兄と由宇は、ライブハウス二階に監禁されていたが、駆けつけた警官によって保護された。連中は暴力団員で、売春クラブの元締だった。兄のＵＳＢメモリーは警察の手に渡り、売春組織の摘発に向かう。

深夜。兄が病室に見舞いに来た。

由宇と一緒に、警察で事情聴取を受けていて、ようやく解放されたと言った。兄の顔に殴られた痕があった。

兄は言った。「悪かった。ヤクザから拷問を受けたらしい。おまえまで巻き込んでしまって、本当にすまない」

「いいって。困ったときは兄弟だ」

「おまえだけじゃない。由宇ちゃんまで危険にさらした」

聞いた話では、由宇は兄の反対を押しきり、独断専行で売春クラブに潜入したそうだ。兄としては慎重に事を進めるつもりだったが、由宇が勇み足で勝手に動いたため、それで対応せざるをえなくなった。その結果、暴力団にスパイだと気づかれ、二人とも監禁されてしまった。

したがって責任は由宇にあるのだが、由宇をしっかりコントロールできなかったという点で、兄も強い責任を感じているようだ。

「でもよ、結局、千郷はなんで自殺したんだ？」

「同じ大学に彼氏がいて、そいつの影響で大麻に手を出したらしい。クスリはその彼氏を通じて手に入れていたが、その男は千郷さんから代金をピンハネしていたようだ。薬物使用の頻度が高くなり、金が底をついて、男は千郷さんを売春クラブに売り渡した。その時点で、千郷さんは心身ともにおかしくなっていた。大学は欠席がちになり、親にも隠しきれなくなって自殺。まあ、そういうことだな」

「あの千郷がねえ。信じらんねえな」

「ピュアな子のほうが免疫がない分、深入りしてしまうんだろうな」

「で、その彼氏の男は捕まったのか？」

「いや、難しいだろう。その男の父親は、神奈川県の県議だ。捜査が息子に及んでいることを知って、政権与党の幹部を通じて警察に圧力をかけている。その男がクスリをやっていたとしても、証拠はすでに弁護士が握り潰したはずだ」

「千郷が生きていれば、証言できたのにな」

「ああ。そいつ自身は普通の大学生で、暴力団員ではないし、売春の元締でもない。逮捕までは無理だろう」

「そいつの名は？」

「舛淵阿利駈」


二ヵ月が過ぎた。

世志輝は驚異的な回復力を見せ、全治三ヵ月を二ヵ月で治した。

夜十時、公園のベンチに座り、アイスバーを食べている。蓮司は停めたバイクにまたがって、煙草をふかしていた。

世志輝はつぶやいた。「しかし、謎なんだよなあ」

「なにが？」

「いや、こっちの話」

唯一残った謎。それはあの電話である。

ライブハウスで兄にかけた電話。すぐにつながり、若い女の声が返ってきた。

——危ない、後ろ。

言われて、反射的に振りかえった。目の前にスタンガンが迫ってきた。とっさに身をねじってかわした。

警察の捜査によれば、あのスタンガンは強い電流が流れるように改造されていた。死んでもおかしくないほどで、仮に死ななくても、身体に深いダメージが残ったはずだ。あの状況を生きて切り抜けられたとは思えない。

あの電話に助けられた。しかし問題は、兄の携帯はヤクザに没収されて、電源を切られていたということだ。なのに、なぜか電話はつながった。携帯の発信記録を見たら、確かに兄の携帯にかけられていたが、「不在着信」となっていた。

あの声の女は誰なのか？

「危ない、後ろ」と言ったからには、その声の女には、あのとき世志輝の背後にスタンガンが迫っている状況が見えていたことになる。しかしあのライブハウスは暴力団のアジトで、他に誰もいなかった。とすると電話の女は、神か、それに近いような千里眼《せんりがん》の持ち主ということになる。

いま思い出してみると、どこかで聞いたことがあるような声だった。変声期前の子供っぽい声で、ソプラノで甲高く、すべてを分かった風な生意気口調で、早口だった。でも具体的に誰とは思い出せない。

いや、もっと言うと、その女の顔が思い浮かぶ。

小顔で、かわいらしく、でも癪《しゃく》に障《さわ》り、それなのに腹は立たない。むしろひれ伏したくなるような尊厳があって、偉そうに足を組んでクリームソーダを飲みながら読書をしている。そんな光景が目に浮かんでくる。

なのに、顔ははっきり見えない。服装や顔の輪郭《りんかく》は浮かぶのに、その中にある顔はのっぺらぼうなのだ。とても刺激的な夢で、起きた直後は鮮明に覚えていたのに、一週間くらい経って、どんな夢だったか思い出せなくなったような、そんな感じだ。

また会ってみたい。そんな気もする。超人的で、とんでもない奴だった気がする。サディスティックで、血も涙もない女。それなのに愛おしい。そんなスペシャルな女が、この世にいるわけもないのに。

謎は深まるばかり。もどかしい。

いったい誰なのだろう。この二ヵ月間、ずっと考えている。

そして世志輝なりの結論に達した。あの電話は、雲上の女神が世志輝を助けるためにかけてきたものだ。なぜ女神が自分を助けてくれるのかは分からないが、そうとしか考えようがないし、その結論が一番しっくりくる。

いずれにせよ、その声に助けられた。世志輝は夜空を見上げ、女神に向かって、ありがとよ、とつぶやいた。

電話のことは、警察にも兄にも話していない。宝物のような記憶は、心の金庫に大切にしまっておく。

蓮司はバイクにまたがったまま、煙草を吸っている。短くなった煙草を地面に捨てて、靴の裏で踏んで火を消した。

「こら、蓮司。煙草の吸い殻をそこらに捨てるなよ」

「は?」

「ゴミは持って帰れ、バカモノ」

「どうしたんだ、おまえ」

世志輝は、蓮司が捨てた吸い殻を拾った。紙くずに丸めて、ポケットに入れた。

「みんなの迷惑になるだろ。閻魔大王は見てるんだぞ。おまえ、死んだとき、地獄に行きたくねえだろ」

「ヤベえ。こいつ、頭蓋骨割られて、頭おかしくなった」

「おかしくなってない。ただ最近、死についてよく考えるんだよ」

「は？」

そう、最近、死についてよく考える。

命は永遠ではない。いつか自分も死ぬときが来る。

死んだら、どうなるのだろう。無になるのか。それとも死後の世界があって、天国や地獄があるのだろうか。

世志輝なりの結論。死んで無になるなら、それでいい。でも死後の世界があって、現世での行いによって審判が下され、天国か地獄に振り分けられるなら、死んだときに閻魔大王に申し訳が立たないことはするものではないな、と思った。

卑怯なことはするな、ということだ。だから、ゴミはゴミ箱へ。きちんと分別して捨てる。誰も見ていないからって、ズルはしない。

今まで平気でゴミをそこらに捨ててきた。悪行がたまっているはずだ。でも、今からでも遅くはない。

そのまま三十分ほど待機した。

「来たぞ」と蓮司が言った。

二人は、神奈川県横浜《よこはま》市に来ている。張り込んだ場所は、舛淵阿利駈の自宅がある駅近くの公園である。

艸淵は電車通学している。兄がつかんでいた艸淵の情報に、蓮司がネットで調べた情報を足して、ある程度調べがついている。

艸淵はスマホを見ながら、遅い速度で歩いている。飲酒しているのか、少し足元がふらついているように見える。

「確かに、聞いていた通りのイケメンだな」

世志輝は、初めて艸淵の顔を見た。特徴はないが、目鼻立ちが整っている。局《きょく》アナみたいだ。父は県議で、本人も大学で政治学を専攻しているというから、いずれは親の地盤を引き継ぐつもりなのかもしれない。

「中身はクズなのに、なまじイケメンだから、タチが悪いんだよな。千郷みたいな女はころっと騙されちまう」

事件から二ヵ月が経ち、暴力団は壊滅した。だが、艸淵は逮捕されていない。うまく逃げ切ったようだ。

「本当にやんのか？」蓮司が言った。

「ああ、今後どれだけの女が苦しめられるか分からねえからな。今のうちに顔面を潰しておこう」

「まあ、いいけどよ。千郷へのはなむけだ。殺されねえように気をつけろよ」

「おう」

蓮司はフルフェイスのヘルメットをかぶり、バイクにエンジンをかける。世志輝もヘルメットをかぶった。そして蓮司の後ろにまたがる。

テニスラケットを握った。

金属バットや木刀で顔面を叩くのは危険だ。テニスラケットなら面が広く、しかも網状になっている。脳にダメージを与えず、現代の整形外科《せいけいげか》手術をもってしても修復不能なほど顔面を破壊することが目的なので、点ではなく面で打撃を与えられるテニスラケットが最適だろうと決まった。

二人乗りバイクで、舛淵の前方に回り込む。世志輝は、蓮司の後ろに身を隠す。蓮司が運転し、時速三十キロほどで正面から接近していく。

舛淵は歩きスマホをしているため、前方不注意だ。前から近づいてくるバイクに注意を払っていない。

バイクが舛淵の左横を通り抜ける。その瞬間、世志輝は腰を浮かし、身を乗り出す。舛淵の顔面をぶっ叩いた。顔とラケットが平行になるように調整し、ガットが顔面の皮膚にしっかり食い込んでから、アッパーぎみにこすりあげる。

トマトがつぶれたような感触があった。

悲鳴をあげる間もなく、舛淵は横殴りに倒れる。バイクは減速することなく、そのまま走り抜ける。すみやかに現場を離れた。

あとでラケットを見たら、ガットの網目に、髭のついた上唇《うわくちびる》、歯肉のついた前歯、削《そ》げた鼻の肉片が、滴《したた》る血とともにべっとりこびりついていた。

世志輝は、自宅の庭で筋トレに励んでいる。

二ヵ月臥《ふ》せっていたせいで、身体がなまっていた。腕立て伏せ五百回、腹筋千回、スクワット五百回という通常のノルマがこなせない。

Tシャツに汗がへばりつく。冷たい麦茶を飲んでいると、隣の家に由宇が帰宅するのが見えた。自転車を引いて敷地《しきち》に入れている。

「おーい、由宇」

世志輝の声に気づき、由宇は振り向く。

「あんた、骨つながったばかりなのに、筋トレなんかして大丈夫なの?」

「もうぴんぴんだよ。身体がなまって仕方ねえ」

由宇はあの事件以来、落ち込んでいた。ヤクザに拉致され、死を覚悟したようだ。しかし二ヵ月が経ち、気の強さが戻っている。

「そんなことより、由宇。俺に勉強教えてくれよ」

「勉強? あんたが?」

「大学に行くことにしたんだ」

「は？　冗談はやめてよ」

「冗談じゃねえ。探偵になることに決めたんだ」

「探偵？」由宇は思いきり眉をひそめる。

「ああ、探偵だ。そのために勉強しなきゃならねえってことになったんだ」

探偵になるために必要なものはなにか。

第一に腕力。これは問題ない。

第二に情報力。これは身近にジャーナリストの兄がいるし、ハッカーの蓮司もいる。そのつど、教えてもらえばいい。

第三に推理力。ただ推理力は、単に論理的思考力だけではない。その前提として、いろんな知識を持っていなくてはいけない。法律、政治経済、心理学や科学も必要だ。それらを総合的に身につけるにはどうしたらいいか。兄と話しあった結果、大学の教養学部に入るのがいいだろうという結論になった。

「バカじゃダメだってことに気づいたんだ。いくら喧嘩が強くても、頭が悪かったらどうしようもねえ。今回のことも、情報は出そろっていたんだ。俺に少しでも考える脳みそがあったら、あのライブハウスに行くまえに危険に気づいていたはずだ。やっぱり日頃から考える癖をつけておかなきゃいけないんだ」

「ふうん」由宇は、少しは感心したようにつぶやく。

「兄貴も賛成してくれてて、学費の心配はいらねえって。親父が遺した保険金がまだ残っているらしいから」

「いや、お金の問題じゃなくて、頭の問題でしょ。九九もろくに覚えていないのに、どうやって大学に行くわけ？」

「ところがどっこい、俺はバカじゃないんだな。勉強ができないんじゃなくて、ただやらなかっただけだ。これを見ろ」

世志輝はポケットから紙を取り出し、由宇に開いてみせた。受験生が受ける全国模試《もし》の成績表である。

「このまえ受けた予備校のテストだ。偏差値を見てみろ」

「偏差値五十六？　嘘でしょ。本当にあんたが受けたの？」

「俺も思うところあってよ。どうせ入院して動けなかったから、兄貴に教科書買ってきてもらって、勉強してたんだよ」

神の差配か、右手だけは無事だったので、ペンは持てた。

文字通り、小学校の教科書からやり直した。

勉強法はシンプル。くりかえし教科書を読む。全文暗記するくらいの気持ちで、一冊の教科書を最低十回は読んだ。ちゃんと自分の頭で理解できるまで、何度もページを巻き戻す。分からないところは、兄や看護師に聞く。

そして、くりかえし書く。教科書を書き写すのではなく、自分が理解したことを自分なりの言葉で他人に説明するつもりで書く。そうやって脳に刷り込む。それを兄や看護師に読んでもらって、この理解で正しいのかを確認する。この原始的な勉強法が、自分に合っていると発見した。

最初の一ヵ月で、小一から中三までの勉強をやり直した。そしてこの一ヵ月で、受験科目に絞って高校の勉強をはじめた。

起きている時間はすべて勉強にあてた。やりはじめると、妥協なくのめり込める性格なので、習得は早かった。

「勉強って面白いんだな。なんで学校の先生はちゃんと教えてくれなかったんだろう。でもよ、見ろ。英語の成績だけ悪いだろ。兄貴の英語は、変な癖があって分かりづらいんだよ。だからさ、英語だけでも教えてくれよ。おまえ、得意だろ」

「まあ、いいけど」

「じゃあ、さっそく今からだ」

「今から？　私、帰ってきたばかりなんだけど」

「俺には時間がねえんだ。受験まで半年だぞ」

「じゃあ、うちに来れば。ケーキくらいごちそうしてあげる」

「よっしゃ。じゃあ、教科書と筆記用具持ってくる」

自宅に引き返そうとしたら、呼び止められた。

「あ、世志輝」

「ん?」

「ちゃんとお礼を言ってなかったね。助けてくれて、ありがとう」

「いいってことよ。まあ、千郷のことはよ、どうしようもなかったんだよ。おまえのことだから、なぜ気づいてやれなかったんだろうとか、責任感じてるのかもしれないけど、別の大学に行ってて、地元を離れていたんだから、分かるわけねえよ。だから、もう気に病むな。それより、もう無茶するなよ。おまえ、気は強いけど、ひよわな女なんだから。今後トラブルに巻き込まれたら、いつでも俺と兄貴を頼れ。俺たちはおまえの味方だ。必ず助けてやる。いいな」

世志輝は身をひるがえし、自宅へと引き返した。

〈著者紹介〉

木元哉多（きもと・かなた）

埼玉県出身。『閻魔堂沙羅の推理奇譚』で第55回メフィスト賞を受賞しデビュー。新人離れした筆運びと巧みなストーリーテリングが武器。

閻魔《えんま》堂《どう》沙羅《さら》の推理《すいり》奇譚《きたん》 ※本書は書き下ろしです。

2018年 3 月20日 第 1 刷発行 定価はカバーに表示してあります
2020年11月12日 第 6 刷発行

著者…………………………木元哉多《きもとかなた》

発行者………………………渡瀬昌彦
発行所………………………株式会社 講談社
〒112-8001 東京都文京区音羽2-12-21
編集03-5395-3510
販売03-5395-5817
業務03-5395-3615

本文データ制作……………講談社デジタル製作
印刷…………………………豊国印刷株式会社
製本…………………………株式会社国宝社
カバー印刷…………………株式会社新藤慶昌堂
装丁フォーマット…………ムシカゴグラフィクス
本文フォーマット…………next door design

ISBN978-4-06-294107-5 N.D.C.913 350p 15cm